杰克·伦敦小说精选

［美］杰克·伦敦 著　苏福忠 译

中国友谊出版公司

图书在版编目（ＣＩＰ）数据

杰克·伦敦小说精选 ／ （美）杰克·伦敦著 ；苏福忠译. —— 北京 ：中国友谊出版公司，2017.9（2019.3重印）
书名原文：Best Short Stories of Jack London
ISBN 978-7-5057-4145-4

Ⅰ．①杰… Ⅱ．①杰… ②苏… Ⅲ．①短篇小说–小说集–美国–近代 Ⅳ．①I712.44

中国版本图书馆CIP数据核字(2017)第196388号

书名	杰克·伦敦小说精选
作者	[美] 杰克·伦敦
译者	苏福忠
出版	中国友谊出版公司
发行	中国友谊出版公司
经销	新华书店
印刷	北京旭丰源印刷技术有限公司
规格	889×1194毫米　32开
	8.5印张　175千字
版次	2018年6月第1版
印次	2019年3月第2次印刷
书号	ISBN 978-7-5057-4145-4
定价	39.80元
地址	北京市朝阳区西坝河南里17号楼
邮编	100028
电话	(010) 64678009

版权所有，翻版必究
如发现印装质量问题，可联系调换
电话 (010) 59799930-601

目录

译本序

杰克·伦敦于 1876 年出生在旧金山，是弗劳拉·威尔曼和 W.H. 查内的私生子。从小生活在社会底层，因为屡遭歧视，他靠力气和拳头维护自己的尊严和生命。流浪汉、牡蛎非法采集者等儿童能干的事情，他都干过，而且往往是孩子王。他后来加入了淘金热的队伍中，做过拳击手，十七岁便签约加入一条海豹猎捕船，远赴北冰洋和日本。艰苦的劳动练就了一身好肌肉，加之他个大、块头足，虽然生活在底层，靠体力谋生，仍是一个不折不扣的强者。

另一方面，杰克·伦敦早早地意识到一个人靠体力谋生，到了晚年会很凄凉。因此，他从小酷爱读书，而且涉猎广泛，尼采的哲学、达尔文的进化论、弥尔顿的诗歌、吉卜林的莽林法则和史蒂文森的浪漫主义，都是他反复阅读的书籍。他曾在加利福尼亚大学就读一年，阅读了大量外国文学名著，如福楼拜的《包法利夫人》和托尔斯泰的《安娜·卡列尼娜》《战争与和平》等等。

经过刻苦的写作和生活积累，1898 年，他终于叩开了文学的大门，在《大西洋》杂志上发表第一篇小说——《北方的奥德赛》，这一年他二十二岁。第一部小说集《狼的儿子》于 1900 年出版。1903 年发表《野性的呼唤》，从此他成为美国最畅销的作家之一。随后《野性的呼唤》的姊妹篇《白牙》、他的自传体小说《马丁·伊登》、代表他左翼思想的《铁蹄》先后发表，尤其代表他超人哲学观的《海狼》问世，他在美国文坛的地位牢牢地建立起来。他是世界文坛第一个以一个词一美元的稿酬约稿的作家。时至 1913 年，他被公认为世界上稿酬最高、名声最大、读者最广的作家。在不到二十年的文学写作中，他赚得一百多万美元，相当于今天的亿万美金。财源滚滚的杰克·伦敦，在巨大的物质面前不知如何消费，正当创作盛年的他，沉溺于物质享乐而不能自拔，对生活产生了绝望。1916 年，他死于尿毒症，年仅四十岁；一说他吸毒过量而身亡，还有说他是自杀。

　　他的短篇小说，如《墨西哥人》《热爱生命》《一块牛排》和《寂静的雪林》等，都清晰地折射出他的生活轨迹。人人都有世界观，如果想深入了解他的世界观，《海狼》又是必读的。"世界观"这个词是从英语翻译过来的，照字面意思可翻译为"向外看"。杰克·伦敦说他只有"向上观"，为此他专门发明了这个词，字面的意思可译为"向上看"。他坦言说，他向往上层人的生活，害怕底层人的生活。人的力气是会随着年纪而消失的，因此体力劳动者的晚年往往是悲惨的、可怜的。他决心靠脑力谋生，因为脑力劳动者到了老年还是强劳力，因此还是强者。令人深思的是，他的早逝恰恰是在成为脑力劳动者之后，他的知识让他产生了绝望情绪。

他的作品好读，他的人生更值得一读。本书选收了他最好读的短篇小说十一则，篇篇读来令人爱不释手，而如果参照他的人生读来，可能会有更多的收获，尤其在物欲横流的今天。

苏福忠

热爱生命

所有的，还算剩下了这一点——
他们经历了生活中的坎坷艰难；
能走到这一步已属不易，
尽管他们没有留住下注的本钱。

这两个人蹒跚、吃力地走下河岸，走在前面的那个人在乱石滩中间还趔趄了一下。他们筋疲力尽，因为长时间吃苦，他们的脸上都呈现出痛苦的、忍受煎熬的表情。用毯子包裹起来的沉重的行李牢牢地捆扎在肩膀上，勒在额头上的皮带也很合时宜地帮助吊住了行李。他们每人手里握着一支来复枪，全都弯着腰，肩膀向前探着，脑袋更是向前伸着，眼睛则向着地面。

"地窖里藏着不少子弹，要是有几发在我们身上就好了。"走在后面的那个人说。

他的语调听起来干巴巴的，不带一点感情。他有一句没一句地说着，前面的那个人只管自顾自地一瘸一拐地向着在岩石间流淌泛起泡沫的小河里走去，一句话也不搭理他。

后面的那个紧随着他。他们两个谁都没有脱掉鞋袜，河水冰冷刺骨——冻得他们的脚脖子生疼，以至麻木了。有时河水没及膝盖，总是冲得他们东倒西歪站不稳。

跟在后面的那个人被一块光滑的石头滑了一下，险些摔倒，但是他用力挣扎着没有倒下，嘴里却发出了痛苦的尖叫声。看起来他的头有些晕，不由自主地摇晃着，一只空着的手伸向空中，似乎想抓挠住什么东西。刚刚站稳，他就又向前走，不料又被滑了一下，几乎摔倒了。他停了下来，眼睛却瞧着前面这个一直不肯回头的人。

他一动不动地站了有一分钟，仿佛在心里说服着自己。接着，他朝前面的人嚷了一句：“哎，比尔，我的脚脖子崴了。”

比尔在泛着白沫的河水里摇摇晃晃地走着。他没有回头。后面的人就这样眼睁睁地看着他走去。他的脸呆呆的，但那眼光却让人看出那种受了伤的鹿所流露出的神色。

前面的那个人依旧一瘸一拐，登上小河岸，头也不回，自顾自向前走。后面的人眼巴巴地看着。他的嘴唇有点发抖，他的棕似的胡子也跟着抖动。他不时地伸出舌头舔着自己的嘴唇。

“比尔！”他大声地喊着。

这是一个坚强的人在向患难中的伙伴发出的求救信号，但是比尔没有理睬。他无奈地看着比尔摇摇晃晃、跌跌撞撞、古里古怪地前进，看着他走向矮矮的山坡，走向不高的山头，迈进那不甚明亮的光圈。他就这样瞧着比尔消失在山的那边。于是，他收回目光，缓缓地扫视比尔走后留给他的那一片世界。

太阳吊挂在地平线上，像一个快要燃尽的火球，被浑浑噩

002

噩的雾瘴遮挡着，让人觉得那是一个什么团块，轮廓模糊，捉摸不透。他利用单腿休息着，掏出他的表。现在是四点多钟，至于日期，至少是两个星期之内，他已说不清了，眼下正值七月底八月初的季节——他能够辨别出太阳大概是在西北方向。他望着南方，那些小山头后面是大熊湖；那个地区在北极圈界限之内，处于加拿大的冻土地带之中。他站在铜矿河的一条小支流里，铜矿河从此一直向北流，流到加冕湾和北冰洋。他没去过那儿，但他在赫德森公司的地图上看见过那个地方。

他又重新审视着他周围的世界。这绝不是让人看了愉悦的一片景象。四周是模糊的天际线，小山低低的，没有树林，没有灌木丛，没有草——只是一片白茫茫的可怕的荒野，什么也没有。他的眼睛里流露出了恐怖的神色。

"比尔！比尔！"他喃喃地一遍又一遍地呼唤着。

他在河水里退缩着，无边的世界似乎从四面八方挤压着他，大自然仿佛在施放自己的威风摧残他。他忽然抖起来，就像得了疟疾的病人，手里的枪掉在水里，激起好大的响动。他被惊醒了。他得鼓起精神，跟恐惧斗争起来。他的手在水里摸索着，找到了他的枪。然后他把行李往左肩挪了挪，减轻点崴了的脚脖子的负担。他开始小心地迈动脚步，畏畏缩缩地向前走去，脚很疼。

他不能停步，一刻不停地登上斜坡，赶往他的伙伴消失的那个小山头——他拼命咬牙，拖着受伤的腿走路的姿势怪模怪样，比他的伙伴的样子更可笑。到了山顶上，往下看去，呈现在眼前的竟是一个死谷，一毛不长。他又和恐惧做了一轮战斗，慢慢地在战胜它。他再次把行李往左肩上移了移，蹒跚地向山下走去。

谷底是一片沼泽地，厚厚的苔藓像海绵附着在水面上。每迈动一步，都有水从脚底喷溅上来，每挪动一下，脚下就发出咕叽咕叽的声音，因为苔藓总吸住他的脚，牢牢地不肯放松。他辨识着好一点的路，走过了一个又一个沼泽地。有时还能顺着比尔的脚印，绕过一堆堆突出在苔藓上的岩石，似乎在穿越小岛。

他虽然是孤身一人，但始终清楚地把握着前进的方向。再往前走，他知道就到了一个小湖边，四周全是又细又小的死枞树，本地人称那里是"提青尼其利"，意思是"小棍儿地"。一条小溪直通湖里，他记得非常清楚，溪上长着灯芯草，所以显得溪水不是白茫茫的——小溪两岸没有树木，沿着小溪他可以一直走到水源头的分水岭。翻过这道分水岭，就是另一条向西流淌的小溪的源头。在这条小溪的那端，狄斯河边上有一条独木船扣在那里，船下面是一个坑，坑上堆着石头。小坑里藏着他打猎钓鱼求食的必不可少的东西——子弹、钓钩、钓丝，还有一张小渔网，好像还可以找到不多的一点面粉、豆子和一块腌肉。

比尔会在那里和他会合的，他们要顺着狄斯河向南划到大熊湖。然后，再从大熊湖向南划，一直朝南，直到麦肯奇河。从麦奇河还要往南，继续往南方走，这样严冬就再也追不上他们了。什么湍流结冰，什么气候凛冽，去它的吧。他们会一直向南走到暖和的哈得逊公司的站点，那里有高大茂盛的林木，有吃不完的食品。

他向前一路挣扎的时候，脑子里全是这些个念头。他坚持认为，比尔没有抛下他不管，而是在那个藏东西的地方等着他。他必须得这么想，他的体力一点点耗尽，如果没有这些念头，他早就躺下来死去了。眼前那个叫太阳的模糊的光团渐渐沉下去的时候，他的脑子里一直在计划着他和比尔在冬天到来之前南行的每一寸路程。他一遍又一遍地想着那个地窖里藏着的和哈得逊公司站点上可吃的各种食品。他已经两天没吃什么东西了，如果要算上没有吃到可口的饭食，那就不止两天了。沼泽地带有一种灰色的浆果，他不时地弯下腰去摘食它们。这种浆果只有一点点浆水，倒有一大粒果核，又苦又辣，他知道这种浆果没有任何养分，但是眼下理智和常识都没有用，他必须得嚼食它们，吞下它们。

差不多到九点钟的时候，一块大石头绊了他一下，他极度衰弱疲惫的身体经不起磕绊，摇晃一下子就摔倒了。他一动不动地躺着，就是倒下去时的侧身姿势。过了好一会儿，他才从绑行李的绳子中挣出身体，摇摇晃晃勉强坐起来。天还没有完全黑下来，他借着这点可怜的暮色，在乱石中间摸索着，他收集着干松的苔藓，终于有一小堆了，他燃起了它们——火并不旺，冒着黑烟。他煮上了一白铁罐水。

他打开他的行李，第一件事就是数剩下的火柴。还有六十七根。他不放心，前后数了三遍，然后分成几份，用油纸包起来。他把一份放在他的已经空了的烟草袋里，一份放在他的破帽子的帽圈里，把最后一份放在贴身的衬衫口袋里。都放好了，忽然一阵恐慌袭来，他又把火柴全都拿出来，再数了一遍，还是六十七根。

他在火上烘烤着湿透了的鞋袜。鹿皮鞋几乎成了碎片，毡袜也有好几处磨破了，两只脚全磨破了，淌着血。那只崴伤的脚腕子的血管跳着疼，他检查了一下，脚脖子肿得和膝盖一样粗。他带着两条毯子，他从其中的一条上撕下一长条，裹扎在脚脖子上，又撕下几条，捆扎在双脚上，代替鞋袜。最后他喝光了罐子里的滚烫的开水，接着钻进两条毯子当中。

他睡得像个死人。午夜前后的黑暗转瞬而逝。太阳从正北方升了起来——说得准确点，那个方向出现了曙光，太阳被云彩遮住了。

六点钟时，他醒了，静静地躺着，仰视着天空。他感觉到肚子饿了，撑起身要起来。一阵大大的呼噜声让他吓了一跳，一只公鹿正在五十米以外的地方睁着机警好奇的眼睛望着他。他眼前立刻出现了鹿肉排在火上烤着哧哧作响的情景，仿佛已经闻到了扑鼻的香味。他下意识地抓起那只空枪，瞄准公鹿，扣了枪机。公鹿喷了个响鼻，转身跑了，听得见它的蹄子跑过山岩时的声响。

他骂了一句什么，扔掉了那支枪。他企图站起来，但每行动一下，都引起他一声又一声的呻吟。他慢慢地、吃力地起身。他身上的关节像生了锈的铰链，每行动一下都得冲破重重阻力，紧咬牙关。好半天工夫，总算站直了双腿，又过了十五分钟才直起腰，这时才跟常人一样直起身来。

他一步一步地挪上小山丘，察看着四周的地势。眼前一片灰蒙蒙的，没有树木，更没有树丛，只有灰色的苔藓茫茫无边，间或有些灰色的石头，几片灰色的小湖，还有几条灰色的小溪流，算是点缀吧。天空也是灰色的，看不见太阳，连影子也没有。他分辨不出哪里是北方，他似乎忘掉了他前一天是怎么取道走到这里的。不过他知道自己还没有完全迷失方向，他很清楚这点。他觉得他快要走到那个叫作"小棍子地"的地方了。那是在左边的一个地方，并且不太远——也许翻过一个小山头就到了。

他回到原地，准备打起行李，动身接着走。他先检查了一遍藏着的火柴，一包一包地摸了，但是没有打开来看。他还在那里犹豫，心里盘算着，为了那个厚实的鹿皮口袋。袋子没有多大，两个手掌就能拖起它。他清楚地知道它的重量——十五磅，和他的行李一样重，他有点为口袋发愁。他索性把它放在一边，先收拾别的行李，可是一忽儿，他又抓起那个口袋，还警觉地向四周打量着，怕谁抢走它似的；最终，他站起身来，摇摇晃晃地准备开始这一天的行程时，那个口袋还是放在了他背后的行李包里。

他向着左边走去，只要看到沼地上有浆果，就摘下来吃。扭伤的脚腕子已经僵了，他跛得更厉害。可是此刻饥饿带来的痛苦远比脚腕子的伤势难受，它们一阵阵地发作，咬噬着他的胃，疼得他集中不了注意力，他得走向"小棍子地"，偏离不得。浆果解决不了饥饿的剧痛，反而把他的口腔和舌头刺激得火辣辣的。

他到了山谷里。那儿有不少松鸡扑棱棱地飞起来，还发出

"咯咯"的呼叫声。他捡起石头打它们，但是打不着。他放下行李，像猫捉麻雀一样悄悄地凑过去。尖尖的岩石划破了他的裤管，鲜血顺着腿流在地上，留下一条长长的印迹，但是这抵不上饥饿的痛苦。后来他在苔藓地上爬起来，衣服都湿透了，身上很冷，想吃到松鸡的念头撑着他，他什么都不理会。可是那一群松鸡围着他转，嘴里一直"咯咯"地叫着，似乎在嘲笑着他。他大声地骂它们，随着松鸡的叫声也大叫着。

有一次，他爬到了一只睡着的松鸡身边，可惜没有看见，直到它在他脸前飞起的时候他才发现。他也像那只匆忙飞起的松鸡一样惊惶地抓了一把，可是抓在手里的仅仅是三根尾巴上的羽毛。他眼睁睁着它飞走了，心里恨恨的，似乎它做了天大的对不起他的事情。他走回原地，重新背起了行李。

时间一点点过去，他走在一条绵延不断的山谷里，这里多是沼泽，野物很多。一群驯鹿从眼前过去，差不多有二十多头，虽可望而不可即，但都在来复枪的射程之内。他心里发狂般地转着追赶它们的念头，他相信自己一定能够追上逮住它们。一只黑狐狸迎面走过来，嘴里叼着一只松鸡。他大叫了一声。可怕的喊声惊走了黑狐狸，可是并没有丢下嘴里的松鸡。

傍黑时，他走到一条小河边上。因为含有石灰而变成乳白色的河水从稀疏的灯芯草丛中流过。他抓住灯芯草的根，拔出一种好像嫩葱芽、木头钉子那么粗的东西填进嘴里。这东西很嫩，嚼起来在嘴里发出咯吱咯吱的响声，似乎很香甜。这种植物是由填满了水分的纤维组成的，并不好嚼，它像浆果，任何养分也没有。他甩开行李，一头拱进灯芯草丛，像牛一样嚼食起来。

他累极了，总想歇一会儿——躺下来睡个觉；可是他得走，不停地走。不全是为了赶快走到"小棍子地"，而是饥饿逼迫着他。他在水坑里找青蛙，用指甲挖虫子，其实他心里非常清楚，在这么辽远的北方，怎么会有青蛙和虫子呢。

凡走过一个水坑，他都仔细查看，但是都白看。眼看天就要黑了，茫茫的暮色笼罩着四周，他才在一个水坑里发现一种像鲦鱼的小鱼，而且只有一条。他朝水里伸进了胳膊，还没有到达肩头，鱼就跑了。他马上用双手去捞，可是把水搅浑了，什么也看不见了。正着急的工夫，他掉进了水坑，半个身子都湿了。现在水更浑了，他只好干等着，等泥浆沉下去。

他又开始捉起来，水又很快被搅浑了。他更着急了，解下身上的白铁罐，舀水坑里的水。开头，他舀得太快，溅了自己一身不说，由于水泼得不够远，又都流回了水坑。他让自己平静一些，小心地往外舀水，但他觉得出自己的心跳，手也在抖着。他舀了有半个多钟头，水差不多被舀光了，可是看不见小鱼。他发现，石头间有一道暗缝，那条鱼早就顺着石缝游到另一个大水坑里去了——他估量，那儿的水一天一夜也舀不完。他后悔没有早些发现那个石缝，如果他一开始就堵上石缝，那条鱼也就属于他了。

转着这样的念头，他全身无力地躺倒在潮湿的地上。他轻轻地哭起来，一会儿，对着无情的把他团团包围的大荒野，他号啕大哭了一阵。后来，他又出声地抽咽了好一阵子。

他燃起了一堆火，喝了几罐热水暖了暖自己的身子，然后和昨天一样，他在一块岩石上躺了下来。之前，他又检查了一遍火柴是不是受了潮，并且上好了表的发条。毯子又湿又凉，脚腕子也在一跳一跳地疼。可是此时此刻他最大的感觉是饥饿。在不停的梦中，所有的情景都是一桌桌的饭菜和一次次的宴会，还有摆在桌上的各种各样的吃食。

睁开眼睛时，他感到又冷又不舒服。头上没有太阳，天空一阵儿比一阵儿灰暗，一阵儿比一阵儿阴沉。刺骨的寒风刮起来，不一会儿，初雪就让小山头变白了。他四周的湿气越来越浓，白茫茫一片。他已经燃起了一堆火，煮了一罐开水。此时的天空雨雪交加，越下越大，把火浇灭了，他的那些做燃料的干苔藓也被淋湿了。

他认为这是上天在提醒他，他得走，至于怎么个走法，往哪儿走，他心里也迷迷瞪瞪的。眼下，什么"小棍子地"，什么比尔，甚至狄斯河边小船下的那个坑洞都不在他的心里，他一心想的是"吃"的问题，他已经快饿得发疯了。他已经顾不上走路的方向了，只要能走出这个谷底就行。他在雪地里摸索，找有浆果和灯芯草的地方，见到就吃，可是这没有味道的东西总是填不饱他的肚子。后来，他碰上一种带点酸味的草，凡是能看见的都拿来吃掉，可惜不多，这是一种蔓生的草，很快就被雪埋掉了。

那天晚上，没有火，更没有开水，他钻进毯子里睡觉，好几次被饿醒。雨雪完全变成了冻雨，淋在他裸露的仰躺的脸上，让他睡不安生。天亮了，雨停了，太阳依然看不见。那种剧烈的饥饿感没有了。想吃东西的感觉也消失了。他感到胃里有些疼，但是不那么难受。他的意识又清醒过来，开始想着"小棍子地"和狄斯河边的坑洞了。

他把那条已经撕过的毯子剩下的部分全撕成了条条，裹好流血不止的脚，捆扎紧受伤的脚腕子，准备开始下面的路程。背包收拾得差不多时，那个皮口袋又让他踌躇了许久，最后他还是带上了它。

谷地上的雪已经化得差不多了，山头还是白的。太阳出来了，他能够判断自己所处的方位了，他知道自己已经偏离了原来的路线。在过去的两天中，他一直向左走，那么现在它必须得偏右走，也许还能回到他定下的那条正确的路上去。

现在饥饿的痛苦虽然不折磨他了，但是他能感觉到自己的虚弱。他在摘食浆果和灯芯草时，每次都得停下来休息一会儿。他觉得嘴里的舌头变得很大，似乎上面长满了细毛，含在嘴里发苦。他的心脏也和平日不同，增添着麻烦。走几分钟，心就怦怦地跳上一阵儿，然后又是一下接一下地猛跳，让他喘不过气来，头晕看不清东西。

走到中午时，他在一个大水坑里看见了两条鲦鱼。这次他不急，他知道坑里的水是舀不干的，他用白铁罐子把鱼舀了上来。鱼不大，只有他的小手指那么大。反正他现在也不那么饿了，或者说胃都麻木了，不知道饿了，也许胃还睡着没有醒。他把小鱼生吃了，咀嚼很费劲，虽然他不饿，但得吃，因为他要活下去。理智让他这么做。

傍晚时，他又逮到了三条鲦鱼，这次他吃掉两条，留下一条作为次日的早饭。地上有被太阳晒干的零星苔藓，他又能够烧点水暖和身子了。这一天他走了有十英里路；次日，只要心脏不跳得那么厉害，他就不停步地走，差不多又走了五英里。他的胃真的和睡着了一样，一点感觉都没有。他已经走到了一个新的地带，鹿多起来了，狼也多了。能听到狼嗥，他甚至看见有三只狼穿过他前面的路。

又过了一夜。早上，他的头脑清醒，他解开那个皮口袋，倒出里面黄澄澄的金沙和金块。他把金子平均分成两份，一份用毯子包好，藏在一个隐蔽的岩石缝里，一份仍旧放进口袋，打在行李里。他用毯子条又重新裹了裹脚。那支枪他舍不得扔掉，他想着狄斯河边藏有子弹。

这一日，天下着大雾，他又有了饥饿的感觉。他的身体更加虚弱，眼花常常让他什么也看不见。摔跟斗已不是什么稀罕事了，一块小小的石头也能绊倒他。一次，他被绊倒了，正好摔在了松鸡窝里。那里面有四只小松鸡，也就刚孵出来一天的样子——一只毛茸茸的小生命仅够吃一口；他饥不择食，把它们统统塞进嘴里，像吃带壳蛋一样嚼起来。母松鸡大叫着在他的身边扑来扑去，他用枪托抵挡着，打它，它闪开了。他又扔石子打它，这伤了松鸡的一只翅膀。松鸡带伤逃走了，他在后面紧紧地追。

小松鸡勾起了他的胃口，他趔趔趄趄，跌跌撞撞地追着母松鸡。嘴里大声吆喝，时不时地捡起石头打它，有时他默默地追，一声不吭，被绊倒了就再爬起来，头晕了支持不住就揉揉眼睛。

就这么跑着追着，竟然穿越了沼泽地。他在潮湿的苔藓上发现了脚印。这不是他自己的——他肯定——那一定是比尔的了。现在他还顾不上仔细看，他得先追母松鸡，逮着它，再回来查看。

母松鸡被追得没有力气了，可是他也累得动不了了。母松鸡歪倒在地上喘息，他也趴在地上喘个不住，他和母松鸡相隔十来米的样子，他就是连爬这一点距离的力气都没有。等他恢复得稍稍有点劲了，母松鸡也有所恢复，他的手刚刚伸过去，松鸡就扑棱着翅膀逃到了他够不着的地方。鸡跑人追，直到天黑，鸡藏起来看不见为止。他的身体软绵绵的，被脚下的石头一绊，立刻头朝下栽倒了，脸被划破了，行李包压在身上。他就这样一动不动地躺着，好半天，他才吃力地翻过身，侧身躺着，上好表，一直到天亮。

又是一个大雾天。他没有再找到比尔的踪迹，和饥饿的痛苦、想吃东西的念头比起来这已经不那么重要了——不过——他没准也迷了路——他这么想。将近中午的时候，他被行李包压得实在受不了了。毯子已经差不多都做了裹脚布，他把那包金子分成两份，一份就随随便便扔在了地上。到了傍晚，那一份也让他扔了。眼下，他身上只剩下了半条毯子、白铁罐和一支枪。

他的脑子里开始出现幻觉。幻觉告诉他，他还有一粒子弹，就在枪膛里，是他把这忘死了。可是他也很清楚，枪膛里是空的。幻觉折磨着他，他想摆脱，几个钟头过去了，他一直与幻觉做着斗争。最后他拉开枪栓，结果枪膛里空空的，他非常懊恼，似乎在指望着找到那粒子弹。

还没有走够半个小时，幻觉又出现了。他重新开始和幻觉做斗争，但是幻觉死死缠住他，他不得不又一次拉开枪栓，摆脱它。有时，各种各样的奇怪念头越来越多，他只能一方面下意识地前进，一方面任凭它们侵袭自己的脑神经。这种念头多半一闪而过，因为饥饿的感觉太强烈了，不间断地啃噬着他。一次，正当他胡思乱想的当儿，一个东西几乎让他昏倒在地。他一激灵醒过来，吃醉酒似的摇晃着，他坚持着不让自己跌倒。他的眼前站着一匹马。真的是一匹马！怎么可能呢，他不相信自己的眼睛。他的眼睛此刻金星乱迸，要不就是一片漆黑。他使劲揉眼睛，再仔细看，哪里是马，这是一头大棕熊！那野兽睁着一双好斗的眼睛正在狐疑地打量着他。

他举起枪，可刚举到一半就想起来了，枪是空的。他扔掉它，抽出屁股后面刀鞘里的猎刀。他清楚，面前就是肉和生命。他用大拇指试试刀锋，刀刃还很锋利。他本来可以立即扑上去，杀死棕熊。可是他的心脏咚咚地跳起来，好像在警告他，接着心脏又向上猛拱，他的头沉甸甸的，意识正在一点点消失。

他被恐惧罩住了，他的勇气荡然无存。他如此衰弱，要是那头野兽攻击他，他该怎么办呢？眼下他不得不做出威风凛凛的样子，手握猎刀，目不转睛地盯着那头熊。棕熊笨笨地向前挪了两步，站直身子，咆哮起来。人如果逃跑，它就会追上去；可是这个人没有动。他不但不动，神情还很振奋，活的勇气终于战胜了恐惧，他也咆哮起来。他的声音凶狠，非常可怕，这是为生死关头发出的那种生命即将被攫取产生的恐惧而发出的。

熊慢慢向旁边挪了一步，嘴里发出威胁的低鸣，它被眼前这个站得笔直毫不畏惧的人吓住了。这个人一动不动地站着，像一尊石像。危险已经离去了，他猛烈地颤抖着，一头栽倒在潮湿的苔藓地上。

他重新站起来，接着向前走，一种新的恐惧感抓住了他。他并不害怕就这么被饿死，他怕的是自己求生的力量还没有耗尽时，被野兽撕成碎片。这一带狼非常多。荒原上空一直飘荡着狼嗥的声音，像是编织成的一只充斥着危险的大罗网，他下意识地举起手，向前推，似乎在推眼前鼓满了风的帆篷。

时常有三两只狼在他面前走过，但并不靠近他。这也许是因为狼们不多，不成势，再者，狼们找的是老实的驯鹿，这个怪怪的直立行走的动物没准会对它们又抓又咬呢。

天快黑时，他看到一些凌乱的骨头，显然这是狼咬死的动物。也许一个钟头前，这堆骨头的主人还是一只又蹦又跳又会叫的小鹿呢。他仔细看着这些骨头，已经被啃得发亮，一丝丝粉红色还能透视出生命的痕迹。也许天黑以前，他也要成这个样子吧。难道生命就是这个样子吗，这么虚无缥缈，这么转瞬即逝吗？人活着，才能感到痛苦。死了，就没有痛苦了，和睡觉一样，什么都不知道了。死了，人就休息了，一切就结束了。可是自己为什么又不甘心去死呢？

这是道难题，但是并没有让他多想。他叼着一根骨头，蹲在苔藓地上，仿佛吮吸着骨头上那点残留的淡淡的生命痕迹。嘴里的骨头，让他记起了甜丝丝的肉的味道，这味道飘忽而至，倏忽消失，这让他险些发疯。他使劲咬着骨头，有些时候他嚼碎了骨头，有时候骨头则硌碎了他的牙。他拿起石头，在石头上捣骨头，直到把骨头捣成碎渣，他再吞进肚里。忙忙慌慌中，石头有时砸在自己的手指上，可他一点儿不觉得疼，这让他有点奇怪。

接下来的几天雨雪交加。他已经没有计划何时赶路，何时宿营。白天黑夜他都在走着，只有在摔倒时，他就就地休息。他不像先前那样挣扎了，残余的一点点生命的火花燃烧的时候，他就赶路，慢慢地向前走，是他的生命在抗拒死亡，是生命在逼着他走。他的神经早已经麻木迟钝，他不再感到痛苦，他的脑子里充斥的全是各种各样的幻象和美妙的梦境。

他的嘴一直没有停止过吸吮小鹿的骨头，这些骨头都是他收集起来的。他不再爬山，只是沿着一道在宽阔的谷地上流淌的小溪走。可是他既看不到山谷也看不到溪流，他的脑子里全是各种幻象。灵魂和肉体只有在走路和爬行时才连在一起，其余的时候，它们就分开了，此刻它们的联系是如此的脆弱。

有一天早上他醒来时，神志非常清醒地躺在一块大石头上。太阳明晃晃的，觉得出一些暖意。他听到了远处有小鹿在叫。他模模糊糊地记起，天下过雨，刮过风，似乎也飘过雪，这样的时日到底是几天，抑或是两个星期，无论如何他是想不起来了。

他静静地躺着，阳光照在他的受尽煎熬的身体上，他觉得很暖和。他知道，这是一个晴天。也许他应该想办法确定一下自己所在的方位，他想。他费劲地侧过身子。下面是一条很宽流速很慢的河。河让他感到陌生，他很奇怪。他顺着河往前看，河水蜿蜒地流过一个个山谷，河边的小山比他平日看见过的都荒凉、矮小，光秃秃的。他又慢慢地朝前移动毫无表情的、呆滞的眼光，向着天际望去。他看到河流一直流到明亮光辉的大海里。他并不激动，他觉得这是幻象——海市蜃楼，是他此刻不健全的神经产生出来的莫名其妙的玩意儿。一会儿，他又看到光亮的海面上停留着一条大船。这更不可思议了，荒原中怎么会有大海和船呢，明明白白的，就和他的枪里没有子弹一样。不过奇怪的是，这幻象怎么能持续这么久，长时间不散去呢。

背后传来了一种声音——是一种咳嗽喘息的声音。他的身体异常僵硬衰弱，好不容易才翻过身来。在附近，他没有看见什么，他耐心地等待着。一会儿，那个声音又传过来了，他看过去，似乎有一条灰狼正在二十英尺的两块大山岩之间晃动。狼的两只耳朵不像它的同类那样竖得笔直；眼睛充满红丝，光暗暗的；它的头无力地耷拉着。狼在太阳光下不住地眨眼。这是一头病狼。他看着它的时候，又听见了狼的喘息和咳嗽的声音。

这该不是幻象了吧。他想着，一面又翻过身来，他要瞧见刚才被幻象遮掩住的现实情境。可是前方仍旧是那片亮晶晶的大海，那条船也还停在那儿。怎么回事，难道眼前的一切是真的吗？他闭上了眼睛，努力地想着。好半天，他终于想明白了。他走的方向一直是向北偏东，无疑已经离开了狄斯河分水岭，现在来到了铜矿谷。那么眼前这条流得不快且宽广的河就是铜矿河了，那边闪亮的大海就是北冰洋了。那条船应该是一条捕鲸船，它应该驶往麦肯奇河口，可是它怎么停在了加冕湾呢，是不是航向一直偏东，再偏东，就停在了这里。他想起了从前他看过的那张哈得逊湾公司的地图。他估想的这些，应该是没有错的。

他坐起身来，想着自身的事情。裹在脚上的毯子完全磨烂了，他的脚没一处好肉。另一条毯子也用完了，枪和猎刀不知丢在哪儿了。帽子也没了，帽圈里的火柴更没踪影了。不过，贴胸放着的那包火柴还在，是干的。表还在，也走着，他看了一眼，现在是十一点。他知道，他一直没有忘记过上表。

他一点也不慌乱，甚至很沉着。他的身体近乎衰竭，但丝毫没有痛苦的感觉。一点不饿，想到食物时更不兴奋。他理智地做着一切。他先撕掉了他的两节裤腿，裹好他的脚。他很庆幸白铁罐没有丢，他要喝上点热水，他还得走上一段可怕的路程，向那条船靠拢。

他做着他想做的一切，他的全身像中风似的哆嗦着。他准备去收集干苔藓的时候，发现自己站不起来了。试了几次都不行，他放弃了努力，开始手脚并用爬行起来。有一回，他爬到了病狼的身边。那头野兽费劲地伸出舌头舔着自己的牙床，慢吞吞地避开了。他注意到它的舌头是暗黄色的，不是通常那种健康的红色，像上面蒙着一层干涩的黏膜。

喝下热水之后，他觉得自己可以站起来了，可以像垂死的人那样挣扎着走路了。走几步，就得停下来休息几分钟。他的步子趔趔趄趄，软绵绵的，和他身后的那条病狼一样。晚上，黑暗笼罩住了光明的大海，他估摸自己和大海之间的距离缩短了也就四英里的样子。

夜晚他不断地听到病狼的咳嗽声，中间还夹杂着小鹿的叫声。他的四周全是鲜活的生命,是那种活跃强壮的生命。他知道那条病狼之所以尾随他这个垂死的人,是指望他先死去。当早上他睁开眼睛的时候,第一眼看到的就是那个畜生满怀渴望的目光。它夹着尾巴蹲在那儿,像一只可怜的倒运的狗。早晨的寒风中,它哆嗦着。他冲着它低声地吆喝,它无可奈何地龇着牙。

明亮的太阳高高地升起来了。一大早他就开始朝那条停在光辉的海面上的船走去,跌跌撞撞的。天气真好。这是高纬度的北方那种稍纵即逝的晚秋光景,可能持续一个星期,也可能明天就结束。

下午,他在路上发现了另一个人留下的痕迹。他推断,那个人不是在走路,而是爬行。那个人极有可能是比尔。不过此刻想到这个他很平静,既不好奇,也不激动。事实上,他处于一种麻木状态,七情六欲全都离开了他,胃神经和脑神经都睡着了。之所以还能走,是内在的生命逼着他。他已经衰竭了,但是生命不愿离去,这样才逼着他吃浆果和鲦鱼,喝热水,甚至对那条病狼保持着警惕。

他顺着那个人爬行的痕迹向前走,没有几步远就到头了——潮湿的苔藓地上散落着几根刚被啃光的骨头,狼的脚印还清晰可见。他看见了和自己那只一模一样的厚实的鹿皮口袋,但已经被尖厉的狼齿咬破了。他已经提不起来这只沉重的袋子了,努力了几回才提起来。比尔到死都带着它。他可以笑话比尔了。他可以带走它,带着它走到那条光明的船上去。哈哈!他笑起来,笑声粗野可怕,像只乌鸦在怪叫。那狼也一声一声地跟着惨嗥。突然他停止了笑声。如果这真是比尔的骨殖，这些有红有白的骨头真是比尔的话，他怎么能够笑呢？

他走开了。比尔是无情地抛弃了他；但是他绝不愿意拿走那袋金子，也不能够啃噬他的骨头。可如果两个人掉个个儿的话，比尔也许会这么做。他一边摇摇晃晃地走，一边想着这件事。

他走到一个水坑跟前，弯下腰准备找鲦鱼吃。一下子又猛然抬起头来，仿佛受了惊吓。水里映出的脸震惊了他，那张脸那么可怕，让他一下子清醒过来。他看见水里有三条鱼，但由于坑大，很难捞；他又试着用白铁罐去舀，也办不到。后来他放弃了，他怕因为自己极度衰弱会跌下水去淹死。因为同样的考虑，他才没有爬上顺着河水漂流的木头，河水可以带着他走，浅滩上有很多原木。

一天过去，他离那条船近了三英里；又过了一天，再次近了两英里——他只能和比尔一样往前爬行；五天过去了，他发现那条船离他还有七英里的距离，而他，一天连一英里也爬不了了。好在天气还很好，于是他就继续爬，晕过去了，醒了接着爬。那病狼始终跟在他后面，不停地喘息咳嗽。他的膝盖和他的脚一样鲜血淋漓，他已经把衬衫撕了垫在膝盖下，可鲜血还是流在了他身后的苔藓和岩石上。他回头看见病狼贪婪地舔食着路上的血迹，他不由得想到自己可能遭受到的结局——他必须得干掉这只狼。荒原上上演的这一幕求生的悲剧更加惨烈了——一个垂死的人爬行着，一条病狼跛行着，两个生灵都在觊觎着对方，伺机要了彼此的命。

要是一只强壮健康的狼吃了他也还罢了，可是要让这么一只只剩一口气的病狼吃了，真是恶心。他这样想着，很快又陷入了迷惘之中，各种各样的幻象折磨着他，清醒的时候越来越少了，清醒的时间也越来越短了。

他被贴在耳边的喘息声惊醒了，那狼也受惊向后跳，因为身体虚，一下子摔倒了，样子很可笑。可是此刻的他一点不觉得有趣。他根本不害怕，到了这一步，恐惧也没用。这会儿，他的脑子倒很清醒，他静静地躺在那儿，细细地思考起来。那船离他有四英里远，他擦擦自己的眼睛，还能清楚地看见；他还能看见一条白帆船在明晃晃的海面上乘风破浪前进。可是他清楚地知道，自己无论如何也爬不了这四英里了，也许他连半英里都爬不了了。不过，他必须活下去。经历了千辛万苦再死去，岂不太可惜了。命运对他有点苛刻。但是他不能死，即便他已奄奄一息，已经被死神握在手里，他还是要反抗，他要活着，他不能死。

他闭上眼睛，极其小心地使自己的意识不跑掉。疲倦像潮水般地涌上来，而且是从全身各部位涌上来的，他坚持着，不让疲倦这股潮水淹没他。可是疲倦像涨潮的海水，一浪高过一浪，一点一点沁淹着他的意识，有时候就被淹没了，他只能用无力的双手奋力划着，企图漂游过那黑茫茫的一片；有时候，心灵的力量也赋予他毅力，更有力地划着。

他面朝天躺着，一动不动。他听到病狼的喘息声，一点一点向他靠近。又好像过了很久，那声音越来越近，他就那样躺着，始终不动。它到了他的跟前，那条粗糙的像砂纸一样的舌头摩擦着他的两腮。他的双手突然伸了出来——毅力

021

让他伸出了手。手指头弯曲着像鹰爪，可惜没有抓住什么。他没有了让他的双手敏捷又准确的力气。

狼的耐心让人不可思议，可是人的耐心更可怕。这一天，有一半的时间他都躺在那里，和昏迷斗争着，等待着那只想吃掉他的狼，而它也在想着吃掉他，如果可能的话。有时疲倦会淹没他，他要做很长很长的梦；但是无论是醒着还是做梦，他都在等待那条砂纸样的舌头来舔他。

这次他没有听到喘息声，他只是从梦中慢慢醒来，觉得那舌头正向他的手臂舔去。他一动不动地等着。狼的上下牙齿已经轻轻地扣在他的手上了，一点点地扣紧了，狼在用自己的最后的力气咬那个它等了很久的东西。可是他也等了许久，他的手——被咬破了的手抓住了狼的牙床。于是，狼无力地反抗着，他无力地攥着，慢慢地，他的另一只手伸过来，抓住了狼。五分钟后，他已经将全身的力量压在了狼的身上。他的双手不能够把狼掐死，但他的头紧紧地压住了狼的咽喉，嘴里已塞满了狼毛。半个钟头后，他感到有一小股热乎乎的液体流进了他的喉咙。液体的味道并不好，像铅液灌进了他的胃，完全是凭他的意志灌下去的。一会儿，他翻了个身，头仰着睡着了。

"白德福号"捕鲸船上，有几个科学考察队的队员。他们在甲板上看见海岸上活动着一个说不清是什么的东西，船向着沙滩边的水面移动。由于辨认不出来是什么动物，严谨的科学家们便乘上一艘捕鲸艇，决定到岸上去看个究竟。接下去，他们发现了这个活物。他已经完全脱了人形，眼睛瞎了，没有知觉。

他像一条大虫子，只管向着海面蠕动。但是已经很难前进半步，他始终不放弃努力，一直向前爬，看他的样子，就是爬上一个钟头，也前进不了二十英尺。

三个星期过去了，他躺在"白德福号"捕鲸船的一个铺位上，讲着他所经历的一切，泪水顺着他瘦削的脸颊流下来。谈话中，他不时地说到他的母亲，还总含含糊糊地提到南加利福尼亚，说那里灿烂的阳光、橘园和花园环绕的他的家。

又过了几天，他已经能和那些科学家和海员同坐一桌吃饭了。看着满桌子好吃的食物，他的目光贪婪，看到别人一口口地吃掉饭食，他就露出十分惋惜的神情。他的神志非常清楚，可就是在吃饭的时候，谁吃下去食物，他就恨谁。他是被饥饿吓坏了，总怕粮食断了顿。他找到船长、厨子和服务生，不停地问船上储存了多少粮食。他们每次都向他保证够吃的，但是无法解除他的疑虑，他会亲自悄悄地溜到贮藏室附近去窥探。

船上的每个人都看得出来，他胖了，而且每天都在胖。科学家们根据他们的理论，限定了他的饭量，可是他还是在胖，他的腰围不断地在增大。

船员们很清楚是怎么回事，他们只是笑。后来科学家们也知道了原因。他们发现他每天早饭后，都要溜到甲板上，像乞丐一样向船员们伸出手。船员们会笑着给他一块硬面包。他接过面包，像财迷看见金子一样地盯着面包看，然后就赶快塞到衬衫里。所有的船员都这么做。

科学家们只好由他去了。他们有时去检查他的床铺，那上面摆着一排排的硬面包，褥子里也被塞得鼓鼓的，每个角落都藏着硬面包，可是他非常清醒。科学家们说，他是被饿坏了，他在防备再次出现饥荒，他会很快恢复正常的。后来的事实证明了科学家们的正确，"白德福号"的铁锚还没在旧金山湾抛下去，他就一切正常了。

墨西哥人

一

没有谁知道他的来历，就连革命委员会里的那些"大革命"也不知道。这是一个神秘的革命阵营中的小人物。他以自己独特的方式加入了这个阵营，为了为时不远的墨西哥革命，起劲地工作着。他们过了好多日子才理解他，这个委员会里的人都不喜欢他。他在这个拥挤忙碌的房间里第一次露脸时，人们都把他看作一个奸细——是被狄亚士政权的情报机关收买了的爪牙。革命阵营中的不少同志被抓走，押解到境外，关进了美国的普通监狱和军事监狱。还有一些人戴着手铐、脚铐，在土墙前排着队，被枪毙了。

他们对他的第一印象就是怎么看怎么不顺眼。他看上去不满十八岁，个头不大。他自我介绍说叫菲力普·利威拉，他到这里来就是要参加革命——一句多余的话也没有，说完了就站在那儿等着。他的嘴抿得紧紧的，眼光并不友善。急性、大个子的保林诺·维拉心里一阵悸动。这个小伙子让人琢磨不透，

025

既可怕又可恨，他的一双黑眼睛里含着的一股光让人想起毒蛇，冷酷的火燃烧着毒焰，全是不可化解的仇恨。他先是扫视了一遍革命者们，目光随后落在了正在工作着的打字机上。矮小的塞斯贝太太正在紧张地打字，偶尔一抬眼睛，与这目光不期而遇，手里的动作下意识地停了一下。她不得不把打过的信文重新检查一遍，然后才接着打那封草拟的信件。

保林诺·维拉看了看阿列拉诺和拉摩斯，他们也看着他，他们用目光互相探询着。他们的目光是犹疑不定的。他们共同认为这个年轻人来历不明，而且他身上有令人不安的气质。这几位正直、平凡的革命者，认为他是一个谜，不可理喻；他们仇恨狄亚士的暴政，但那是出于一个普通人的正直。他则不同，不同在哪儿，又让人说不出来。终于，容易冲动、雷厉风行的维拉说话了，他要面对这个难题了。

"好吧，"他的口气很冷，"你说你是为了革命来工作，那么就把上衣脱下来，那儿可以挂衣服。来，我告诉你水桶和拖把在哪儿。地板很脏，你先擦干净了，别的房间的地板也需要擦。然后再把痰盂倒了，再把窗户擦了。"

"干这些是为了革命？"年轻人问。

"对，是为了革命。"维拉回答。

利威拉开始脱上衣，目光却冷冷地扫视着他们。

"好吧，就这样吧。"年轻人后来说。

没有别的话了。他每天按时来——扫地，擦地板，收拾房间。他很早就把炉子清好灰，预备好煤和引火柴，等这屋子里最勤快的那个人来工作之前，火炉已经生好了。

"我可以住在这儿吗？"有一天，年轻人问。

哈！狐狸终于露出尾巴来了——这个狄亚士的爪牙原形毕露了。他要睡在革命委员会里——探取他们的秘密，获得他们的名单，知晓墨西哥地下革命同志的住址。这个要求当然被拒绝了，利威拉也没有再提起过。他们不清楚他住在什么地方，在哪儿吃饭，靠什么谋生。有一次，阿列拉诺想给他两块钱，但利威拉摇着头，不肯接受。维平过来了，极力劝他接受这钱。他急了，说："这是为了革命工作。"

在现代，进行革命是需要资金的。可是委员会在这方面一直很窘迫。委员们勒着肚子工作，再苦也无怨无悔；可偏偏有些时候，革命的成功与失败，就只是几块钱的事。有一次，也就是这些日子的第一次吧，两个月付不上房租，房东逼着委员们搬家。那个整日穿着褴褛的粗布衣服的小佣工，在梅·塞梅贝的工作台上放了六十块金币。这样的事情已经不止一次了。还有一次，不停歇的打字机已经打出了三百多封求援信（请求在册的劳工组织捐资，要求编辑们在报纸上主持公道，还有对美国镇压革命志士的高压行为表示抗议），因为买不起邮票而发不出去。此时，维拉的表已经看不见了——那台老式的自鸣金表是他的老父亲给他的。梅·塞斯贝手上的结婚金戒指也没有了。一分钱难倒英雄汉，拉摩斯和阿列阿诺一筹莫展地捋着他们的长胡子。这些信非寄不可，可是该死的邮局不赊账。利威拉戴上帽子走出去。他再露面的时候，手里拿着一千张两分的邮票，立刻放到了梅·塞斯贝的工作台上了。

"这钱该不是狄亚士的黑钱吧？"事后，维拉对同志们说。

同志们扬了扬眉毛，没有人能断定此事。此后，这个为革命而做了清扫工的年轻人菲力普·利威拉总能在委员会最最需要钱的时候，掏出自己的金币、银币。

　　可是，他们还是没有办法让自己喜欢他。他们太不了解他的了。这个年轻人的做派显然与他们不一样。他从来不向任何人吐露心声，拒人千里之外，也让你无法去接近他。他虽然年龄不大，但没有人敢去问问他。

　　"也许他是个喜爱孤独的伟人呢，不知道，我可说不清。"阿列阿诺束手无策很无奈。

　　"这个人很冷。"拉摩斯说。

　　"我看他的心已经麻木了，"梅·塞斯贝说，"没有神采，没有笑容，都给烧光了。他似乎是个活死人，可有时候，又不可思议地充满了生气。"

　　"他一定吃了不少苦，"维拉认为，"没有遭遇过苦难的人，绝不能像他这样——别忘了，他不过是个孩子。"

　　话是这么说，这些人还是不能让自己喜欢他。他没有和别人谈过天，也不问别人什么，从来没有发表过意见。大家高谈阔论，讲述自己所从事的革命事业时，他也不过是站在旁边聆听而已，面无表情，仿佛没这个人一样。他用他那独有的冷冷的目光看看这个，看看那个，谁说话看着谁。谁碰上了，都会不寒而栗。

　　"他不会是奸细，"维拉私下里对梅·塞斯贝说，"我认为他是一个出色的革命者，比我们所有的人都更伟大。这是我感觉出来的，我的心，我的脑子都是这样告诉我。可是我不能够了解他。"

"他的脾气不好。"梅·塞斯贝说。

"我看出来了,"维拉说着,不觉惊抖了一下,"他盯视过我。那种眼光全然没有爱,只有震慑,和老虎的一样。我知道,如果我们中间有谁不忠于革命的话,他会把谁杀了。他没有感情,他像一把钢刀,冰霜一样的冷酷无情。一个人在冬夜,在荒凉山顶上即将被冻死时,才有那样的目光。我不怕狄亚士的刽子手,可是我怕他。我跟你说实话,我真的怕他。他是奉了死神的命令来这儿的。"

不久,说服同志们相信利威拉,派他去执行重要任务的也是维拉。洛杉矶和下加利福尼亚之间的交通线断了。有三位同志被枪杀了,而且死在他们为自己掘的坟墓里。还有两个同志被关押在洛杉矶的监狱里。联邦军司令璜·阿尔瓦拉多是个凶恶的敌人,他破坏了革命者们的一整套计划。他们已经和活动在加利福尼亚的革命者们,不管是老的还是新参加进来的,都联系不上了。

年轻的利威拉接受了命令去了南方。他返回来的时候,交通线又恢复了;璜·阿尔瓦拉多也死了,人们发现他被刺死在床上,一把钢刀深深地插进了他的胸前。这件事超越了利威拉所接受的任务的范围。不久,委员会里的人就全知道了他这趟所进行的全部活动。他们没有问过他,他也一句话不说。但是彼此交流的眼神中,已经说明了一切。

"我好像说过,"维拉说,"这个年轻人比任何一个人都让狄亚士害怕。他的心坚硬似铁,他有上帝赋予的铁手腕。"

梅·塞斯贝曾说过，这个人的脾气不好，其他的人也感觉到了，而且他自己也能证明这点。有时他出现在大家面前时，鼻青脸肿，耳朵也破了。他们猜测，他肯定是在他吃饭、睡觉、赚钱的环境里，也就是他们不知道的他的世界里，常常和人打架斗殴。有一阵子，他开始为委员会的宣传周报排字。可是有时候，他的伤让他排不成。他的手指头，尤其是大拇指皮肉撕裂，甚至有时一条胳膊无力地耷拉着。此时，他的脸上多半会流露出痛苦的表情。

"一个流浪汉。"阿列拉诺说。

"不知道在哪个下流地方瞎混的家伙。"拉摩斯认为。

"那他的钱是哪儿来的呢？"维拉不解地说，"今天，不，就是刚才，他拿出了一百四十块钱——付清了纸钱。"

"他不来的时候很多，"梅·塞斯贝说，"从来没说过为什么。"

"我们派个人跟踪他一下子。"拉摩斯建议。

"别指望我干这个。"维拉说，"就怕你们从此再见不到了，除非参加我的葬礼。他太可怕了。他的脾气上来，恐怕连上帝都得躲避三分。"

"我觉得自己在他面前像个孩子。"拉摩斯说了实话。

"我觉得他的身上有一股强力——一种原始的力量，像强悍的狼，袭击人的响尾蛇，咬人的蜈蚣。"阿列拉诺说。

"他简直就是革命的化身。"维拉说，"他有着革命者的灵魂，有着火一般的革命热情，他的复仇心声喷薄欲发，可是他一声不吭，他悄悄地杀人。他是一个昼伏夜出的恶煞星。"

"说起他，我就要心酸。"梅塞斯贝说，"这个小伙子没有朋友，他仇恨世上所有的人，之所以和我们在一起，容忍我们，是因为我们可以实现他的愿望。这是一个孤独的年轻人……寂寞的……"她的泪水充盈了双眼，话也说不下去了。

利威拉的行踪确实诡秘。有时，一个星期不见他。有一回，一个月不见他的身影。可每次，他都出人意料地回来了。和平时一样，回来就回来，什么也不说，掏出许多金元，无声地放在梅·塞斯贝的工作台上。然后，一连多少天，白天黑夜都待在革命委员会里。过一段，他又会白天走出去。每逢此时，他总是会早来晚走。阿列拉诺发现，他有时半夜里排字，而且又是拇指受伤肿胀；有时嘴唇流着血。

二

形势发展到了紧要关头。革命能否被发动起来，关键在革命委员会。可偏偏这时候，革命委员会一分钱也没有了。眼下是最需要钱的时候，可是钱却越来越难弄到手了。革命者们掏出了自己身上的最后一分钱，再也拿不出什么来了。从墨西哥逃亡，以卖苦力抵债的农民们——他们在外的身份是季节工，也捐出了他们的一半工资。可是钱还不够。多年来，白色恐怖下的艰辛、劳苦、牺牲，该到了收获的时日了。成败在此一举，只要再加一把劲，再做一次最后的努力，就会像在天平上加了一个砝码，胜利将偏向一边。他们最清楚自己心中的墨西哥，群众一旦发动起来，革命就会向前推进。眼看狄亚士的政权就会像纸糊的房子一推即倒。边境上已经在集结武装力量，一个美国人带领着一百名世界产业工人联合会的会员，在边境上待命，准备攻打下加利福尼亚。他需要枪支。革命委员会这边也跟大西洋那边的人联络好了，这是一支杂牌军，有冒险家、有投机的军人、匪徒，有一肚子怨气的美国工会会员，有社会主义者、无政府主义者，还有从墨西哥流亡出来的农民、囚徒、矿工——所有被现代社会摒弃、失去了家园的奋不顾身的人们。他们现在缺少的就是枪支、弹药，他们迫切地需要枪支、弹药。

这些穷苦的各色人物一旦冲过边界，革命就会爆发。他们会占领北方的海关，占领港口，狄亚士根本顾不上，他要集中力量，控制南方。可是南方的星星之火也会成燎原之势。人们会武装暴动、会占领一个又一个城市，狄亚士会一个一个地失掉各个州。最后，所有的革命力量会汇聚在狄亚士的最后的据点——墨西哥城。

可是钱在哪里呢？革命的人员有的是，他们需要枪械来武装。他们知道那些肯卖给他们枪的商人，一分钱难倒英雄汉，革命委员会的人们一筹莫展。他们的口袋空了，他们用光了最后的一个铜板。眼看着在革命天平上摆动。枪、子弹！子弹、枪！集结的队伍需要枪，怎么办？拉摩斯想起他被没收的产业，啧啧叹息。阿列拉诺抱怨着自己年轻时没有勤俭节约。梅·塞斯贝甚至在想，革命委员会的同胞们要是过去节省一点，也许现在不至于这样。

"真是想不到的事情，墨西哥能不能自由，居然取决于区区几千块钱。"保林诺·维拉说。

他们的脸上呈现出绝望。本来，还是有希望的。乔斯·阿马利诺已经答应拿钱，他是新近参加革命委员会的。可是刚刚传来消息，他在自己的庄园里被捕了，被枪杀在他的马厩的墙根下。

利威拉跪在地板上，用肥皂水擦拭着地板，光着的膀子上净是星星点点的脏沫子。

"五千块够不够？"他问。

在场的人都很惊讶。维拉咽着唾沫，点了点头。他说不出话来，可是他心里忽然有了希望。

"那就订枪吧，"利威拉又接着说下去，他从来没有说过这么多的话，"看来时间紧迫。我会在三周之内准时把钱送过来。这样也不错，那时候，天会暖和一些，对打仗的人有利。何况，我也只能做到这样。"

维拉想遏制住自己的希望。这是不可能的。自他参加革命以来，美妙的希望瞬间破灭，是数不胜数的事。他不怀疑这个衣冠不整、为革命而做清洁工的人的话，可是他就是不敢相信。

"你发疯啦！"他说。

"三周之内，"利威拉说，"订枪吧。"

他站起身来，把卷着的袖子放下来，穿上了外衣。

"订枪吧，"他重复着，"我现在就走。"

三

凯里办事处事务繁忙、杂乱，电话声、吵闹声不断，好不容易到晚上才抓了个空开了个碰头会。凯里忙得很，但是运气不佳。他请来丹尼·华尔德，专门从纽约请来的呢，安排他和比里·卡尔塞进行一场比赛，日期定在三个礼拜之后。不巧卡尔塞偏在这几天受了重伤，已经在床上躺了两天了，凯里小心地瞒着体育记者们。他焦急地寻找能够代替卡尔塞的人。他发了许多封电报到美国西部去，把每个符合条件的轻量级拳手都问遍了，但是他们都因为合同的原因，或是打比赛脱不开身，没有一个能来的。现在，有一个人来了，可是他觉得把握不大。

"你胆量不小！"凯里见到利威拉，只看了他一眼，如此说道。

利威拉的眼睛里闪着仇恨的光，但脸上很平静。

"我能打倒华尔德。"他这么说。

"你这么肯定，你和他打过吗？"

利威拉摇头。

"他闭着眼睛，用一只手就能把你打趴下。"

听到这话，利威拉只是耸耸肩膀。

"你说话呀！"拳行老板急得嚷嚷起来。

"我能打倒他。"

"你都和谁打过呀？"迈克尔·凯里问。迈克尔是凯里的弟弟，在黄石开设赌场，没少在拳击上赚钱。

利威拉只是狠狠地瞧了他一眼，仍旧是没话。

这时，老板的秘书，一个穿戴花哨的年轻人响亮地冷笑一声。

"你认识罗伯兹，"凯里打破了僵局，"好吧，你坐下来等他吧，我已经派人去请他了，差不多也该来了。不过，看你的模样，希望不大。我不能让不入流的比赛让观众们扫兴。你要知道，绳栏周围的票要卖到十五块钱一张呢。"

不一会儿，罗伯兹来了，身上带着酒味。他又高又瘦，无精打采。他走路四平八稳，说话也是这样慢条斯理的。

"听我说，罗伯兹，"凯里开门见山，"你夸下口，说你发现了这个墨西哥小子。你清楚，卡尔赛的胳膊受伤。这个不起眼的小子居然跑了来，厚着脸皮说能代替卡尔塞。你说说看！"

"一点不错，凯里。"他慢吞吞地回答，"他能打。"

"我看你接着就要说，他能打倒华尔德了。"凯里顶了他一句。罗伯兹还真的思考起来。

"我不能这么说话。华尔德是拳王，是第一流的拳手。不过，要想一辈子都在培养拳击手，我佩服你的眼力。利威拉的拳击表演能够让观众觉得没有白花钱吗？"

"这是不成问题的，他能把华尔德摔得筋疲力尽。是我发现了他，我十分了解他。他不懂得慌乱，他像个魔鬼。如果有人问到你，你可以说他是个魔术家，他那套自学的拳路，会吓坏华尔德，也会让你们大吃一惊。我不敢保证他能打败华尔德，但是他会打得非常好，他们看完后，一定会说他是一个前途无量的拳击手。"

"那好吧，"凯里回头吩咐他的秘书，"给华尔德打个电话，让他过来我和他说好了，我认为合适就让他过来。他在对面的黄石堵坊里呢，正在风光地大把扔钱。"凯里又邀请这位教练："喝一杯，如何？"

罗伯兹呷了一口加了苏打的威士忌，听凯里仔细地介绍起利威拉。

"我还没跟你说过我是怎么发现的这个小伙子。大概几年前，他来到教练坊。当时我正在训练普列因，准备和徒莱民的比赛。普列因这个人心眼儿有点歪，这是天生的。他下手太狠，害得我找不着人给他陪练。碰巧那天我看见这个小伙子为吃饭的问题在街上晃荡，我就一把抓住了他，替他戴上手套，推进了坊里。他对拳击一窍不通，也没什么力气，可是两个回合下来，他居然挺过了。普列因下手依然狠毒，他最后还是昏倒了，是被饿昏了。我付给他半块钱和一顿饱饭。你没看见他当时的那个吃相哪，真正的狼吞虎咽。他已经两天没吃一口饭了。我想他可能够呛，来不了了，想不到的是他第二天居然又来了，看得出他身体发僵，浑身肿胀。他说他还要挣那半块钱和一顿饭。一次次的多了，他打得越来越好。这天生是个拳击家的料，结实得要命。他从来不流露自己的感情。给别人的感觉像块冰。我和他相识这么久了，没听他说过一句超过十个字的话。他只会闷头干活儿。"

"我见过他，"凯里的秘书说，"他给你干了不少活儿。"

"不少有名的拳手和他打过，"罗伯兹说，"他也从陪练中长了不少见识。我能看出，他能打倒其中的几个人。不过，他的心思似乎不在这上面。他不喜欢这一行，至少我没有看出来。"

"最近这几个月，他在几个小俱乐部打了几场。"凯里说。

"是的。不过我弄不清楚最近是什么东西鼓舞了他。他忽然特别起劲儿，几乎每次一出场就把本地的那些小伙子们都收拾了。他好像急于挣钱，他还真赢了些钱。不过他的穿着还是那么差。这是个估摸不透的人，没有人知道他的事情。更没人知道他是怎么混日子的。他每次打拳，打完就走，当天就不见了。有时几个星期看不见他。他从不听别人的劝告。如果谁能做他的经纪人，准能发财，他根本不考虑。如果你跟他谈条件，他就一条，要现钱。"

话刚落音，丹尼·华尔德进来了。他的经纪人、教练都跟着他，一大帮人像一股劲风刮了进来，华尔德很谦恭、殷勤，丝毫没有不可一世的样子。他跟每个人打招呼，不时地说说笑话，故意地和谁顶顶嘴，看得出来，他是诚心诚意的。他是个谨慎的拳击家兼生意人。在他心里，只有钱是实实在在的，其余什么都说不上。所以，凡是生意讲条件，他必亲自到场。人们都说，只有这时，才能露出丹尼的真面目。他的经纪人不过是他的嘴，替他张张口。

利威拉是另外一种人。他的血管里涌动的是西班人和印第安人的血液；他一动不动地安静地坐在不显眼的角落里，黑黑的眼睛从一张脸转向另一张脸，注意着身边的一切。

"原来就是这么个人，"丹尼心里说着，一面用眼睛打量着他的对手，"你好呀，伙计。"

利威拉的眼睛像燃着的火，没有一丝回礼的意思。他厌恶美国人。面前这个美国人，同样让他不喜欢。不过这种情景的出现也不很多。"天哪！"丹尼笑着向老板抗议道，"你该不会找了个聋子哑巴来和我打吧。"他很快就收敛了笑，他又说："看来洛杉矶是小得很啦，你们竟然找来这么一个顶级人物。是从哪个幼儿园里找来的吧。"

"你别小看这个小伙子，丹尼，相信我的眼力。"罗伯兹解释说，"他可不像他的外表一样那么好对付。"

"票已经卖出一半了。"凯里也说，"你和他打一整场试试吧，丹尼。找不到更好的了。"

丹尼漫不经心，不在乎地打量着利威拉，轻轻地呼了一声。"那我就出拳轻一点吧。可别一拳就打死他。"

罗伯兹在旁哼了一声。

"你小心点。"丹尼的经纪人提醒他，"越是不明底细的对手越要小心，冒险保不齐要出事。"

"别说了，我会小心的，"丹尼笑了，"我会一开始就控制住他，我要为了我亲爱的观众们，好好地对付他。凯里，就这样打上十五个回合——然后下个杀手，如何？"

"行，"凯里回答，"只要你做得别让人看出破绽就行。"

"怎么样，那我们来谈谈怎么分成吧。"丹尼嘴里说，在心里盘算着，"我看门票就还和在卡尔德一样，我们拿六成半。不过，我和他的分法要改变一点，我得拿八成。"他又问他的经纪人："你看这样行不行？"

经纪人点点头。

"哎，你听明白了没有？"凯里问利威拉。

利威拉摇摇头。

"是这样的，"凯里解释说，"拳手拿的钱是门票收入的六成半。你和丹尼分这笔钱。你呢，是个新手，名气不大，拿两成，其余的归丹尼。这很公道。你说是吗，罗伯兹？"

"是的，很公道。"罗伯兹表示同意，"利威拉，你应该清楚，你现在的名气还不够大。"

"门票收入的六成半是多少？"利威拉问。

"差不多五千吧，多的话也许有八千。"丹尼说，"大概就这个数。你那一份大约在一千到一千六。不错啦，跟我这样有名的人打输了，能拿这些钱，你应该没的说啦。"

接着利威拉说出的话，让他们全都大吃一惊。

"赢家拿全份。"利威拉的口气坚决。

四周一片沉默，一点儿声响没有。

"这不是等于从小孩子手中抢糖一样吗？"丹尼的经纪人说。

丹尼摇着头。

"我还见过点世面。"丹尼说，"我不怀疑裁判和所有在座的人。我也不想看到赌场老板受到蒙骗。我想说的是，我打了这么多年的拳击，这笔买卖不怎么带劲。我喜欢稳当些。事情都两说着，也许这一场我的胳膊会断，也许有人给我下了麻醉药。"他很严肃地摇头。

"不管输赢，我都拿八成。怎么样，墨西哥人？"

利威拉摇头。

丹尼急了，他发狠地说："好吧，你这个墨西哥的下流胚！我真想一拳把你的脑袋揍扁！"

罗伯兹不慌不忙站在两个对手中间。

"谁赢谁拿全份。"利威拉冷着脸又重申一遍。

"你干吗要这么做呢？"丹尼问他。

"我能赢你。"利威拉毫不含糊地说。

丹尼开始脱掉一半上衣。他的经纪人明白，这是在向观众要好。衣服没有完全脱下来，他就争取到人们的心，让人们都站在他这一边。利威拉则被孤立了。

"听我说，你这个小傻瓜。"凯里说，"你虽然在最近几个月里打败了几个本地的拳手，但是丹尼是第一流的。打完这场，他就有名誉头衔了。你还是小字辈，洛杉矶以外，没有人知道你。"

"打完这场，"利威拉耸耸肩膀，"他们就知道了。"

"你还打算击败我？"丹尼忍不住说。

利威拉点了点头。

"你再想想。"凯里劝他，"这是在给自己闯名气。"

"我需要钱。"利威拉说。

"这辈子你都甭想赢我。"丹尼拉坚决地说。

"那你为什么不同意呢？"利威拉反问他，"既然是已经到手的钱了，为什么不挣呢？"

"好吧！"丹尼好像刚明白过来，他起劲地说，"咱们台上见，我要打死你。你个臭小子，你敢这么说我！写下来，凯里，谁赢谁拿全份。登在场里的布告栏上。我要让人知道，这是场复仇赛。我要给这个没见过世面的臭小子一点儿厉害尝尝！"

凯里的秘书提笔要写，丹尼又拦住了他。

"等会儿，"他对着利威拉说，"多少体重？"

"去称吧。"利威拉说。

"不行。你这个不讲理的小子。如果按你说的，赢者拿全份，那就在上午十点时称重。"

"你同意赢的人拿全份了？"利威拉又问了一遍。

丹尼点了点头。总算说定了，他要在精神最好的时候上台。

"那就在十点钟的时候称体重。"利威拉说。

秘书的笔一条一条记着。

"你比他轻五磅呀,"罗伯兹替利威拉抱怨说,"你太亏了。从体重这点上说,你已经输了。丹尼像一条公牛,强壮结实。他肯定会打倒你,你赢的希望不大。"

利威拉用仇恨的目光回答了他。眼前的这个美国人是他印象中最好的,比别的美国佬要正直,不知怎的,此刻利威拉连他也看得有点不顺眼了。

四

利威拉走上台的时候,似乎没有人注意到他。几声轻轻的,零零落落的掌声算是欢迎了他。显然观众们不相信他,在他们眼里,他不过是一只被牵上台来被丹尼任意宰割的羔羊。对这场比赛,观众们本来就很失望,他们期望看到的是一场丹尼·华尔德和比里·卡尔塞的精彩激战,如今,他们只好凑合着看看这个新手的拳击了。再说,他们都在丹尼身上押了二对一,甚至三对一的赌注,这一方面也是在表示对参赛选手变动的不满。对他们来说,当然是钱押在哪儿,他们的心就在哪儿了。

墨西哥人利威拉坐在他的那个角落里等着。时间一分钟一分钟地过去了,这是丹尼的拖延战术。这个小伎俩对付青年人非常有效。随着时间的拖延,面对抽着香烟、情绪无常的观众,他们的心事会越来越重,终至恐惧起来。这一次,丹尼之流的计划要流产了。如罗伯兹所说,利威拉的神经太过坚强,他从没有慌张过。比起其他人，他都更有勇气，更沉着，从来没有过过度的敏感。场上的绝大多数人对他将失败的预测，对他没有产生影响。他的助手都是美国人。他们都没用——是拳击场中的废物、垃圾。现在他们却垂头丧气，他们相信，他们属于失败的一方。

"你要小心点。"斯潘德尔·海格尔警告他，斯潘德尔是他的主要助手，"你要尽可能地拖延时间——这是凯里让我告诉你的。要不报纸就会说这是一场糊弄人的比赛，更多的坏话会在洛杉矶传播。"

这个人说的话没一句是在给他鼓劲。不过利威拉不在乎。他讨厌拳击比赛，因为这是可恨的美国佬弄出来的玩意儿。最早，为了肚子，他干上了这一行，到训练场里充当人家的工具。至于取得的那一点成绩，他从没放在心上过。他极不喜欢这行当。进入了革命委员会后，为了钱，他去打拳，他发现这一行赚钱容易些。在这个世界上，他不是唯一一个在自己讨厌的行当中有收益的人。

他没有多想什么，他知道，这一场比赛他非得打赢不可，另外的结果是不可想象的。在他的身后，鼓舞他，给他信心的，是这个场子里的人们根本没意识到一股巨大的力量。丹尼参赛，是为了钱，有了钱就能过上舒适的日子。利威拉参赛，为的是他心里时刻燃烧着的信念——此刻，他孤身一人坐在拳台的一角，大大地睁着双眼，等待着他的对手，但眼前映现的，却是他仿佛经历过的各种各样的幻象。

他看到了里奥·布兰柯河畔的水力电站。白色围墙里的六千个工人面无血色，半饥半饱，还有许多七八岁的孩子上着全日班，一天只挣十美分。他看到了染坊里的工人，一个个脸色惨白，形似活尸。他想起父亲曾经说过，这种染坊简直就是"杀人洞"，在里面干上一年就会死去。他看到了自家的小院子。母亲做着各种各样的粗杂家务，烧着饭，还不忘过来亲亲他。他的父亲高大魁梧，有着宽阔的胸膛，大胡子。他非常善良、宽容，他爱所有的人。其中的一部分，留给了妈妈和他这个喜欢在院子里到处淘气的小鬼头。小时候他不叫菲力普·利威拉。他姓弗尔南德斯，这是他父母的姓。他本来叫璜，长大后，他改了自己的名姓，因为他发现弗尔南德斯这个姓让警察局长和宪兵们切齿痛恨。

善良的、高大的霍亚金·弗尔南德斯！他在利威拉的幻象世界里占有很高的地位。为什么会这样，以前他不懂，现在他终于弄明白了。他好像又看见了父亲在小印刷所里排字。或者在家里那张凌乱的桌子上急急地不停地写着什么。他又看见了工友们深更半夜里摸着黑，像个贼人一样来到他们家里，和父亲一谈就是几个钟头。他这个小鬼头，时常是睁着眼睛睡在角落里。

他耳边响起了斯派德尔·海格尔特的话，似乎是从很远的地方飘过来的："别挨一拳就倒下。你必须得这么做。挨一顿打，能挣一点钱。"

开赛的时间已经过了十分钟，他还坐在他的那一角里，丹尼还没有露面，他非得把他的伎俩施展得淋漓尽致不可。

利威拉的脑海里回忆像开闸的洪水，滚滚奔涌，不可遏止。

那次因为里奥·布兰柯的工人支持了帕布拉的工人兄弟们，老板宣布停业，工人们陷入了大饥饿。他们不得不到山里去采摘野果、树根和野菜，吃了之后，肚子刀绞般地疼痛。公司前的空地上，聚集着成千上万的饥饿的工人；罗萨里奥·马丁纳兹将军和波尔弗里奥·狄亚士军队的士兵们，他们的步枪不停地喷射着，子弹射向手无寸铁的工人们，难道是用工人们的鲜血来洗刷他们的罪孽吗？那个夜晚，他亲眼所见，敞车上高高地堆放着受难人的尸体，他们将被倾倒在维拉·克路兹的海湾里喂鲨鱼。他爬在死人堆上，寻找爸爸妈妈。他们都被剥光了衣服，血肉模糊。他尤其忘不了妈妈的样子——只有她的一张脸露在外边，身体被几十具尸体压着。耳边响着波尔弗里奥·狄亚士的士兵们的枪声，他只好跳下敞车，像被猎人追赶的猎物一样，逃走了。

一阵海潮般的震吼声浪冲进利威拉的双耳，丹尼率领着他的教练和助手们正从中央通道走上来。观众们在欢呼，迎接他们心目中不败的英雄。人们都赞美着他，人人都站在他的一边。丹尼春风满面地弯下腰，钻过绳圈来到拳台上时，利威拉的助手们也兴奋起来了，快活得要命。丹尼满脸带笑，五官之外的所有角落都在笑着。真是少见的和气的拳击家。他的笑脸像一面活动着的和善的广告牌。场子里的人他都认识。他隔着绳子和他们打招呼，开玩笑，逗乐子。坐得远的，就高兴地呼喊"丹尼"的名字，表达他们的崇拜。这种热闹纷繁的场面持续了足足五分钟。

没有人注意利威拉。在观众的眼里，似乎根本就没有他这个人。斯派德尔·海格尔特略显浮肿的脸贴在利威拉的耳边说："别被他吓住了，记住吩咐过你的话。坚持着，不能趴下。你要是倒下，已经有人命令我们，要在更衣室结果了你。你听明白了吗？你必须撑着。"

场子里有人鼓掌了。丹尼跨过台子来到利威拉跟前。他弓着腰，双手握住利威拉的右手，很热情地摇着。他的笑脸紧贴着利威拉的脸。在观众眼里，拳击家丹尼亲切地笑着拉着对手的手。他们称赞他的风度，他们为他喝彩。他们还看到丹尼的嘴动着，他们想象得出，他在和对手说着礼貌的话语。他低低的声音，只有利威拉能够听清楚。

"你这个墨西哥的小老鼠，"他还笑着的嘴唇中发出吱吱的声音，"我要把你的屎打出来。"

利威拉坐在那里没有动。他只是用一双充满仇恨的眼睛看着丹尼。

"站起来，你这个狗东西！"有人在场下喊。

观众为他没有风度而发出了嘘声，他依旧坐在那里，一动不动。丹尼离开他，转向返回他的那一角时，又引起了观众的大声喝彩。

丹尼脱下了外衣，观众们立刻发出一片赞叹声。丹尼的身体壮硕美丽，皮肤光滑洁白，像女人；肌肉强健，富有弹性；他的身材匀称，充满了力量。无怪乎好多体育杂志都用他的照片做封面。他的力量更是为几十次的比赛所证明。

斯派德尔·海格尔特帮利威拉脱掉了他的汗衫，观众们只是不屑地哼了一声。他黝黑，精瘦。他的肌肉也很有力，但没有丹尼那么显眼。观众们对利威拉不屑细看，他们忽视了他宽阔的胸脯。他们更想不到的是，利威拉肌肉纤维的强韧，细胞组织的反应迅速，还有他精密的神经系统。观众看他还只是一个十八岁的孩子，身体也是孩子。丹尼则完全不同，丹尼是个二十四岁的成熟男人，他的身体是男子汉的身材。当这两个人一同站在拳台中间，听着裁判员的嘱告时，这种对比更鲜明了。

利威拉发现了坐在记者席后边的罗伯兹。他比平时醉得更厉害，说话拉着长声。

"别紧张，利威拉，"他冲着利威拉说，"他打不倒你。他会一上来就猛攻，你千万别慌，记住这一点。你要尽力招架，躲避，然后扭住他。他不会伤害你很厉害的，你就把这当作他在训练场里打你好了。"

利威拉没有表情，仿佛没有听见这些话。

"这个小家伙，估不透。"罗伯兹跟他旁边的人叨咕，"他从来都是这样。"

不过，此时利威拉的眼睛中并没有仇恨。他眼前一幕又一幕来复枪幻象，交替出现，让他有点儿眼花缭乱。他努力抬起眼睛向前看，能看到票价一元的座位上。观众的脸在他眼中全变成了来复枪。他又看见了在漫无边际的墨西哥边境线上，烈日炎炎，酷热难耐，衣衫褴褛的人群，迫切地盼望着枪支到手。他就为了这才待在这儿的。

他站起身来，在他的那一角继续等待。他的助手们已爬过绳子，在场外打开了他们随身带着的帆布凳。在方形的拳台的那一角，丹尼正对着他虎视眈眈。锣声响了，角斗该开始了。

观众们兴奋地狂呼起来。他们还没经历过开头就这样精彩的比赛。看来报纸上说得不错，这是一场复仇拳击。丹尼一下子蹿过台子的四分之三，直对着他的敌人。内行人一看就明白，他要吞掉利威拉。他不断一拳一拳地猛攻，两拳，三拳，甚至十拳。他的拳头像个轮子，带起摧毁一切的旋风。利威拉招架不住。他被这个拳场老手从各个角度、四面八方打来的雨点般的拳头淹没了，击垮了。他靠在绳子上，裁判员把他们分开，他又被打得靠在绳子上。

这不是拳击比赛。是暴打，是残杀。除了那些下了赌注的观众，每一个人都在这开头的一分钟里紧张得无所适从。丹尼向观众展示了他的看家本领——真是精彩透顶。观众们自信得过头，他们兴奋，他们偏向，以至于都对这个墨西哥人还好端端地站在那里的事实视而不见。他们忘掉了他，丹尼的压倒一切的气势淹没了他，他们眼里没有这个人。直至一两分钟后，当裁判员再次分开他们的时候，他们才清楚地看到了他。他的嘴唇破了，鼻子也流血了。当他转身向丹尼靠过去时，人们看到他的背上有一道道血印，那是靠绳子太多的缘故。可是观众们忽略了，他的胸脯并没有急促地起伏，他的眼睛还是闪着闪闪的光。在训练场里，不知道有多少拳手在他身上演练过这种残杀般的攻击。他从开始半块钱到后来每周十五块钱代价的日子里，经受了这类猛攻的考验——训练场如同学校，他受到了严酷的训练。

接着，场上发生了一件不可思议的事。旋风般的，让人应接不暇的战斗突然停止了。利威拉孤零零地站着。丹尼，那个打遍天下无敌手的丹尼，一个仰八叉倒在了台上。他的知觉一点点地恢复，此时他的身体哆嗦着。他不是一点一点地倒下去的，也不是直挺挺地翻倒的。是利威拉的一记右拳打向他的右面门，好像从半空中将他打落下来。裁判员一只手将利威拉挡在身后，站在躺在拳台上的丹尼眼前，数着秒。照这样，干脆利落地将对手打倒，观众是应该报以喝彩的。可是这次观众没有。这太出乎人的意料了。观众们只在紧张的沉寂中倾听裁判读秒的声音。只有罗伯兹的喝彩声打破了场上的寂静。

"我说过，他双手都能打拳。"

数到第五秒的时候，丹尼脸朝下翻了个身，数到七时，他单腿跪了起来，他打算在数到九到将数到十时站起来。如果数到十他的膝盖还未离开台面，他就算"输了"，要"退出比赛"。只要他的膝盖离地了，他就算站着，利威拉也就能立刻再打他。他在丹尼身边绕着圈子，可是裁判挡在他们中间，利威拉听得出来，他读秒读得很慢。眼下，所有的美国佬都是他的对头，裁判员也不例外。

"九"字刚一出口，裁判员猛地一推利威拉。这是不公平的。有了这一推，使得丹尼从容地站了起来，脸上又带了笑。他弯下腰，弯得几乎到了九十度，用双臂护着脸和肚子，他一头撞到利威拉怀里，和他扭在一起。按比赛规则，裁判应该阻止他，可是他没有。丹尼像一个被冲过来的蚌壳钳住利威拉不放，借此恢复元气。这个回合的最后一分钟快完了，他如果撑下来，他就多了一分钟。他能在他的角落里养养神。他终于撑下来了，不管情势是险恶还是绝望，他还在笑着。

"他总在笑！"有谁喊了一句。观众似乎松了一口气，也都想起了笑声。

"那个墨西哥小子的一拳真够厉害。"丹尼在他那一角，气喘吁吁地对着那些卖劲为他服务的助手们说。

第二回合和第三回合打得很平常。丹尼不愧是个拳场老手，异常狡猾。他尽量闪避，遮挡，想尽量地从第一回合被打得昏迷的状态中恢复过来。到第四回合，他恢复过来了，毕竟他有着过人的体质。他不再用残杀人的战术，那个墨西哥人坚不可摧。他换了战术，淋漓尽致地发挥各种他熟谙的拳击本领。他诡计多端，经验丰富，虽然不能一拳打倒对方，但他已开始有计划地使用疲劳战术。利威拉打他一拳，他会回击三拳，不过是让对方疲劳，不是要命的回击。如此的无数拳之后就会致命。他开始佩服起这个双手打拳的人，他左右开弓，速度能如此之快。

利威拉打出的是左直拳。他要抵御丹尼不间断地进攻，他也要进攻。于是丹尼的嘴跟鼻子遭了殃。不过丹尼毕竟技术全面，就是因为这点，他才能夺得锦标。他不时地变换战术。眼下使用的是接近战。这一招很厉害，能够避开对方的左直拳。他又赢得了全场观众的欢呼。出其不意，他突破了利威拉的防线，一拳打向他的下巴，利威拉两脚腾空，摔倒在垫子上。利威拉单腿跪着，尽量利用数秒的工夫休息，他觉得出来，裁判数得很快。

在第七回合里，丹尼又抓住了一次机会，猛力朝对手的下巴往上一击。利威拉被打得倒退两步。丹尼又趁机出拳，将利威拉倒到了绳圈外面。利威拉的身体栽到了记者们的头上，他们立刻把他推回到了绳子外面。他趁势单腿跪在那里休息。裁判急急地数秒，他必须得爬过绳子，钻到里面去。丹尼就站在那儿等着他。裁判既不干涉，也没有把丹尼推到后面去。

观众觉得有好戏看了。

"打死他，丹尼。打死他！"有人喊。

无数个声音附和着，场子里响起了一阵有如狼嗥的声音。

丹尼用尽了心机，没想到的是，利威拉没有等到数九，而是在数到八的时候一下子穿过绳子，稳稳地和他扭在了一块儿。裁判可忙了，他急急地拉开利威拉，让他方便挨打，同时照顾着丹尼，让他占尽便宜。

利威拉没有倒下，他也想清楚了。所有的人都是一样的，他们是一色的美国佬，没有一个人公正。就在这最最困难的时刻，一个个幻象仍旧在他的脑子里闪现——烈日炎炎下的沙漠的铁道，墨西哥的宪兵，美国的警察，监狱，拘留所，水塔边的流浪汉——一切他在罢工之后离开里奥·布兰柯一路流浪行所见到的种种肮脏痛苦的景象。他又想到了前途光明，伟大的红色革命。枪支就在他的眼前，眼前那一张张可恶的脸，就是一支支枪。他是为了枪来打拳的。他是枪，他要革命。他是为墨西哥而战。

观众们开始对利威拉发怒。他们不明白为什么他不肯接受早已料定的失败呢？他注定要败，他为什么那么倔强地坚持呢？也只几个人关注着他，这类人在赌徒里占有一定的比例，他们专门下没有希望的赌注。他们也确信丹尼会赢，但他们仍然以四对十或一对三的比例，把钱押在了这个墨西哥人的身上。当时他们都在赌他能坚持几个回合。台子边上放了大把的赌注，有些人认为他撑不到七个回合，有人认为是六个。现在赢了的人，冒险成功，在金钱上没有了担忧，于是跟着所有的人为那个拳场的幸运儿喝彩了。

利威拉不让对手击倒他。在第八个回合里，丹尼故伎重演，想再次击倒他，但白费力气。在第九个回合里，利威拉又让观众吃了一惊。就在他跟丹尼又扭抱在一起的时候，他突然迅速灵活地挣脱开来，在身体离开丹尼的瞬间，一个最合适的空隙中，他从腰际挥出右拳。丹尼倒地，听着数数挽救他。所有人都惊呆了。利威拉用的是丹尼的拳法，击倒了丹尼，真可谓"以其人之道还治其人之身"了。利威拉想在丹尼听到"九"站起来的当空攻击他。裁判却防备着他用这一手，如果两个人换个位置，轮到利威拉站起来的时候，他准会避到一边去。

第十个回合开始后，利威拉用了两次右拳上击的手法，直打丹尼的下巴。丹尼要拼命了，他的脸上依然带着笑，可是他重新启用了能够杀人的战术。他的拳头像一股股旋风，然而却伤害不了利威拉，相反，利威拉却在急风暴雨般的、让人目眩的攻击之下，一连三次将丹尼打倒在垫子上。现在，丹尼要恢复体力，已经不那么快了。到了第十一回合，他的情形更糟了。也就是从现在起，一直到第十四个回合，他使出了拳击家的各种招数。他躲闪，抵挡，使软拳，尽快地恢复体力。他用尽了一个成名的拳击家所知道的一切卑鄙手段，一切的诡计和把戏。他会装出不留意的样子撞过去，和对方扭在一起，用胳膊把利威拉的拳击手套紧紧地夹在自己的胸前，并用自己的手套顶住利威拉的嘴，让他不得呼吸。他还有几次趁扭抱在一起的时候，张着他的皮破流血的嘴，对着利威拉的耳朵说些不堪入耳的下流话，侮辱利威拉。而场上的所有人，包括裁判，观众都偏袒丹尼，站在他一边。他们都明白丹尼在做什么。他被一个无名小辈用他自己的惊人拳法打败了，但是他要用别的法子，集中力量给利威拉致命的一击。为了等待机会，打出有力的一拳，变被动为主动，他不惜自己的身体，换上几拳；他试探，佯攻，诱惑，使出了比他更有名的一个拳击家用过的招数。他对准利威拉的肚子和颚骨双管齐下。这对他来说并不难，他是以臂力大而闻名的，只要站着，他的胳膊就有劲。

利威拉的助手在回合之间的休息中，一点儿不尽心尽力地照料他。他们舞动着毛巾，只是做做样子，并没有把多少空气扇到他那喘息不止的肺里。斯派德文·海格尔特跑过来忠告他，利威拉心里明白，那是不可听的。场上所有的人都和他作对，他处在阴谋诡计的乌黑之中。在第十四个回合里，他又击倒了丹尼，在裁判员读秒的时候，他垂着双手站在那儿休息。他看到了对面的角落里，人们在窃窃私语。他看见迈克·凯里走到罗伯兹那儿，弯着腰说悄悄话。利威拉的耳朵在沙漠里受过锻炼，灵敏得像猫，他听见了几句不连贯的话。他想多听见一点，等对手一站起来，他乘势和他扭在一起，靠了在绳子上。

"就得这样，"他听见迈克尔说，罗伯兹点了点头，"丹尼一定得赢——要不我就输了一大笔钱。我押了大赌注——那是我自己的钱。如果让他撑过了十五个回合，我就完了，这孩子听你的话，去想想办法。"

利威拉眼前的幻象消失了。他们合谋要要弄他。他又一次打倒了丹尼，垂下了手，站在那儿。罗伯兹站了起来。

"你已经算是把他解决了，"他说，"回到你那角去吧。"

他在命令他，就像在训练场上他常常对待利威拉一样。就在一分钟的休息时间里，拳场老板走到他这一边和他说话。

"他妈的，到此为止吧，"他用低低的、刺耳的语调说道，"你得躺倒，利威拉。你要听我的话，我会对你好的。下次我会让你打倒丹尼，不过这一次你得躺下。"

利威拉看了他一眼，表示他听见了他的话，可是丝毫没有表示出他是同意还是不同意。

"你干吗不说话？"凯里愤愤地问。

"你反正赢不了，"斯派德尔·海格尔特帮腔，"裁判会判你输的。你还是听话，躺下吧。"

"躺下吧，小伙子。"凯里退而恳求他，"我会帮你胜利的。"

利威拉还是不回答。

"我一定会让你得胜的，帮我个忙吧，小伙子。"

锣声响了，利威拉有点要出事的感觉，观众什么感觉也没有。他自己也想不出来到底有多危险，反正事已临头，而且和他有关。丹尼似乎又有了刚开始的胜算。他的毫无顾忌的进攻让利威拉吃了一惊。这里面一定有鬼。丹尼冲了过来，利威拉没有跟他接手。他闪到一旁。丹尼急于跟他扭抱，这好像是那阴谋的第一步。利威拉退闪着，躲避着，可是他知道，迟早要扭到一起，诡计一定要施展出来。他下决心要把他们的伎俩引诱出来。他装作躲不过丹尼冲过来时的扭抱，可就在两个身体就要接触的瞬间，他敏捷地向后一退。丹尼的那一角此刻大喊

"犯规"。利威拉骗过了他们。裁判犹疑着没哼声。他的话已经到了嘴边,不过没喊出来,从座位里传来了一声嫩声嫩气的喊叫"不讲理"阻止了他。

丹尼开始毫无顾忌地咒骂利威拉,向他步步紧逼,可是利威拉避开了。利威拉下决心先不打他,虽然这样失掉了一半打赢的机会,但他必须得这么做,此刻要打败丹尼,只有靠远攻。只要给他们一点儿机会,他们就会诬陷他犯规。丹尼此刻十分大胆,在两个回合里,他欺负利威拉不敢跟他近身,对他穷追猛打。利威拉为了躲开丹尼的扭抱,已经挨了几十拳,一次又一次地躲避。观众看到丹尼又有了气势,全都跳起来,起劲地狂呼。他们什么也觉察不到,他们只知道他们的宠儿要得胜了。

"你干吗不打!"观众们愤怒地质问利威拉。

"草包!胆小鬼!"

"有本事拿出来,你个狗东西!拿出本事来!"

"打死他,丹尼!打死他!"

全场的人中,此刻只有利威拉是唯一一个保持冷静的人。就他的性格来说,他是场子里最具热情,最血气方刚的人;他所经历过的场面,比这激烈的多得是。这种一浪高过一浪的冲天齐吼,对他来说,不过是炎热的夏天黄昏吹过耳边的一阵阵凉爽的微风。

第十七回合到了,丹尼显得意气风发。利威拉在挨了生生的一拳之后,精神委顿。他无力地耷拉着胳膊,摇摇晃晃地往后退。丹尼认为机会来了,这个小孩子终于掌握在他的手掌之中了。其实利威拉就是利用这种伪装麻痹了他的警惕性,他对准他的嘴狠狠地出了一拳。丹尼倒了。他刚一站起，利威拉又用右拳对准他的脖子和颚骨向下猛击，丹尼又倒了下去。如此三次。任何裁判都说不出这种拳的犯规之处。

"喂，比尔！比尔！"凯里向裁判求援。

"没办法，"裁判无可奈何地摇着头，"我找不出他的破绽！"

丹尼此时虽在下风，但他每次还是很英勇地爬起来。凯里和靠近圈子的人连忙呼唤着警察，企图阻止他们再赛下去。可是丹尼的场外指导就是不肯扬起白手绢，他们不认输。利威拉看见一个胖胖的警官笨拙地钻进绳圈，一时搞不明白他来做什么。他搞不清楚，在美国人的这种比赛当中，不知有多少骗人的把戏。丹尼就站在他的面前，像个醉汉无力地摇晃着。裁判和警官一齐奔过来，要拉开利威拉，可是晚了半步，利威拉打下了比赛的最后一拳。用不着阻止比赛了，丹尼这次没有爬起来。

"数秒！"利威拉大声地命令裁判。

十秒钟数过，丹尼的助手将他抬到他那一角去了。

"谁赢啦！"利威拉问。

裁判这才不情愿地抓住他的戴着手套的手，举了起来。

没有人向利威拉祝贺。他孤独地走到他的那一角，他的助手连凳子都没有给他摆好。他靠着绳子，用仇恨的目光瞧着他们，然后又向全场的人扫过去，一个一个地看遍每个美国佬。他的膝盖颤抖着，他筋疲力尽地抽噎着。那些可恨的脸在他眼前晃着，头晕让他干呕着。紧接着，他想起枪，眼前的人全变成了枪。

枪是属于他的。革命将继续。

女人的刚毅

一个大脑袋顶开了帐篷的门帘，这条狗的眼睛四周结满了冰霜，脸上带着深思的表情。

"嘿，呸！西瓦希！你这个鬼东西！"里面的人都异口同声地吆喝。贝斯特用铁皮盘子狠狠地打了这条狗一下，它连忙缩了回去。路易斯·萨沃埃重新绑好门帘，一脚踢翻了炉子上的平底锅，在炉口处烤着手。外面冷极了，四十八小时之前，酒精温度计在零下六十八度的时候碎了。那以后，天气越来越冷，越来越让人感到难受。谁也说不准这种严寒到什么时候才能结束。除非万不得已，没有谁愿意在这种时候离开火炉，去呼吸外面那冰冷的寒气。有时候，有人出去了，结果冷空气冻坏了肺。由此引起干咳，尤其不能闻到煎咸肉的气味儿。到了春天或者夏天的某个时候，人们便在冰冻的黑泥地上烧开一个洞，把这个人的尸身放进去，用苔藓盖在上面。人们都相信，到了世界末日那一天，这个冷藏起来的、完好无缺的人会重新站起来。但是对于那些不相信世界末日的人来说，克朗代克是最好的埋身地点。不过，这话不能反过来说，不能认为它也是适合生活的地方。

此刻，外面非常冷，可屋里也不太热。这里唯一可以称作家具的物件，只有那个炉子，所以，大家都毫不掩饰地表示出对它的喜爱之情。地上，有一半的地方摊着松枝，松枝上铺着皮褥子，而下面就是冬天的积雪。其余的地方放满了用鹿皮袋装着的雪，还有一些锅子罐子以及一座北极帐篷里所需要的一切用具。炉子烧得通红，但是不远处就放着一块冰，跟刚从河底采来的时候一样锋利而干燥。外面的寒气压迫着里面的热气。炉子顶上，正好在烟囱穿过帐篷的地方，有一圈干燥的帆布；外面的一圈则隔着帆布正冒着热气；再外面是一个湿淋淋的圈；此外，帐篷其余的地方，蓬顶或蓬壁，都蒙着半英寸厚洁白、干燥的结晶的浓霜。

"哎呀！哎呀！哎呀！"一个满脸胡子，面色苍白的青年人躺在皮毯子里面，在睡梦中发出一阵痛苦的呻吟；他还睡着，可是喊疼的声音却越来越响，听起来也越来越惨。他猛地从毯子里半撑起身体，全身痉挛颤抖，好像要急于离开这张满是荆棘的床。

"给他翻个身，"贝斯特命令令道，"他在抽筋。"

于是，有六个自告奋勇的伙伴，充满好意地无情地把他的身体翻来覆去，重重地捶打了一番。

"这条该死的路，"他的嘴里轻轻地嘟哝着，一面掀开毯子坐了起来，"这十来个月，我几乎跑遍了全国，再苦的地方也去过，总以为自己锻炼得差不多了；可是这个鬼地方，却把我变成了一个充满女人气的雅典人，不像个男人了。"他凑向火炉，卷了一根烟叼在嘴上，"我不是在发牢骚。这个苦，我完全能够经受，还吃得消；我就是觉得很丢脸，就是这么回事。现在，在这该死的三十英里站上，我浑身僵硬，又酸又疼，简直就跟一个弱不禁风的公子哥儿在乡下走了五英里一样。呸！我自己都觉得恶心！有火柴吗？"

"别这么激动，小伙子。"贝斯特把一根点着了的木头递给他，用长辈的语气接着说下去，"你慢慢就习惯啦。难受得让人发疯。我第一次走这条路的时候，那情景记忆犹新。冻僵啦？那时，我也是这样。我每次从冰窟窿里喝够了水，总得花上十几分钟才能够站起来——浑身的骨节没一处不咯咯响，没一处不钻心地疼。抽筋？我那时遇到这种情况，全帐篷的人都要在我身上捶半天才能缓过这股劲儿来。你还算不错了，是条汉子。过几年，你就会赶上我们这帮老头子了。你还不胖呢，有不少身强力壮的人都因为太胖，没到年纪就回了老家。"

"胖？"

"对，就是块头大。你要知道，走雪路，块头大可不是什么好事情。"

"这还是第一次听说。"

"没听说过？这可是千真万确，一点不含糊的事情。要说出力，块头大当然好，可是说到持久耐劳，块头大就不中用啦。短小精干的人在吃苦的时候才熬得住，就像一条瘦狗，盯住骨头不放一样。要说韧性，块头大不行！"

"对，"路易斯·萨沃埃插嘴说，"你的话有道理！我认识一个人，大块头像水牛。当大家一窝蜂涌向硫黄河时，他和一个叫朗·迈克范的小个子搭伴。你们大概都认识那个朗·迈克范，那个长着红头发，总是咧着嘴笑的爱尔兰人。他们一路走啊走的，日夜兼程。那个大块头后来累坏了，在雪地里躺着，老半天起不来。小个子踢了他一脚，他竟然哭了起来，哭得像——怎么说呢，哭得像个娃娃。那个小个子就这么踢了一路，不知花了多少时间，走了多长的路，最后总算把大块头踢到了我的小木屋里。他在我的毯子里足足躺了三天才爬起来。我这辈子没有看见过像他那样的大块头。太胖了，就像你说的。所以你的话不错。"

"可是阿克塞尔·冈德森呢？"普林斯说，这个高大的斯堪的纳维亚人死时的悲惨情形，在这个采矿工程师的心里留下了很深的印象，"他就埋在那儿，大概就是那儿。"他的手指向神秘的东方，其实那个方向很不明确。

"那些到海边去的人，或者那些追麋鹿的猎手当中，就属他的块头大，"贝斯特接上来说，"不过他是个例外。记得他的老婆吗？那个叫恩卡的？她最多不超过一百一十磅重，浑身都是肌肉，没一点多余的赘肉。她比她的男人更有毅力。她为他受尽了世上的苦，无微不至地关心他。可以说，世上没有她做不到的事情。"

"这是因为她爱他。"工程师反驳他。

"我说的不是这个。那……"

"嘿，伙计们，"坐在食品箱上的塞特卡·查理打断了他们的话，"你们说到了男人身上的肥肉、女人的毅力，还说到了爱情，你们说得都不错。这倒让我想起了一件事，这件事发生的时候，这里还很荒凉，人烟稀少。当时，我和一个高大肥胖的男人，还有一个女人，有过一番经历。这个女人个子很小，可是她的心比那个高大的男人的心伟大得多，她有毅力。我们当时往海边走，路很艰难，天寒地冻，雪很深，每个人都饿得不行。这个女人的爱情是一种伟大的爱情——一个男人如此称赞她的爱情，也算是说到头了。"

　　他停顿了一下，顺手用斧头劈碎了一大块冰。他把碎冰放进炉子上淘金用的平底锅里，准备化成水饮用。这时，大家紧紧地靠拢来，那个抽筋的人也在白费劲，他想让自己僵硬的身体舒服一些。

　　"伙计们，我身上流的血是西瓦希人鲜红的血，我的心可是清白的。我的祖先，我的朋友们，是他们让我在很小的时候，就懂得了一个伟大的真理，这要归功于他们。我知道，土地是属于你们和你们这类人的。西瓦希挡不住你们，只能跟鹿和熊一样，在冰天雪地里生与死。于是我就跑到了暖和的地方，和你们待在一起，坐在你们的炉火之间，瞧，就像这样，变成你们中间的一员了。我一生见过不少事情，也见过许多稀奇古怪的事，我跟各个种族的人到过很多地方。我总会学着你们的样子来看人、看事、想问题。所以，当我说到你们当中的某个人，说了对他不客气的话的时候，我想你们一定不会怪罪我；同时，在我不遗余力地夸赞我的一个同胞的时候，你们也不会说：'塞特卡·查理是个西瓦希人，他的眼光不对，他的话靠不住。'对吗？"

　　在场的人都在喉咙里嘟哝了一声，对他的话表示了同意。

"这个女人叫帕苏克。我花了一笔很公道的钱从她的亲人那里把她买来。他们是海边的人，他们的契尔凯特图腾就竖立在一个海岬上。我没有怎么留意她，甚至没有仔细看过她的容貌。她的眼睛总是溜着地面，难得抬头，她和那些被人扔到她们从未见过面的男人怀里的姑娘们一样，又羞又怕。我刚才说，我没有怎么留心她，是因为我只想到了我要走很长很长的路，需要一个人帮我喂狗，而且在河上长期旅行的时候，要有一个人帮我划桨。还有，一条毯子可以盖两个人，所以我就选择了帕苏克。

"我不知道我跟没跟你们说过，我是给政府办事的公务员？如果没说过，那你们现在就知道我是干什么的了。我带着雪橇、狗和干粮，还有帕苏克，一起搭上了一艘兵舰。我们向北航行，一直走到白令海的海边，在那儿登陆——我和帕苏克还有那些狗。因为我为政府办事，所以政府给了我一笔钱，几张地图，那上面的地方没听说谁去过，此外还有几封信。这些信都是密封的，而且封得非常巧妙，再大的风雪也不怕，我需要把它们交给困在宽广的麦肯齐河冰块当中的北极捕鲸船。除了我们自己的育空河——万河之源之外，我还从来没有见过那么大的河。

"这些就不去说了，因为我要说的，跟捕鲸船以及我在麦肯齐河边度过的严冬，都没有什么关系。后来，春天到了，天长了，雪面融成了一层冰，我们，我和帕苏克就向南走，要走到育空河一带。这条路不太好走，好在有太阳给我们指点方向。我说过，当初这里哪儿都是光秃秃的，于是，我们又撑篙又划桨，逆流而上，一直划到四十英里站。在这儿又看见了白人，真是叫人高兴，我们就靠了岸。那一个冬天，非常难熬。黑沉沉的天和冷气逼得我们受不了，同时还闹起了饥荒。公司的代理人分给每个人四十磅面粉，二十磅腌肉，没有豆子，狗一直在哀号，每个人的肚子都饿得瘪瘪的，脸上全是深深的皱纹，身体壮的人变得衰弱了，衰弱的人差不多就死了。得坏血病的人很多。

"有一天晚上，我们聚在铺子里，货架上空空如也，让我们更觉得饿了。我们就着微弱的火光低声交谈起来，蜡烛都藏起来了，要留给那些能够活到春天的人。大家商量了一下，决定派一个人到海边去，把这里的情形告诉外面的人。说到这里，一屋子的人都看着我，因为大家都知道我是一个出色的旅行家。当时我就说：'沿海岸到汉因斯教区，一共有七百英里路，这一路每一英寸都要套上雪鞋来走。把你们最好的狗和粮食给我，我愿意走一趟。同时，帕苏克要跟我一起走。'

"这些条件他们全答应了。可是这当儿有一个人站了出来，他叫朗·杰夫，一个美国人，身材魁梧，肌肉强壮。他说话的口气很大。他说他同样是个了不起的旅行家，天生就善于穿雪鞋走路，而且是吃水牛奶长大的。他愿意和我一起走，万一我在路上垮了，他会把信带到教区。当时我很年轻，对美国人也不怎么了解。我怎么会知道说大话的人多半不中用呢？我更不知道，做大事的美国人是从不多说话的。于是我们三个人——帕苏克、朗·杰夫和我，带着几只最好的狗和最好的粮食，一同上路了。

"你们大概都在没人走过的雪地上开过路，都吃力地扳过舵杆，见惯了壅塞的冰块；所以，我就不多说一路的辛苦了。我们有时一天走十英里，有时一天走三十英里，更多的时候是一天十英里。所谓最好的粮食也并不好，而且需要我们一开始就得省着吃。那些挑出来的狗也很糟糕，我们得费大力气才能赶着它们往前走。到了白河，我们的三乘雪橇已经变成了两乘，可是我们刚刚走了两百英里。不过，我们还没有丢掉什么，那些死了的狗也全吃到了活着的狗的肚子里。

"这一路，我们一声招呼都没有听到过，也没有看到除我们之外的一丝炊烟，我们就这样走到了佩利。我原计划在这里补充一点粮食，把朗·杰夫留在这里。因为他老是哼哼唧唧，他已经走乏了。可是那儿的公司代理人咳嗽气喘得厉害，病得眼睛都无光了，他的地窖里也没有什么存货了；他让我们看了一眼传教士的空粮窖和他的坟墓，为了防止狗去乱刨，那上面堆着高高的石头。那儿还有一群印第安人，老人和孩子一个都没有，很显然，他们没有能够活到春天。

"没有办法，我们只好空着肚子，心情很沉重地继续走，前面还有五百英里路，在我们和海边的汉因斯教区之间，到处都是静悄悄的。那是一年里最黑暗的时候，即便在中午，太阳也还藏在南方的天际线下面，不过冰块小了一些，路稍稍好走了一点，我们拼命地赶着那些狗，不分白天黑夜地往前走。我说过，在四十英里站，每一英寸路都要套上雪鞋走。雪鞋把我们的脚磨烂了，冻疮破了，结痂，又破了，怎么也长不好。这些冻疮搞得我们非常难受，一天比一天难过。有一天早上，朗·杰夫在套上雪鞋的时候，像小孩子一样哭了起来。我叫他在一乘轻一点的雪橇前面开路，可是他为了舒服一点，脱下了雪鞋。这样，他踏出的路净是鹿皮靴踩出的雪洞，狗全陷进了雪洞里。狗很瘦，骨头都快要戳破它们的皮了，这样就更不好了。我狠狠说了他几句，他答应了，可是并没有改变什么。后来我就用狗鞭子抽他，这样，狗才没有再次陷进洞里。他此刻就像个小孩子，也许是受苦和他的肥胖让他变成这样的。

"再看看帕苏克！每当杰夫躺在火旁边哭的时候，她在忙着烧饭；早上是她帮助我套上雪橇，晚上帮我卸下雪橇。她非常爱惜那些狗，一路上，她总是高抬起套着雪鞋的脚，让人开出的路能够平整一点。帕苏克——唉，我怎么说她呢？——我只觉得她做这些事是应该的，没有多想，更没有放在心上。我的脑子里想着其他许多事情，再说，当时我还很年轻，根本不了解女人。后来事情过去了，我再回头看，才明白了。

"那个男人后来变得毫无用处。狗们已经没有什么力气了，可是他一掉在后面，就会偷偷地坐上雪橇。帕苏克说她可以驾一乘雪橇，这样他就没有事情可做。早晨，我公平地分给他一份粮食，让他一个人先走。然后我和帕苏克一同拆帐篷、装雪橇、套狗。等到中午，太阳在逗弄着我们的时候，我们会赶上那个男人，我们看见泪水在他的脸上结成了冰，接着，我们就会超过他。晚上，我们搭好帐篷，把他的那份粮食放出来，替他铺好皮褥子。然后燃起一大堆火，给他引路。几个小时之后，他就一瘸一拐地走来，一面哼叽一面吃饭一面哭泣，然后睡觉。他没有病，只是累、乏，又加上饿；可是我和帕苏克也同样累，也走得乏了，也饿，我们还得什么事都做，他什么事也不做。此刻，他正像老哥贝斯特说的，比我们多了那一身肥肉。我们仍很公平地分给他一份粮食。

"忽然有一天，我们在寂静的雪野上碰到两个鬼魂一样的过路人。一个大人，一个少年，都是白人。巴尔杰湖上已经解冻了，他们的主要行李都掉到了湖里。他们只有每个人身上背着的毯子。晚上，他们就靠着一堆火，坐到天亮。他们就剩下一点面粉，调成糊糊喝。那个男人拿出剩下的面粉给我看，只有八杯——他们所有的口粮。佩利那儿也在闹饥荒，而且他们还有两百英里的路程。他们还说，后面有一个印第安人，他们同样分给了他粮食，可是他跟不上他们。我有点不相信他的话，如果他的粮食分得公道，他不会跟不上他们。但是我不能帮助他们，他们打算偷走我的一条最肥的狗——其实此刻也很瘦——我用手枪对着他们的脸晃了晃，叫他们滚蛋。他们只好走了，像醉汉，穿过雪野，向佩利走去。

"这时候，我也只剩下了三条狗和一乘雪橇，狗瘦得成了皮包骨头。柴火不多，火烧不旺，睡觉时冷冰冰的。我们现在的状况就是这样。吃得少，冻得慌，我们的脸被冻得发黑，就是亲娘站在面前，也认不出我们来。还有，我们的脚很疼，尤其早上，套上雪鞋，一动劲儿就疼得要命，我尽量忍着不吭声。帕苏克也从来不出一声，她总是在前面开路，那个人，就只有叫唤。

"三十英里河的水很急，流水化开了下面的冰，上面全是裂口和冰洞，有大片的水露在外面。一天，我们和往常一样，赶上了杰夫，他正在那儿歇脚，因为他从来都比我们先动身。我们之间隔着一片冰。他是从旁边的冰上绕过去的，那块冰很窄，雪橇过不去。后来我们找到了一条比较结实的冰带。帕苏克身体轻，走在前面，她手里拿着一根长杆，准备万一掉下去，用杆子救急。接着，她就招呼那些狗。可是狗们既没有杆子，也没有雪鞋，结果都掉进水里，被冲走了。我在后面紧紧抓住雪橇，直到冰碎了，狗被冲跑。尽管狗们身上的肉很有限，可是我原来还计划让它们做我们一星期的口粮。现在这个指望也没有了。

"第二天早晨，我把剩下的粮食分成三份。我跟朗·杰夫说，他可以跟着我们，也可以单独走，由他选，因为我们要轻装快走。没想到他大声哭了起来，还抱怨他的脚疼和困难，说了一大堆难听的话，骂我们不讲义气。其实，我和帕苏克的脚也很疼——比他疼得还厉害，我们还要给狗开路。困难在那儿摆着。朗·杰夫指天拍地说他再不能走了，他要死了。帕苏克拿了一条皮毯子，我拿了一个锅和一把斧头，准备动身了。她看了看留给杰夫的那份粮食，说：'把粮食糟蹋在没有用的人身上是不对的。他还是死了好。'我不同意，说这样做是不可以的——一旦结成了伙伴，一辈子都是伙伴。可是她提起了四十英里站的人。她说那儿有很多人，都是好人；他们在指望我们春天能给他们送去粮食。我始终没有答应，想不到她从我腰间取下手枪，枪一响，就像老大哥贝斯特说的，朗·杰夫没到年纪就回了老家。为这，我骂了帕苏克，可是她既不难过，也不后悔。我心里也承认，她做得有道理。"

塞特卡·查理停下了话，又捡起几块冰扔到炉子上的锅里。

大伙全静悄悄的，只听见狗在呜咽，像在诉说外面的冰雪之苦，让人的后背发凉。

"我们每天都要走过那两个鬼魂露宿的地方——而我们，帕苏克和我，非常清楚地知道，在走到海边之前，能像他们那样过夜，已经很不错了。后来，我们遇到了那另一个印第安人，他也像个鬼，他的脸朝着佩利的方向。他说那两个人对他很不公平，他已经三天没有吃到粮食了。每天晚上，他煮鹿皮靴的皮子吃。可是他的鹿皮靴已经撕得差不多了。他是海边的印第安人，这些话都由帕苏克翻译给我听，她能懂那儿的话。他对育空河一带很生疏，也不认识路，可是他正朝着佩利的方向走。要走多远呢？两夜？十夜？一百夜？——他也不知道，不过他要走到佩利，现在已没有退路，他只能继续向前走。

"他没有跟我们要粮食，他看出我们也很困难。帕苏克瞧着那个人，又瞧了瞧我，就像老鹪鸪看到她的小鹪鸪受苦那样心神不定。我对她说：'这个人在受苦，把我们的粮食分给他一份吧。'我的话让她的眼睛一亮，看得出她很高兴。可是她看了那个人很久，又看着我，紧紧咬着嘴唇，最后她说：'这不行，海还很远，我们随时可能死亡。还是让这个陌生人去死，保证我的男人吧。'那个男人穿过寂静的雪野向佩利走去了。那天晚上，她哭了。我第一次看见她流泪。不是烟熏的，那天的柴火很干。因此，我觉得她的难过有点奇怪，我想，也许是太苦了，受的磨难太多了，她的心因此变软了。

"有时候，我总在想，人生真是个奇怪的东西。可是日子一天天过去了，这种奇怪的感觉非但没有减少，反而更强烈了。

人为什么要这么强努着活下去呢？明明知道这是一场不会赢的赌博。活着就等于受苦、操劳、痛苦，除非到了那一天，才能把手放在熄灭的冷灰上。小娃娃呼出一口气的时候，很痛苦，老人喘出最后一口气的时候也很痛苦，人生就是这样充满了不幸和痛苦。可是当他向死神怀里走去时，仍很不情愿，总是回头看了又看，一直挣扎着。死神可是很和气的，只有生活和生活的内容才能让人痛苦。然而，人们始终热爱生命而痛恨死亡，这真是奇怪的事情。

"在后来的许多天里，我和帕苏克很少讲话。晚上，躺在雪里，我们像个死人；早晨，我们往前赶路，像个幽灵。周围的一切都是死一般的静。没有松鸡，没有松鼠，更没有大脚兔子——什么都没有。河水在它的白外衣下面静静地流淌着，森林里的树汁都结着冰。天气变得冰冷，就和现在一样。夜里，星星离我们很近，大大的，一跳一跳的；白天，太阳总在捉弄我们，让我们觉得眼前有许多个太阳。整个天空白光闪耀，雪变成了微小的钻石。可是这一切既没有热气，更没有声音，只有寂静的雪野和刺骨的冷气。我已经说过，即使在走路，我们也像两个幽灵，跟死人一样，又像是在梦里，一点没有想到时间。只是脸对着海，心灵渴望着海，脚走向海。我们在塔基纳过夜，可是丝毫不觉得那是塔基纳。我们眼看着白马村，可是一点看不出那是白马村。我们已经觉不出我们的脚是踩踏在深谷的地上，我们什么都意识不到了。我们常常摔跤，可有一样，摔跤也是朝着海摔。

"我们最后的一点粮食吃完了，我们，帕苏克和我，总是平分着吃粮食，不过，她摔倒的次数越来越多，走到鹿隘口时，她垮了。到了早晨，我们仍然躺在皮毯子里，不赶路了。我打算待在这儿，跟帕苏克手拉手，共同等死了。我觉得我现在长大了，懂得女人的爱情了。从这儿到汉因斯教区还有八十里路程，当中还要越过高高的大契尔库特山，那山峰充满了风暴。当时，帕苏克为了让我听见她的声音，用嘴唇贴着我的耳朵，低低地说了很多很多话。现在，她已不在乎我生不生气，她就全盘说出了她的心事。告诉我她怎样爱我，还有我以前不知道的许多事情。

"帕苏克说：'你是我的男人，我是你的好老婆。我一直为你生火、做饭、喂狗，帮你划船、开路，我从来没有抱怨过。我从来没有说过，我父亲的家里更暖和，或者说，在契尔库特吃的东西更丰盛。你说话的时候，我从来都是听着，你吩咐我干事的时候，我从来都是服从。你说是这样吗，查理？

"我说，'是这样。'

"接着，她说：'你第一次来契尔凯特山的时候，你看都没有看我一眼，就像买条狗一样，把我买走了。当时，我特别恨你，真是又恨又怕。不过，这都过去很久了。这以后，你对我很好，就像一个好男人对他的狗一样。你的心一直是冷的，那儿没有我的一点位置，可是你为人正直，对我也很公平。凡是你做出勇敢的事、干着伟大的事业的时候，我都和你在一起，我常把你和别的种族的人比较，觉得你在他们中间显得最棒，你说的话从来都很有道理，你对人从不失信。于是，我就渐渐地为你自豪了，后来，你就占据了我整个的心。我自己一心一意只想着你。你好像是仲夏的太阳，总是金光闪闪地绕着圈子，从来没有离开过天空。无论我往哪儿瞧，我的目光都会落到这个太阳上。可你的心一直冰冷，查理，那儿没有我的位置。'

"我说：'是这样的，我的心很冷，那儿没有你的位置。不过，那是过去的事了。如今，我的心就像太阳回来之后的冰雪。它正在迅速融化，正在变软，那儿有水的声音，还有正在抽枝发芽的绿树。那儿有松鸡拍翅的声音，有知更鸟唱歌的声音，那儿有天才的音乐，因为冬天已经过去了，帕苏克，我懂得女人的爱了。'

"她笑了，做了一个让我抱紧她的手势。然后说：'我很高兴。'说完了，她安安静静地躺了很久，她把头贴在我的胸口上，轻轻地喘着气。后来，她悄悄地说：'我的路走到这儿，就算到头了，我累了。我再说点别的事情吧。那是很早的时候了，我还是一个契尔凯特的一个小姑娘时，我常常一个人在我父亲放着一捆捆皮子的小屋里玩，男人们都出去打猎了，女人和孩子就把打死的猎物从森林里拖回来。有一天，那是一个春天，我一个人在玩。一头大棕熊睡了一冬天刚刚醒过来，它把头伸到了小木屋里，叫了一声：'嗷'。它很饿了，瘦得很。这时候，刚好我哥哥拖着一雪橇肉回来。他从火里抽出一根烧着的柴火去打那头熊，那些狗也带着挽具，拖着雪橇向熊冲过去。他们打得很厉害，声音很大。他们在火里滚来滚去，捆着的皮子都被他们打散了，后来连小房子都翻了。不过那头熊最后给打死了，我的哥哥被那家伙咬掉了几根手指头，脸上也被熊爪子抓了好几条血印子。先前那个到佩利去的印第安人，在火堆旁烤火时,你注意到他的手没有?那上面没有大手指。他就是我的哥哥。可是我没有给他粮食。而他,就在雪野里饿着肚子走开了。'

"伙计们,这就是帕苏克的爱情,她死在了鹿隘口的雪里。这是伟大的爱情,她为了我——把她带出来吃苦受罪,最后让她悲惨地死去的男人,连自己的哥哥都不顾了,最后搭上了自己的命。这个女人的爱情多么了不起。在她闭眼之前,她把我的手拉到她的松鼠皮外套里面,让我摸她的腰。我摸到了一个装得鼓鼓囊囊的口袋,我终于明白了她为什么垮了。我们每天都把粮食分开,谁也不少,可是她只吃掉一半,另一半全放进了这个袋子里。

"她说:'帕苏克的路走到底了,可是你的路,查理,还很长很长,要越过契尔库特山,到汉因斯教区,再到大海。而且它还没有完,还要继续向前,在太阳的光辉下面,越过有人没人的大地和海洋,还要过很多年,还要有很多的荣誉和光彩。它会领你走到有许多女人的地方,那都是好女人,不过,你再也不会得到比帕苏克爱得更深的爱情了。'

"我清楚她说的是实话。我一着急一下子把那个口袋扔得老远,我对她发誓赌咒,说我的路也在这儿结束了。她那双疲惫的眼睛立刻充满了眼泪。她说:'在所有男人里面,塞特卡·查理是最诚实的,他说的话永远算数。难道他会忘了名誉,在鹿隘口说起疯话来了吗?难道他把四十里站的人忘了吗?他们把自己最好的粮食,最好的狗给了他。帕苏克一向认为她的男人是值得她自豪的。让他振作起来,套上雪鞋,走吧,让我仍然

觉得他是值得自豪的吧。'

　　"她在我的怀里渐渐地冷了，之后，我站了起来，找到那个装得满满的口袋，套上我的雪鞋，摇摇晃晃地上路了。此刻，我的腿发软，我的头发晕，我的耳朵里好像有一股吼声，眼睛前面尽是一闪一闪的火光。童年的景象似乎又回来了。我好像坐在宴席上唱歌，一会儿又随着男人和姑娘们的歌声，在海象皮鼓的咚咚声中跳起舞来。而帕苏克握着我的手，走在我的旁边。每当我昏昏欲睡的时候，她就唤醒我。我在雪地里迷路了，她就把我引到正路上来。这样，我如同一个失去理智的人，头脑里充满幻象，我就这样走到了海边的汉因斯教区。"

　　塞特卡·查理走出了帐篷的门。这时候已是正午了。南面，荒凉的亨德尔森山脉的峰顶上，挂着一轮冰冷的太阳，两旁的幻日一闪一闪的。空气似乎是闪烁着霜花织就的轻纱。帐篷前面的路边，一条狼狗竖起沾满霜的脑袋，向着天空，呜呜咽咽地哀号着。

寂静的雪林

"卡门没有两天活头了，我看它坚持不住了。"梅森吐出嘴里的冰，不无忧虑地看着那条可怜的畜生，又把它的另一只蹄子放到嘴里，咬掉趾间结得非常牢固的冰块。

瞧瞧干得差不多了，他把它推到一旁，嘴里叨咕着："从没听说过，取了一个如此怪里怪气的名字的一条狗能有好下场。它们总要一天天地衰弱下去，最终被沉重的负担压倒。看看那些名字说得过去的狗吧，比如那个卡西亚，西瓦什，还有哈斯基，它们都好好的，出过毛病吗？还没有吧，老兄！你瞧那个苏克姆，它……"

呼的一声，那条精瘦的畜生竟跳起来，龇着雪白的牙齿冲着梅森的喉咙眼。

"怎么，你还要咬我吗？"梅森竖起狗鞭的柄，对着狗的耳朵根狠狠打了一下。那条狗立刻倒在了雪地上，浑身哆嗦着，牙齿间流出了黄色的口水。

"我想说的是，苏克姆——看看苏克姆，有多么精神。我敢打赌，一星期之内，它一定会把卡门吃掉。"

"那我就敢跟你打一个相反的赌，"马尔穆特·基德一边把烤在火上化冻的面包翻了个个儿，一边说，"到不了目的地，我们就会把苏克姆吃掉。你觉得呢，露丝？"

那个叫露丝的印第安女人往咖啡里放了一块冰，让沫子沉下去。她看了一眼马尔穆特·基德，又瞧了瞧她的丈夫，再看看那几条狗，没有说话。事情明摆着，谁都明白。前面还有两百英里的生路要走，只剩下六天的口粮了，而狗粮则一点也没有了。难道还能想出别的办法吗？两男一女围着火堆，吃起那少得不能再少的午餐。那几条没有卸掉挽具的狗，眼巴巴地看着他们用餐，眼光中流露着嫉妒。

"从明天开始，我看我们得减掉一顿中午饭了。"马尔穆特·基德说，"我们得时时提防这些狗——饥饿让它们变得凶起来了。一有机会，它们就会把人扑倒的。"

"想当初，我也做过美以美教会的主席，还在主日学校教过书呢。"梅森自顾自地说着自家话，出神地盯着他那双在火边冒着热气的鹿皮靴，直到听见露丝给他倒咖啡的响动才回过神来，"感谢上帝，我们总算还有茶喝！想想在田纳西州的时候，我眼前看着一棵棵茶树长大。眼下，如果有谁送给我一个热腾腾的玉米面包，随便他拿走我的任何东西，我还有什么舍不得的吗！露丝，别发愁，挨饿的日子没有多久了，鹿皮靴也会很快脱掉的。"

那个女人听到这番话，脸上的愁容真的就消散了，她的眼睛里流露出一片对白人丈夫的深情——梅森是她见过的第一个白人男子——更是她知道的男人里面唯一一个对待女人比对待畜生好的男人。

"就是这么回事。"她的丈夫接着说，这些云里雾里的话只有他们自己才听得懂，"一旦这里的事办完了，我们就动身到'外面'去。坐船，渡过盐海。那片海糟透了，凶巴巴的——浪头像一座座山，跳上跳下。海还很大，你得在海上过十夜，二十夜，甚至是四十夜。"梅森一边说，一边还掐着指头算计着日子，"一路都是海路，那么坏的海路。然后，就到了一个大村子，有很多很多的人，多得就像明年夏天的蚊子那么多。村子里的房子，嗨，那么高呀——高的有十棵二十棵松树那么高。棒极啦！"

梅森说不下去了，他求救似的看着马尔穆特·基德，然后又比画着双手，把那十棵二十棵的松树一棵一棵地接上去。马尔穆特·基德只是用略带讥诮的快活眼神看着梅森，微笑着；露丝却被吓住了，她惊奇地睁大了眼睛。她觉得他在说笑话，对他的话半信半疑，可是他那份真诚那份殷勤已足以让她这个可怜的女人感到满意了。

"然后，你走进一个箱子里，就这样——吱的一声，你就上去啦。"他打着比方，把他喝空了的杯子往上一抛，又稳稳地接住，嘴里喊道，"啪，你又下来了。啊，神奇的法师！你在育空堡，我在北极城——大概有二十五天的路程——全用长绳子连着——我拿着绳子的这一头——我说：'露丝，喂，你怎么样啊？'——你说：'你是谁呀，是我的丈夫吗？'——我说：'是呀。'——你又说：'唉，我烤不出好面包了，没有苏打粉了。'——我告诉你：'到储藏室去看看，在面粉下面。'你找到了很多很多苏打粉。瞧，你一直在育空堡，我还在北极城。嘿，奇妙的法师啊！"

听着这样的神话，露丝天真地咯咯笑着，把两个男人也引得哈哈大笑。可是狗打起架来了，打断了这些关于外面的神话，等到男人们把乱作一团的狗拉开，露丝也已经把雪橇捆扎妥当了，他们又准备上路了。

"上路！秃子！嘿！走啦！"梅森举着狗鞭，双手灵巧地舞动着，套着笼头的狗们终于嗷嗷地低声吼叫起来。他把雪橇的舵杆往后顶去，雪橇破开冰层启动了。跟在后面的露丝的第二队雪橇狗也行动了，马尔穆特·基德殿后，在帮助露丝出发后，他也启动了雪橇。基德身体壮实，一身蛮劲，一拳头就能打倒一头牛，可是他从不忍心打这些雪橇狗，他怜惜它们，觉得它们够可怜的了。这点对赶狗的人来说并不多见——甚至，基德一看到狗们受苦，几乎都要流泪。

"走吧，赶路吧，你们这些畜生，脚很疼吧！"最初狗们呜呜叫着，基德试了几次，雪橇都动不了，他不由得叨咕了几句。不过狗们没有辜负他的耐心，尽管爪子疼得要命，它们还是启动了雪橇，还很快追上了前面的队伍。

他们都沉默着，一句话也不说，这样艰险的路程不允许他们对自己的体力有丝毫的浪费。在北极圈内开路，恐怕是世界上最苦最累的事情了。如果哪个人因为不说话，就能够在冰天雪地上顺利地走过一天，或者换句话说，在别人走过的路上走下去，那他就是个幸运儿。

各种各样的劳动中，在北极圈里开路是最艰苦卓绝的劳动了。你每走动一步，脚上网球拍样的雪鞋就会深深地陷到雪里去，直到你的膝盖。然后你得笔直地抽出一条腿，不能歪，如果歪出几分，你就要遭殃了。当你把穿着雪鞋的脚提起来时，还必须得离开雪面几分，再向前踏去，然后再高高地提起另一条腿，还必须笔直，不能弯一点。第一次踏上雪原的人，即使没有把雪鞋绊在一起，摔倒在深浅莫测的雪地里，也会在走完一百码之后，筋疲力尽；假如没有被狗们绊倒，那么在他晚上钻进毯子里时，一定会有一种无人理解的庆幸而又自豪的心安理得的满足；如果如此这般地在雪原里走上二十天，就是神灵也要无比地钦羡你了。

　　一个下午就这样慢慢过去了。寂寥的雪原上，弥漫着一种神秘可怕的气氛，它逼迫着旅行者瞻前顾后、手不能闲地干活儿。大自然有足够的手段让人明白自己的人生是有限的——比如铺天盖地的浪潮，激烈的风暴，威慑一切的地震，电闪雷鸣——不过，最令人胆战心寒、忐忑不安的，还是这寂静无边的雪原，一丝动静都没有。晴空万里，天色却是黄铜般的；一点点声息，就像亵渎了神灵，人更是变得战战兢兢，能够被自己弄出的不大的声响吓得心惊胆战。一旦意识到只有自己的这一条生命在寂静无边的荒原上跋涉，对这一大胆的举动立即会害怕得抖动起来，他觉得自己的命不及一条毛毛虫。这时，各种各样的怪念头都会不期而至。他期望万物都能说出自己的秘密；他对死亡，对上帝，对宇宙都充满了恐惧；同时，他又渴望生命，思慕复活，希冀不朽——他又意识到，人到此时，想什么都没用，只有把自己交给上帝，该是什么样就是什么样吧。

这一天似乎就会这么慢慢地过去了。后来，那个河道转了个大弯，梅森赶着他的那一队狗想抄近路，得穿过很窄的一个路段。狗们在高高的河岸上畏畏缩缩，前行不爽。露丝和马尔穆特·基德不停地帮着推这架雪橇但是没用，还是滑了下来。最后，人和狗用尽了最后的力气——这群饿得非常虚弱的狗，雪橇终于被稳稳地拖上了岸顶；不知怎的，领头狗忽然向右一冲，其他狗们也随着冲向了右边，竟撞到了梅森的雪鞋上。梅森被撞倒了，队中的一条狗也倒了。好不容易才爬上岸顶的雪橇又摇摇晃晃地溜回到岸底去了。

鞭子声嗖嗖响起，猛烈地向狗们抽去，抽得最多的是那条摔倒的狗。

"别打了，梅森，"马尔穆特·基德劝告着，"这个可怜的畜生就剩一口气了。等一下，让我把我那一队狗套上吧。"

梅森慢慢地收回了鞭子，可等马尔穆特·基德的话音刚落，他鞭梢一甩，缠住了那条让他发怒的狗。卡门——它就是叫卡门的狗——身子一歪，悲惨地呜咽了一声，倒在了雪地上。

眼前的场景，可不怎么美妙，这是一瞬间发生的一幕小小的悲剧——一条狗奄奄一息，两个男人怒气填膺。露丝小心翼翼地打量着两个男人。马尔穆特·基德双眼流露出深深的责难，但他没有发作，克制着自己。他弯下腰割断了那条狗身上的皮带。三个人都沉默着，他们把两队狗并成一队，克服了那场困难，三架雪橇又往前行了。那条将死的狗也歪歪倒倒地跟在后面。一时间还不会结束它的生命，只要它还能走，这是最后的机会——如果它能走到宿营地，也许会有一条别的狗被打死。

梅森对自己刚才勃然大怒发脾气的举动有些懊悔，但是倔强的他是不肯承认错误的，只是在前面卖力地赶着雪橇。他一点不知道，前面的路上，一场灾难正等着他。他们走的这条路，穿过隐蔽的坡下的一片密林，路边大概五十码的地方屹立着一棵大松树，至少它在这儿站了好几百年了。也许几百年前就注定了它有这样的结局，换句话说，这个结局也许就是梅森前生注定了的。

梅森鹿皮靴上的鞋带子松了，他停下雪橇，弯下腰系鞋带。后面的雪橇也停了下来，狗们全都卧在雪里，静悄悄的。周围静得瘆人，连一丝风吹动林中的枝条的声音都没有。严寒与寂寥冻结了雪原的心脏，封住了它的嘴唇。似乎空中传来了一声微微的叹息——人们并没有听到，也许这是一种感觉，这是一个在寂静的空间即将要发生什么的预兆。那棵历经沧桑的大松树在积雪的重压下，上演了它生命中最悲壮的一幕。梅森听见了大树的折裂声，企图跳开，但他弯着腰，还没有直起身，树干就已经砸到了他的肩膀上。

突然而至的危险，瞬间降临的死亡——马尔穆特·基德经历得太多了！倒下的松树的针叶还在那里抖动，他就发出指令，开始行动了。印第安女人也没有和她的白人姊妹通常表现的那样，或是啼哭，或是晕倒，而是一听到基德的命令，立刻将全身压在一根刚刚做成的杠杆的另一端，减轻大树压在梅森身上的压力，一边注意地听着丈夫的呻吟声。马尔穆特·基德抡起斧头砍树身，斧刃一接触树干，发出似金属的清脆的响声，一同发出的，还有基德沉重的喘息声。

终于，不久以前还是个人的那个可怜东西被基德放到了雪地上。更令人心碎的是露丝脸上流露出的那种无以言表的悲伤，她那交织着绝望与希望的探询眼光不时地瞟向基德。他们都沉默着，生活在极地的人早就知道空话无益行动宝贵的规则。在零下六十五度的气温中，一个人只要在雪地上躺几分钟就会丧命。他们迅速地割断雪橇上的皮带，把不幸的梅森用皮褥子裹住，放在用树枝搭起的地铺上，并且很快用造成灾难的那棵大树的树枝在眼前燃起了一堆篝火。他们又在梅森的背后支起一块帆布，这既是一块屏风，又可以把篝火散发出来的热气反射到梅森的身上——这是每一个生活在大自然中的人们都掌握的物理窍门。

　　经历过死亡危险的人，大概一眼就能看出死亡何时降临。梅森让那棵大树砸得糟糕透了。即使马马虎虎地一眼也能看出，他的右臂、右腿，还有脊梁骨都被压断了，他的下身从屁股以下全没有知觉，内伤也不轻。只有偶然的一声呻吟，证明他还活着。

　　无情的夜慢慢地过去了——绝望，无助。束手无策中露丝所能做的，也就是发挥她那个民族特有的坚韧不拔的坚毅性格，基德青铜色的脸上则平添了几缕新的皱纹。实际上，梅森受的苦也许是三个人中最少的。他已经回到了田纳西州的东部，在大烟山区重温他的童年。他呓语不断，让人难以理解的是，他用的全是他已经忘怀了的南方的语调。他说他在湖里游泳，说他逮树狸偷西瓜。这些露丝一点听不懂，可是基德听得明明白白，他被感动了——像一个被文明社会隔绝了多年的人听了那样。

早晨，受伤的人清醒过来了，马尔穆特·基德俯身下去，听梅森孱弱的细语。

　　"当初我和露丝在塔纳纳见面的情景你还记得吗？到下一次冰雪融化的时候，应该是整整四年了。当时我并没有喜欢上她。她似乎还算漂亮，也能吸引人。可是不久我就老思念她了。她是个好婆娘，无论遇上什么难事，她都和我一块儿担当。说到我们干的这一行，你也知道，谁也超过不了她。那一回你还记得吗，枪弹像冰雹一样打在水面上，她涉过麋鹿角急流，把你和我从岩石上拉下来？——还有一回，我们在努克路凯脱挨饿，是她渡过激流，给我们送来消息。她真是我的好老婆，比我先前的那个强多了。你不知道我结过一次婚吧，我没有跟你说过。是的，那是在我的家乡——我娶过一个老婆。我到这个地方来，就是因为她。我们还是青梅竹马呢。我离开老家，算是给她一个离婚的机会，这个机会她逮住了。

　　"这跟露丝一点关系都没有。我打算挣些钱，明年就带露丝到'外面'去，可是现在晚了。基德，千万别送她回娘家。叫一个孤单单的女人回娘家，她会难受的。——想想四年了，她和我们一起吃豆子，吃腌肉，吃面食和干果，怎么能再把她送回去吃鱼吃鹿肉呢！她已经过惯了我们的生活，这比她娘家的生活要好，回去她怎么过得惯呢。基德，你得多照顾她——你为什么不答应我呢——是的，你总避着她们，这是为什么呢？你也从来没有告诉过我，你干吗要到这儿来呢？你要好好地待她，要早一些送她到美国去。不过，她要是想家，你就送她回家。

"还有那个孩子——他把我们联结得更紧了，基德。我多么希望他是个男孩儿呀。唉——他是我的骨血，基德。他绝不能留在这个地方。万一是个女孩子，这是不可能的。基德，把我的皮货卖掉，大概能卖五千块，在公司里我的钱也差不多有这个数。把我的股份和你的放在一起吧，我觉得我们买下的那块高地一定能够挖出金子。你得负责让那个孩子受教育，不过最最重要的，基德，是别让那个孩子回到这里。这个地方不是咱们白种人能够生活的地方。

"基德，我不行了，最多拖不过三天。你要继续往前走！必须走！记着，基德，照顾我的老婆，我的孩子！上帝啊，我多盼望他是个男孩儿呀！你不能再徒劳地守着我了——我是个将死的人了，我求你了，赶快上路！"

"那就让我等三天吧，梅森。"马尔穆特·基德恳求着，"也许你会好起来的，也可能会发生意料外的事情。"

"这不行。"

"就三天。"

"你必须走。"

"两天行不行。"

"基德，别说了，这都是为了我的老婆和儿子。"

"那么就一天吧。"

"不行，说什么也不行，你一定得……"

"就一天吧，有这些干粮，我们能够对付过去，说不定我还能打到一只麋鹿呢。"

"你最好还是——那好吧，就一天，多一分钟也不行。还有基德，别——别让我这么可怜兮兮地等死。只要一枪，就一枪，这个你懂。我的亲骨肉呀，今生今世再也见不到他们啦！

"叫露丝过来，我要跟她告别。我得告诉她，为了我们的孩子，赶紧走，别管我。要不她不会走的。再见了，我的朋友，再见！

"你要记着，在那个小山谷旁边的坡上打个洞，咱们在那儿一下子就挖出了四十美分的金子呢。

"还有，基德！"基德更低地俯下身子以便听清他最后的微弱话语，也许是忏悔，"对不起——你知道——我对不起卡门。"

马尔穆特·基德穿上皮外套，系好雪鞋，带上来复枪，他让露丝到梅森跟前去告别，然后转身向林子深处走去。在极地，这样的事他遇见过许多，但眼前却是从没有碰到过的难题。三个应该活下去的人中出现了一个注定要死亡的人——这让他拿不定主意了。有五年了，他们共同跋涉在河上、路上、帐篷里、矿山上，他们肩并肩面对旷野、洪水，面对饥荒所造成的死亡的威胁。他们结成了患难之交，他们的友谊亲密无间。所以当露丝第一次插到他们中间的时候，他还曾产生过一丝丝妒忌。现在，他们的友谊要由他来亲手割断了。

他没有找到麋鹿，虽然他只希望打到一只，似乎所有的野兽都离开了这一带。天黑下来了，他精疲力竭，两手空空，迈着沉重的步子向帐篷处走来。狗的疯狂吠叫和露丝的尖叫声让他加快了脚步。

一进宿营地他看见露丝正在和狂吠的狗们搏斗，她不停地挥舞着斧头。狗们破坏了主人为它们定下的铁的纪律，正在哄抢主人的口粮。他立即倒提步枪参加到这场战斗之中。如同原始时代的残酷战争场面一样，步枪同板斧上下飞舞，单调而有规律，有时落空，有时击中。那些机灵的雪橇狗们，闪着狂乱的目光，龇着犬牙，口中流着口水，灵活地躲闪。人和狗，为了生的权利，进行着惨烈的战斗。最后，被打败的狗们退回到篝火旁，舔着身上的伤口，时不时地地对着星星哀号几声，似乎在诉说自己的不幸。

剩下的干鲑鱼都被狗吞掉了。面粉也只有五磅的样子，前面还有两百多英里的路程。露丝回到了丈夫身边，马尔穆特·基德则把一条身体还热乎的死狗身上的皮扒下来，这条狗的脑袋被斧子劈碎了。基德很认真地藏好每一块肉，把狗皮和内脏扔给刚才还是伙伴的那些活着的狗们。

那群狗早晨又生起了事端，它们互相撕咬。勉强活着的卡门很快就被扑倒了。基德用鞭子抽，根本不管用，它们不理。基德的鞭子抽得不轻，它们被打得嗷嗷惨叫，但就是不散开，直到把那条狗的骨头、皮、毛和一切吃得干干净净为止。

马尔穆特·基德手里不停地干着活儿，耳朵却在时刻听着梅森的动静。梅森又重新回到了田纳西州，他显然正在和儿时的朋友们谈天说地，还不时地争论着。

露丝看着基德干活。他正利用周围的松树搭棚子。就是猎人们为了躲避狼和其他野兽储存生肉的那种棚子。他先把两棵不太大的松树树梢对树梢地按下来，差不多挨着了地面，再用鹿皮绳固定住它们。接着，他制伏了那几条狗，当然是用手中的皮鞭，把它们分头套在两架雪橇上，装好所有他们的物品，只留下了梅森身上的皮褥子。然后他将梅森连同皮褥子裹好捆扎紧，一头一尾分别捆在被按倒的松树上。只要用猎刀砍断绳索，两棵松树就会弹起，将梅森弹到半空中去了。

露丝接受了丈夫的遗嘱。这个可怜的女人，从小接受了顺从的教育，女人要对造物主绝对服从，女人生来就不能反抗。她听从基德的吩咐，对着梅森痛哭了一阵，然后吻别了丈夫——她本族的人并没有这样做过——然后她跟着基德走到第一架雪橇跟前，基德帮她套好了雪鞋。她默默地握着雪橇舵杆和鞭子，吆喝了一声，赶狗上路了。一切都做好之后，基德回到已经昏迷了的梅森身边；渐渐地，露丝的雪橇不见影子了，基德还是蹲在篝火旁边，他在等待着，不停地祷告，他希望看到伙伴自己断气。

一个人独自待在寂静的雪林里，面临着痛苦，实在不是什么好事情。尽管寂静，要是在黑暗里，也许会好受些，昏暗围护着你，千方百计地向你倾诉它的那种参不透的同情。可是身处铁青色的天空下，凛冽的白色的寂静中，一切都是那么的无情无义。

一个钟头过去了，两个钟头——梅森仍然喘着气。已经是正午了，太阳并没有升起，只是在南方的地平线上留下一抹红光，瞬息即逝。马尔穆特·基德仿佛惊醒过来，他拖起脚步，走到伙伴身边。他向四周打量了一眼，万籁俱静，他觉得雪林在嘲笑他，一阵惊悸掠过全身。尖厉的枪声响了，梅森被弹到了他的空中坟墓里。基德狂暴地挥舞鞭子，狗们疯狂地奔跑起来，雪橇在雪林中奔驰而去。

马普希的房子

　　"奥雷号"看起来很笨重，可是它在不大的风里行驶却很利索，船长一直把它开到了刚刚退潮的海岸上才抛下了锚。西库鲁岛低低地浮在水面上，这是一个珊瑚岛，呈环形，只有一百码宽，海岸线倒有二十英里长，这个由各个小珊瑚岛围起来的圆圈，高出水平线三英尺到五英尺左右。在广阔的、水清如镜的礁湖底下，有许多珠蚌。从甲板上望过去，能看见在岛的那边，有许多人潜在海水里干活。可是礁湖的入口连一条双桅帆船也开不进去。如果是顺风，单桅快船也许能够勉勉强强地顺着曲折的、很浅的航道开进去，双桅帆船就只好停在外边，放下小艇进岛去。

　　"奥雷号"很轻快地放下了一只小艇，有六个棕色皮肤、只围着红腰布的水手跳了进去。他们拿起桨，一个年轻人站在船尾掌舵，他穿着欧洲人爱穿的白色热带服装。不过，他不是纯种的欧洲人。他的白皮肤在太阳光里隐隐露出波利尼西亚人的金黄色调，他的那双光闪闪的蓝眼睛里也带着一种金色的光辉。

他叫劳乌尔——亚历山大·劳乌尔；他的母亲玛丽·劳乌尔是一个有着外来血统有钱的女人，拥有并经营着半打和"奥雷尔"号一样的双桅帆船，他是她最小的儿子。这只小艇冲过港道入口处的一个旋涡，驶了进去，在汹涌的激浪里颠簸，好不容易才划到了平静的礁湖面上。年轻的劳乌尔跳上沙滩，走到一个高个子土人跟前，和他握手。这个人的前胸和肩膀很魁梧，但是右胳膊短了一截，几英寸的骨头露在外面，因为时间长了，已变成白色了。这说明他曾经碰到过一条鲨鱼，迫使他结束了潜水捞珠的生涯，成了一个为了一点小利而去溜须捣鬼的人。

"你听说了吗，亚莱克（亚历山大的简称），"一开口他就这么说，"马普希弄到了一颗珍珠——多好的一颗珍珠。这样的珠子，甭说在西库鲁岛，就是在全保罗塔群岛，在全世界都少见。去把它买过来吧。现在还在他手上。你可得记着，是我第一个告诉你的。那个人是个傻瓜，你花不了多少钱就能买过来。你有烟吗？"

劳乌尔顺着海滩一直走到露兜树下的一间茅屋前。他是他母亲的经理，他的工作就是在保罗塔群岛收购椰子干、贝壳和珍珠。

他还很年轻，算上这次出来，才是第二次。他没有多少关于珍珠的常识，所以心里有点虚。可是等到马普希把那颗珠子拿给他看时，他经过努力才抑制住自己的惊讶，脸上勉强保持着生意人的那种什么都不在乎的表情。这颗珠子让他大吃一惊。它有鸽子蛋那么大，光滑浑圆，乳白色的光晕之中反射着周围各种变幻不定的色彩。它简直就是一个活物。他从来没有见过这样的东西。当马普希把珠子放到他的手心里时，它的分量更让他吃惊。这证明它的确是一颗好珠子。他用袖珍放大镜把它仔仔细细地看了一遍，毫无瑕疵，它纯净得好像随时都要离开他的手掌，融化到大气中去。放在背光处，它发出柔和的光辉，像月光。它晶莹剔透，当他把它放进水杯里时，几乎看不见它。而且它一下就沉到了水底，说明它极有分量。

"你要什么价码？"

"我要……"马普希开口了，在他后面，又露出两张女人的黑脸和一个女孩子的脸，她们都点头，鼓励他说。她们的脸向前探着，眼睛里透出热望的期盼的光。

"我要一所房子，"马普希接着说，"它得是白铁屋顶，有一座八角挂钟。房子要有三十六英尺长，带走廊。中间要有一个大房间，当中摆一张大方桌，墙上挂着八角挂钟。大房子的两边要各有两间卧室，要造四间卧室，每间卧室里要一张铁床，两把椅子和一个洗脸盆架。房子后面要有一间厨房，一间顶尖的厨房，锅、罐子和炉灶俱全。你得把房子盖在我们的法卡拉瓦岛上。"

"就是这些吗？"劳乌尔似乎不大相信地问道。

"还得有一架缝纫机。"马普希的老婆特法拉开口说。

"别忘了那座八角挂钟。"马普希的老娘瑙瑞加了一句。

"对，差不多了。"马普希说。

劳乌尔笑了。他笑了好一会儿，很开心。可是在心里，一直在盘算。他没有盖过房子，对这只有一点模糊的概念。他脸上笑着，心里想着到塔希提岛采买盖房材料的费用，这里包括材料本身的费用，还有运费、工钱等等。要算得宽一点，大约也需要四千法国银圆——四千法国银圆就相当于两万法郎。这很难办到，他还不知道这颗珍珠值不值这么多钱。两万法郎不是个小数目——这可是他妈妈的钱。

"马普希，"他说，"你真不聪明，还是说个价钱吧。"

可是马普希摇了摇头，他后面的三个人也跟着一起摇头。

"我要房子，"他说，"得有三十六英尺长，要走廊……"

"好了，好了，"劳乌尔打断了他的话，"你要的那所房子，我懂，可是那办不到。我准备给你一千块智利大洋。"

四个人一齐摇头，不同意。

"那么，再算欠你一百块智利大洋。"

"我要房子。"马普希说。

"房子对你有什么好处？"劳乌尔问他，"飓风一来，就会把它吹倒。这个，你还不明白吗？船长拉斐说，看天气，马上就会有一场飓风。"

"法卡拉瓦岛上不刮飓风，"马普希说，"那儿的地势很高。在这个岛上会刮，随便一场飓风，就会把西库鲁岛刮得干干净净。我要把房子盖在法卡拉瓦。它得有三十六英尺长，要有走廊……"

于是劳乌尔又听马普希把他的房子从头到尾描述了一遍。这位经理花了好几个钟头，想尽办法打消马普希心里关于房子的念头，可是马普希和他的老娘、老婆、女儿纳库拉，都表示了要房子的决心。马普希第二十次描述他的房子，这时候劳乌尔看到他的双桅帆船上放下了第二只小艇，这只小艇很快就靠了岸，水手们没有一个放下桨，他知道，这是在催他赶快离开这儿。果然，大副跳上岸，向那个一条胳膊的人问了句什么，就急急忙忙朝马普希的茅屋跑了过来。天突然暗了下来，黑压压的乌云遮住了太阳。劳乌尔向礁湖的方向望过去，可以看出飓风就要来临的兆头。

"拉斐说，你得赶紧离开这个鬼地方，"大副一见面就这么说，"船长让我告诉你，就是发现了珠蚌，也得等回来经过这里时再买。气压表已经降到二十九点七了。"

说着话，一阵狂风吹过头顶的露兜树，刮到后面的椰子树上，有五六个熟透了的椰子重重地落到地上。接着雨就从远处移过来，在狂风的夹带中一路逼近，礁湖水被吹乱了，腾起一股股雾气。

"一千块智利大洋，现款，马普希，"他说，"还有两百块欠款。"

"我要一所房子……"马普希又要从头说了。

"马普希！"劳乌尔大声喊，为的是让他听见，"你真傻！"

他跑出屋子，和大副并肩跑向沙滩下面的小艇。他们已经看不见小艇了，热带的暴风雨已经遮挡了人的视线。他们只能看见脚下的沙滩和一股股侵犯沙滩的恶浪。一个人从倾盆大雨中钻过来，原来是一只胳膊的呼鲁－呼鲁。

"珍珠到手了吗？"他对劳乌尔的耳朵大喊。

"马普希是个傻瓜！"他只回答了一句，大雨就阻断了他们。

半小时之后，呼鲁－呼鲁站在珊瑚岛朝海的一面望过去，看见"奥雷号"吊起了两只小艇，把船头转向了大海。他又看见，另一只双桅帆船乘风破浪驶来，抛下锚后，放下了一条小艇。他认识这条船，这是混血儿托里基的"奥洛亨纳号"。他是商人，这艘船的经理，不用看他都知道，他此刻正在船尾。呼鲁－呼鲁出声地笑了。他知道马普希去年向托里基赊过一批货物，到现在还欠着没有还。

暴风雨已经过去了。太阳光火辣辣地晒下来，礁湖又恢复了平静。可是空气很黏，黏得如同树胶，它们压住了人的肺，让人们不能畅快地呼吸。

"你听说没有，托里基？"呼鲁－呼鲁问，"马普希弄到了一颗珍珠。在希库岛，就是在全世界的任何地方都少见。马普希是个傻瓜。我知道，他欠着你的钱。你别忘了，是我第一个告诉你的。你有烟吗？"

托里基径直朝马普希的茅屋走去。这个人很蛮横不讲理，而且还不聪明。他不大在意地看了看那颗珠子，接着很随意地放进了自己的口袋。

"你的运气不错，"他说，"这是颗好珠子，我可以划掉你一笔账。"

"我要一所房子，"马普希有点慌乱地说，"要三十六英尺长——"

"三十六英尺个屁！"这个商人开口就骂，"你要还清你的债，还债就是你所要的。你欠我一千二百块智利大洋。好吧，现在你不欠我的了。咱们两清了。不过，我要记上两百块智利大洋的账，算是我欠你的。要是我到了塔希提，珠子的价钱卖得好，我会再给你记上一百块智利大洋的账——这样，就是三百块智利大洋。不过，你得记着，这是珠子卖得好的话，说不定我还要赔本呢。"

马普希很懊丧，交叉着两只胳膊坐在那儿。这颗珠子就这样被人抢走了。他没有得到房子，仅仅还清了一笔债。珠子是人家的了，自己什么也没有看见。

"你可真是个傻瓜。"特法拉说。

"彻头彻尾的傻瓜，"他的母亲说，"你干吗要把珠子交给他呢？"

"我还能有什么办法？"马普希辩解道，"我欠他的钱。他知道我手里有珠子。你们也听见了他要看珠子。我又什么也没对他说，他已经知道了，是别人告诉他的。我又欠他的钱。"

"马普希是个傻瓜。"纳库拉也在学舌。

她是个十二岁的小姑娘，还不懂事。马普希算找到了一个发泄对象，一个耳光扇过去，小姑娘被打得摇摇晃晃。特法拉和瑙瑞号啕大哭起来，埋怨的话语丝毫没有停止的意思。

这时在沙滩上瞭望的呼鲁－呼鲁又看见一只他熟悉的双桅帆船靠岸了，这只船抛了锚，放下一条小艇。这是"希拉号"，名字起的真好。这只船是李微的，一个德国籍的犹太人，有名的珍珠商人，希拉是塔希提岛的渔民和海盗的保护神。

"你还没听说吧，"那个肥头大耳、五官不端正的胖子一上岸，呼鲁－呼鲁就走上去问，"马普希弄到了一颗珍珠，别说希库岛，就是整个保莫塔群岛，以至全世界都从来没有看到过这样好的珍珠。马普希是个傻瓜，他把它卖给托里基了，得了一千四百块智利大洋——我站在外面听到的。托里基也是个傻瓜,你可以低价从他手里买过来。别忘了,是我第一个告诉你的。有烟吗?"

"托里基在哪儿?"

"他在船长林奇家里喝酒呢,喝的是苦艾酒。他在那儿待了一个钟头了。"

李微找到了托里基,一边喝着酒,一边就那颗珠子讨价还价。紧跟着去听动静的呼鲁-呼鲁听见了他们以两万五千法郎的高价谈妥了这笔生意,好惊人哪。

这时,海岸边的"奥洛亨纳号"和"希拉号"忽然发疯似的放起了信号枪。那三个人跨出门时,看见那两只双桅帆船正好掉头离开海岸,主帆和船头的三角帆都已收起,在暴风中向白浪滔天的海面驶去。接着,大雨就遮挡了他们的视线。

"风暴过去,他们会回来的。"托里基说,"咱们还是离开这儿吧。"

"我看,恐怕气压表又降低了。"船长林奇说。

他是一个长着满脸白胡子的船长,因为年纪大了,不再适合干这一行。他住在西库鲁,是因为这地方对他的气喘病有好处。他走到屋里去看气压表。

"真够可以的。"他们听见他在屋里叫,急忙跑了进去。只见他站在表前,直盯着它,表已经降到了二十九点二。

他们又来到门外,焦急地观察天气和海面。暴风已经刮过去了,但是天气还是阴沉沉的。他们看见那两只帆船张满帆,正往回驶,后面还跟了一艘双桅帆船。一转眼,风向变了,那几条船都放松了帆绳,不到五分钟的工夫,风又朝相反的方向刮去，眼看着那几条船的帆猛然地扭转了方向。岸边上的人都看出来了，这突然的一扭，让船下桁的滑车松了，船绳散了。这时，涛声隆隆，一排排大浪气势逼人，朝岸上打过来。一道可怕的闪电将阴沉的天空照得通明，紧接着就是一阵响声不绝的、发狂似的雷声。

托里基和李微急急忙忙跑向他们的小艇，李微那一路摇晃的身影，活像一匹惊惶的河马。他们的小艇刚刚划出礁湖口的时候，正好和"奥雷号"的小艇擦肩而过。在那个划进来的小艇上，站在艇尾掌舵，给水手们鼓气的正是劳乌尔。他受不了那颗珠子的诱惑，赶回来要接受马普希的一所房子的代价。

他上岸的时候，正赶上一阵急雨扑面而来，所以迎面赶上来的呼鲁－呼鲁快要撞到他身上了才看见他。

"太晚啦，"呼鲁－呼鲁大声喊，"马普希把珠子卖给了托里基，一千四百块智利大洋；托里基又卖给了李微，卖了两万五千法郎。到了法国，李微会卖十万法郎的。你有烟吗？"

劳乌尔松了一口气，他觉得这颗珍珠带给他的烦恼终于没有了。他可以不再想着这回事了。他有点不相信呼鲁－呼鲁的话，马普希卖一千四百块智利大洋适应该不错的，可是那个李微，对珍珠那么在行，居然能出两万五千法郎，有点不可思议。劳乌尔决定去找老船长林奇，听听他怎么说。等到他赶到老船长家里时，发现他正直着眼睛，盯着气压表。

"快来看看上面是多少？"老船长着急地问，他擦擦眼镜，又去看那个气压表。

"二十九点一，"劳乌尔说，"这么低的气压我还从来没有见过呢。"

"可不是，"老船长哼了一声，"从小到大，我在海上漂了五十年，也从没有见过这么低的气压。你听！"

他们站在那儿听了一会儿，惊涛骇浪，房子都被震撼了。他们又走到门外，暴风已经停了。"奥雷号"停在大约一英里远的海面上，尽管此时风不大，可是船却在疯狂地颠簸摇摆，震耳欲聋的海浪声滚滚而来，猛烈地撞击着珊瑚礁岸。小艇里一个水手冲着礁湖口摇着头。劳乌尔看过去，只看见白花花的水沫和大浪。

"我看，今天晚上，我得跟你一块儿过夜了，老船长。"他说，接着他吩咐那个水手把小艇拖上岸，叫他和他的伙计们去找安身的地方。

"二十九度。"林奇报告道，他又去看了气压表，出来时，手里端着一把椅子。

他坐下来，注视着海上。太阳出来了，天气更加闷热，空气死气沉沉，可海浪的气势却越来越大。

"我真不知道这些海浪是哪儿来的，"劳乌尔烦躁地说，"又没有风，你看看那浪，瞧那儿！"

一排足有几英里的大浪以排山倒海之势沉重地撞击着脆弱的珊瑚岛，像地震摇晃着它，林奇吃了一惊。

"好家伙！"他叫了一声，站起身来，随后又坐了下去。

"可是并没有风啊，"劳乌尔固执地说，"要是和风一起来，倒也说得通。"

"不用着急，风马上就来，准够你受的。"林奇沉着脸说。

两个人都沉默了，他们静静地坐着。细小的汗珠从他们的皮肤里渗出来，又聚成小水流流到地上。他们都喘着气，老头子的呼吸尤其困难。一个浪头冲破沙滩涌过来，拍打着四周的椰子树，几乎就在他们的脚边退了下去。

"已经超过了高潮水位，"老船长说，"我在这儿住了十一年了。"他看了一下表，"三点整。"

一个男人和一个女人，带着一群孩子和狗，凄惨地走过去。他们走到房子那边停下了。犹豫了一会儿，一齐坐在了沙滩上。几分钟之后，又有一群人从相反的方向向这里走来，这也是一家人，还带着各种过日子的家什。没一会儿工夫，船长的房子四周已经聚集起了三四百人。船长问了一个抱着孩子的女人，才知道，刚刚他们的房子被浪冲到了礁湖里。

这儿是邻近几英里以内地势最高的地方，但它的左右正遭受着大浪的袭击，以致波涛涌进了湖里。在这个周长三百英尺的珊瑚岛上，没有一处的宽度超过三百英尺。眼下正是捞珠季节，从周围的小岛上，甚至像塔希提岛那么远的地方，都有很多人来到这里捞珠。

"现在，这儿的男女老少差不多有一千二百人，"老船长林奇说，"不敢想，明天早上还能有多少人。"

"可是还是一丝风也没有啊——这到底是怎么回事呢？我倒想弄明白。"劳乌尔问。

"别着急，小伙子，别着急，待会儿，你就会伤脑筋了。"

林奇的话还没有落音，一个大浪打到珊瑚岛上。海水在他们的椅子底下翻腾，有三英寸深。女人们都被吓得哭了起来，小孩子们都紧握着小手，戚戚地哭泣。鸡和猫本来都在水里惊惶地奔跑，突然一下子好像谁下了命令，呼啦啦都飞到树上房顶上避难了。一个保罗塔人提着一篮子刚刚生出来的小狗仔，他爬到树上，把篮子系在离地面二十英尺高的地方。母狗急得在树下的水里乱蹦乱跳，呜呜地哀号。

可是太阳仍旧高悬在天上，明亮地照耀着，空中一片死寂。他们坐在那儿，望着海浪和被它颠簸着的"奥雷号"。林奇目不转睛地盯着一个个的排山大浪，直到看不下去了，用手遮住了自己的脸。接着，他走进屋子。

"二十八点六。"再出来之后，他悄悄地说。

他胳膊上套着一卷细绳子。他把绳子分别割成十二英尺长，把一段给了劳乌尔，自己留下一段，剩下的分给那些女人，他让她们各自选一棵树爬上去。

从北边吹来一股微风，拂在劳乌尔的脸上，似乎给他提起了一点精神。他看见"奥雷号"已经整好帆索，掉头离开了海岸，他真后悔自己此刻为什么不在船上。它是能逃出去了，可是这个珊瑚岛——一个大浪猛打过来，几乎冲倒了他，他连忙选了一棵树。他又想起了气压表，赶紧跑回屋里。他看到老船长也为这块表跑回来了，两人一同进了屋子。

"二十八点二，"老航海家说，"这儿要出事了——这是什么？"

半空中好像有什么东西在奔驰，房子摇晃起来，随后就是一阵巨大的隆隆声。两块玻璃被吹碎了，一阵狂风刮了进来，把他们吹得东倒西歪，几乎站不住脚。对面的门砰的一声被吹得关上了，门锁震断了，门把手摔在地上，碎成了几块。房间的墙壁像一个气球被吹满了气，鼓胀起来。这时，又传来新的声音，像是放枪，原来是外面的波涛拍打着外墙。船长林奇瞧了一下表，是四点钟。他穿上一件粗呢上衣，从墙上摘下气压表塞进大口袋里。又一个浪头打在这所房子上，只听轰然一声，这座单薄的建筑在地基上转了半个圈，然后一沉，一半地板歪下去十度。

劳乌尔冲了出去，狂风立刻吸住了他，他被卷走了。他看出风已转向，朝东刮了，于是他使了一个猛劲，扑倒在沙地上，蜷伏在那里。接着林奇像一捆稻草被吹了过来，趴倒在他身上。这时，"奥雷号"上的两个水手马上离开了他们抱着的大树，赶过来搭救他们。他们背朝着风，把身体弯到不能再弯的程度，一英寸一英寸地挣扎着向他们爬过来。

老头子因为关节僵硬，爬不了树，两个水手只好用绳子把他吊上树；一节一节吊，终于把老船长吊到了五十英尺高的树顶上，并把他捆住了。劳乌尔只是把绳子绕在身旁的一棵树上，站在那里观望。风势极其可怕，他从来没见过风能够刮得这么厉害。一片海浪冲过来，泻到湖里，他的全身湿淋淋的。太阳已经看不见了，一片铅灰色的浓云笼罩下来。雨点打下来，打在他的身上，力量跟铅弹一样。带咸味的浪花溅在他的脸上，就好像被谁扇了一巴掌。他的两颊火辣辣的，一双眼睛疼得不停地流泪。现在几百个土人都爬到了树上，要不是在这当口上，他看见这些树上结着一串串的人参，准会笑出声来的。此时此刻，生长在塔希提岛上的劳乌尔不得不弯着腰，双手紧抱着树干，双脚用力，爬到了树顶上。树顶上已经有了两个女人、两个小孩子和一个男人。小姑娘怀里紧紧抱着一只小猫。

他在这个高巢上找到了林奇船长，向他挥手，那位刚强的老前辈也向他摆手作答。劳乌尔向天上望去，这一看不由得让他心惊胆战。天空离人太近了，好像就在头顶上，天色也已由铅灰变成了漆黑。有许多人仍旧在陆地上，成群地聚集在树干周围。有的人不停地祷告，还有一个摩门教的教士正在给一些人传教。一股怪怪的、有节奏的，低低的好似微弱的蟋蟀叫的声音传过来，同时劳乌尔又仿佛听到了一股天堂里的仙乐。他向周围看过去，看到另一棵大树四周围着的一群拉着绳子的人，他们的嘴唇一动一动的，动作几乎一样。他什么都听不见，可他知道，他们在唱赞美诗。

风势仍然越来越大。他已经无法估计风力有多大，因为平生他没有遇到过这么大的风，但凭感觉，他知道风越来越大。不远处，一棵树连根拔起，树上的人全被甩到了地上，一个浪头扫过来，他们全不见了。事情发生在刹那间。他看见在泛着白沫的湖上露出了一个褐色的肩膀和一个黑脑袋。一转眼的工夫，就什么也看不到了。还有一些树也被连根拔了起来，像火柴棍横七竖八地倒在地上。他待的这棵树也在危险地摇摆着，女人一面哭着，一面抱紧那个小女孩，小女孩仍旧抱着那只猫。

抱着另一个孩子的男人碰了碰劳乌尔的胳膊，向前指了指。他看见一百英尺以外的摩门教堂像喝醉酒一样东倒西歪地飞了出去。它已经完全脱离了地基，让狂风推举着它，冲向湖面。一个骇人的大浪赶上了它，打得它一歪，又把它甩到了岸上的几棵椰子树上。躲在树上的人像熟透了的椰子，一个个掉下来。浪退下之后，看见他们都躺在地上，有的一动不动，有的还在抽搐、扭动。他们让劳乌尔想到了蚂蚁。他并不惊诧，此时他已经不知道害怕了。当他看见随后而来的大浪把这些人的残骸从沙地上冲得无影无踪的时候，反而觉得没有什么意外的了。又一个大浪，比先前的更大，一下子就把教堂冲到了湖里，它顺着风漂到了他看不清的地方，一半还露在水面上——这让他想到了挪亚方舟。

他想找寻林奇的房子，早已没影了，事情变化得太快了。他看到有许多人溜到了地面上。风势还在加大，这从他自己待着的这棵树就可以觉出。树不再摇晃或摆动，风已经把它折成了一个直角，弯在那里不停地振动。这让他们恶心起来，他们受不了这音叉或者琴簧般的振动。最糟糕的是，尽管树根还能撑住，但也维持不了多一会儿，最终它是要折断的。

咔，又有一棵树折断了。他没有看到它是怎么断的，只看见一截拦腰折断的树桩。要不是亲眼所见，根本不会知道出事了。树的折断声和人绝望的哭号声与震耳欲聋的风浪声相比，太微不足道了。他朝老船长那边望过去，正好那儿出事了。那棵树一声不响地断了，树的上半截连同"奥雷号"上的三个水手和老船长，一齐被抛向礁湖。它没有着地，就一直这么飞着。他看见它飞了有一百码才重重地摔到了水面上。他睁大眼睛，他深信他看到了老船长在向他挥手告别。

劳乌尔不再等了。他碰了一下那个土人，示意他下到地面上。那个人很同意，但是女人们已经吓得不能动了，他也只好留在树上。劳乌尔绕在树上往下溜，一股咸水泼在他的头上，他屏住呼吸，拼命地抓住绳子。水退了，他在树身背风的一面狠狠透了一口气。他想把绳子再拴得牢一些，可一个浪头又把他淹没了。上面的一个女人溜了下来，和他待在一起，那个土人和另一个女人以及孩子仍然留在树上。

这位年轻的经理已经注意到了，那一堆堆靠近树根的人群正在不断减少。现在这个变化也在他身边发生了。他使出了吃奶的力气抱紧树干，那个和他一起的女人已经越来越没有力气了。每当他从大浪里露出头来的时候，他都很惊异自己还在老地方，并且那个女人也在那儿。最后，他又在浪中露出头来，他发现这里只剩下他一个了。他往上看了看，树的上半截也不见了，只有留下的树桩在振动。眼下他没有危险了，树根很牢，而招风的上半部分已经被风削掉了。他重新朝树上爬去。身体很衰弱，他只能慢慢地爬。浪头不停地打在他的身上，最后他爬到了海浪打不到的地方。接着，他把自己紧紧地捆牢在树身上，打起精神来准备对付黑夜和那些始料不及的事情。

茫茫黑夜中，他觉得非常孤独。有时他会萌发出世界末日的念头，仿佛他是这个世界上的最后一个活人。风势一点不见减弱，还是一阵阵在加强，一小时一小时的。到了大约十一点的时候，风势猛烈得叫人无法相信。它简直就是一个怪物，它怒号着，摧毁眼前的一切，继而前进，又摧毁那里的一切。它势不可当，强大得像一堵墙——一堵无边的墙。他自己已经变成了一种虚无缥缈的东西，甚至他觉得此刻动的是他，而不是风；是风驱使他穿过无穷无尽的物体。风不再是流动的了，它已经变成了像水、水银一样的可以摸到的东西。他还感觉到，他一伸手就能把风这玩意儿一块块地撕下来，就像他从死鹿身上往下撕肉一样；他甚至觉得，他可以抓住风头，像攀岩那样抓住它。

他不能对着风呼吸，吸一口就仿佛要吹破他的肺泡，他喘不过气来。这时他觉得他的身体里填塞了太多的泥土。他把嘴唇紧紧地贴住树身，这样才能慢慢呼吸一次。风打在他的身上，吹得他筋疲力尽。他什么也不看，什么也不想了，他的神志一半醒着，一半昏迷着。他只有一个念头："原来这就是飓风。"这个念头时隐时现，好像一丝丝火焰。有时他从昏迷中醒来，还是想："原来这就是飓风。"然后又昏迷过去了。

飓风最猛烈的时候大概是在晚上十一点到凌晨三点，马普希和他的女眷们所待的那棵树正是在十一点时被刮跑的。马普希漂到湖面上时。他的手里仍然紧紧抱着他的女儿纳库拉。在这种能让人窒息、置人于死地的冲击的风暴，也只有南海的岛民才能活下来。他依附的那棵露兜树一直在翻腾的浪水中滚来滚去；为了能让自己和纳库拉不停地把头露出水面呼吸，他要抓紧树干，还要不时地换手。可是，飞溅的浪花和横扫过来的大雨，使空气里充满了海水。

到礁湖对岸的沙地，有十英里路。那些侥幸不死，又游过了礁湖的人，到了这里，大部分又会丧身在飞舞的木头树干、船和房屋的残骸之下。他们会被捣成肉泥。马普希的运气真是不错，老天给了他那一小部分的机会，大难不死。他从水里挣扎到岸上的时候，身上足有一二十处的伤口在淌血。纳库拉的

102

左胳膊断了，她的右手的手指头全给砸烂了，面颊和前额的皮肤撕裂，露着骨头。他一只手抓住一棵树，支撑着自己，一只手抱着女儿，抽抽咽咽地呼吸着，湖水一浪一浪地涌上来，没到他的膝盖，甚至淹到他的腰际。

三点钟的时候，飓风的威势终于减弱了。到了五点钟时，只剩下一股疾风在吹着了。六点钟时，风住了，太阳当头，闪闪发光。海浪已经退了，在礁湖岸边，马普希看到许多没有登上岸的人的残缺肢体。他认定，特法拉和瑙瑞一定在里头。他顺着沙滩走下去，一路细细地看，终于他找到了他的妻子，她的身体一半在水里，一半在沙滩上。他坐在地上哭了起来，哭声惨烈，像野兽的哀号。忽然，他看见她动了一下，嘴里哼了几声。他凑过去看，她不但活着，还没有受多少伤。老天垂青，她也得到了那少得可怜的机会。

岛上的一千二百人，经过这场飓风仅剩下了三百多人。这个数字是一个摩门教徒和一个士兵调查出来的。礁湖里满眼都是人的尸身。岛上没有一座立着的房子。整个珊瑚岛找不到两块摞在一起的石头。每五十棵椰子树，也就剩下一棵，还是残缺不全的，椰子一个也没有剩下。淡水全没有了，饮用的浅水井里积满了海水。最后从湖里捞出了几袋湿面粉，人们剖开了倒下的椰子树干，挖里面的树心吃。他们又在沙地上掘出洞，把白铁屋顶的残片盖在上面，在里面安身。那个教士做了一副简易蒸馏器，但是要供应三百个人喝水可办不到。第二天傍晚，劳乌尔在湖里洗澡，忽然发现口渴减轻了。他大声地向人们报告这个发现，于是，那三百个男男女女以及小孩子全都站到了齐脖子深的湖水里，利用皮肤吸收一点水分。死尸漂浮在他们身边，有的躺在水底被他们踩着。到了第三天，他们才把亲人们的尸体处理完，然后坐下来等待救济他们的汽船。

瑙瑞自从被飓风刮走，和家人离散之后，一个人经历了这么长时间的惊险。她先是抓住了一块粗木板，这块粗糙的木板搞得她遍体鳞伤，身上扎满了刺，一个巨浪凌空抛起了她，她身不由己地越过珊瑚岛，落进了大海。在海上，大浪不断地冲击着她，她丢掉了木板。她这个老太婆，年近六十，从小长在保莫塔群岛，一生都在海边生活。在伸手不见五指的黑夜里，她奋力在海水里游着，为了呼吸，她在令人窒息的狂风巨浪里不断地挣扎。突然，她的肩膀被什么东西重重地砸了一下，原来是个椰子。她灵机一动，立刻抓住了椰子。后来她又抓住了七个。她把椰子拴在了一起，成了一个救生圈。可是这东西虽然能够救命，但也很危险，随时随地会砸着她，她又特别胖，很容易受伤。不过，对付飓风，她似乎很有经验，她祝告鲨鱼神，求鲨鱼别来吃掉她，一面等着风势小下去。到了三点钟的时候，她已经迷糊得什么也不知道了，风住了时，她还是昏迷着。直到浪把她送到了沙滩上，她才醒了过来。她的手皮破血流，她不得不把伤手插进沙子里，迎着海浪向前爬，一直爬到海浪冲不到的地方。

她认出了她所在的小岛。这个小岛叫塔科科达，绝对没错。这儿没有礁湖，也没有人烟。西库鲁应该在它的南面，离这儿十五英里，但是她看不见。日子一天天过去了，她全靠着那几个救命的椰子活着。它们让她有了吃喝，但她没有放开吃，放开喝。她不知道她能不能得救。她看见了救生船在天际边冒着黑烟，可是能够指望哪一艘会开到这荒无人烟的塔科科达岛呢。

从上岸那一刻起，她就受到尸首的折磨。海浪老是把它们冲上她待的那一小块沙地，她不停地把它们推进海里，让鲨鱼饱腹，后来她实在没有力气了，任凭它们堆起了阴森恐怖的半圆形。她尽量远离它们，可是也退避不了多少。

第十天头上，她吃完了最后一个椰子，由于口渴，她觉得自己都变小了。她支撑着在沙滩上走着，想找到几个椰子。她很奇怪，尸首冲上来那么多，可椰子一个也没有。正常的话，应该是椰子比人要多得多！最后，她不得不放弃这个计划，在沙地上躺下来。她觉得她的日子到头了，除了等死，没有任何指望。

她一阵阵地迷糊起来。有一次，她从昏迷中醒来，发现眼前是一具尸体上的红头发。海浪把这个尸首冲上来后，又要拉回，它竟翻了个身。她看见它的脸已经没有了。可是这个红头发让她有点眼熟。一个钟头过去了，她没有让自己费心去辨认它。她已经是个等死的人了，这个可怕的东西是谁，又和她有什么关系呢？

一个钟头过去了，她慢慢地坐了起来，瞅着这个尸首。一个大浪又把它冲到了普通小浪打不到的地方。她认出来了，她坚信自己没有认错。在保莫塔群岛上，只有一个人长着这样的红头发。就是李微，那个德国籍的犹太人，也就是买下那颗珠子，登上"希拉号"把珠子带走的那个人。看起来，"希拉号"已经没有了。这个珍珠贩子供奉的渔夫和盗贼之神，已经离他而去了。

她朝着那个死人爬过去。他的衬衫已经没有了，她看见他腰里缠着一条放钱的皮带。她屏住呼吸，解开那些搭扣，想不到很轻易地就解开了。她拖着这条皮带很快地爬过沙滩。她把袋子一个个全翻过来查看，可都是空空的。他究竟把珠子藏在哪儿了呢？在最后一个袋子里，她终于找到了那颗珠子。那是他这一趟买到的唯一一颗珠子，也是最后一颗。她又爬开几英尺，逃避皮带的臭味。她打量着珠子，这正是马普希捞到的那颗，后来被托里基抢走的那颗。她用手掂量着珠子的重量，温存地把它滚来滚去。可是，她并没有觉出珠子有多么美，和珠子有关联的只有马普希、特法拉和她在心里精心构置的那所房子。她一看见珠子，就想到了那所房子的一切，包括挂在墙上的八角钟。有了这样的房子，人活得才有价值。

她从短裙子上撕下一条布，把珠子牢牢地拴在脖子上。接着，她就顺着沙滩走去，她喘着气，哼哼着，下决心要找到椰子。她很快就找到了一个，再向旁边看看，又找到一个。她砸开一个，喝着里面发霉的汁水，把果肉吃得一丝不剩。过了一会儿，她又找到了一个摔得快散了的小独木舟。它的平衡架没有了，可是她不甘心，果然，一会儿她又找到了那副平衡架。每一样找到的东西对她来说，都是好兆头，珠子给她带来了好运。傍晚，她又看见一个木箱子半沉半浮在水里。她拖箱子上岸时，听见箱子里哐哐响，她在里面找到了十听鲑鱼。她拿起一听，在独木舟上敲着，刚刚敲开一道缝，她就吸干了里面的汁水。然后又花上几个钟头，又敲又挤，终于吃干净了里面的

106

鲑鱼。

她又在这里等了八天，希望有船来救她。在这几天里，她用她所能找到的一切纤维，椰子的，还有她的短裙，编成了绳子，把那副平衡架绑在独木舟上。这只独木舟破损得很厉害，她无论如何不能把它修理得一点水不漏；她只好将一个椰子壳做成瓢，预备舀水用。最让她头疼的是找不到一根桨，后来她不得不用罐头皮将她的头发割下来，编成绳子，再用这绳子将鲑鱼箱子的木板跟一个扫把捆起来。为了捆得结实，她用牙齿在扫把柄上咬出了好几个缺口。

到了第十八天，她借着浪潮的力量，在半夜里将独木舟推下海，动身回希库鲁了。她本来已经上了岁数，这些天已经把她耗得够呛了，她现在瘦得皮包骨头，仅有几条肌肉裸露着。独木舟很大，平时得有三个男人才能够划得起来。可眼下，只有她自己划，用的还是一个代用桨。这只独木舟一直渗水，她得用三分之一的时间来往外舀水。到了天大亮的时候，她还没有看到希库鲁。塔科科达已在身后隐到地平线以下了。太阳照着她的光身体，蒸发着水分。现在她还有两听鲑鱼，一天中，她只把其中的汁水吸干了，她没有时间敲开它，吃里面的肉。一股朝西的海流涌过来，不管她朝哪边划，都得向西漂去。

中午的时候，她在独木舟里站起来，她看到了希库鲁。岛上茂密的椰子林都不见了。她只看见一些七零八落的残株。这使她受到了鼓舞，她没有想到希库鲁会离她这么近。海流还是涌着她向西漂。她拗着水势划过去。桨上的齿痕已经磨平了，她隔一会儿就得重新绑一次，这花费了不少时间。另外，她还得不停地舀水，三个钟头里，她得有一个钟头在舀水，不能划桨。而且，她现在不得不向西漂。

太阳下山的时候，希库鲁在她的东南方向不到三英里的地方了。月亮升起时，差不多八点时，陆地在她的东面了，大约两英里的光景。她又奋力划了一个钟头，可是陆地并没有近多少。她被卷到了海流的中心，独木舟又太大，桨不得劲儿，她还得费力往外舀水。她的身体越来越衰弱，况且独木舟还一直在向西漂。

她又向鲨鱼神祷告了一通，然后就下海游了起来。水让她恢复了不少精神，独木舟不久就被她撇在身后了。游了大概一个钟头的时候，陆地显然离她近了。可是眼前却发生了可怕的事情。离她二十英尺远的海水里，一片大鳍正在破水前进。她沉住气，朝它游过去，它却慢慢地溜开了，绕到她的右边，围着她兜了一个圈子。她盯住这片鳍，接着向前游。看不见它，她就把脸贴在水面上，注意着动静。一露出鳍，她就游。这个怪物很懒——她能看出来。不用说，飓风过后，它吃得很饱。如果它肚子很饿，看见人，它会一下子就冲过来的。它差不多有十五英尺长，只要一口，就能把她撕成两半。

可是她不能把时间浪费在这里。不管她游还是不游，海流都在涌着她离陆地越来越远。半个钟头过去了，那条鲨鱼的胆子越来越大，它看出她不会害它，就把圈子缩小，向她逼近，眼睛贪婪地看着她。她知道，鲨鱼迟早是要攻击她的，她必须先行一步。这无疑是等于拼命。她一个老太婆，饥饿和困苦已经折磨得她筋疲力尽，现在孤立无援地漂浮在海水里；然而面对这只海里的猛虎，她非得冲过去，让它不敢冲过来。于是，她向前游，等待机会。最后，还是它懒洋洋地在她身边游着，离她也就八英尺左右。她突然向它冲过去，做出要攻击它的姿态。它发疯般地一摇尾巴飞也似的逃走了。可是它那像砂纸似的皮碰了她一下，把她从肩膀到肘子的皮擦掉了一大块。鲨鱼游得很快，圈了兜得越来越小，终于看不见了。

马普希和特法拉正在那个盖着破白铁皮的沙洞里拌嘴。

"你要早听我的话，"特法拉在责怪马普希，这已经是第一千次了，"把珠子藏起来，跟谁也不说，现在它还会在你手里。"

"你别忘了，我剖开珠蚌的时候，呼鲁－呼鲁就在我的身旁——我跟你说了多少遍了，你不记得了吗？"

"反正我们今后不会有大房子住了，今天劳乌尔还对我说，你要是不把那颗珠子给了托里基——"

"我没给，是托里基抢走的。"

"——他说，要是你没有卖掉那颗珠子，他会给你五千块法国大洋，那可是一万智利大洋啊。"

"是，他跟他母亲商量过了，"马普希说，"她是懂珍珠的。"

"可是现在珠子没有了。"特法拉很伤心。

"它还清了我欠托里基的债。不管怎么说，我还是得了一千二。"

"托里基死啦，"她叫了起来，"他们都没有听到那条双桅帆船的消息。那条船已经和'奥雷号'、'希拉号'一块儿完蛋啦。托里基会把他答应欠你的三百块还给你吗？不会吧，他已经死了。就算你没有捞到过那颗珍珠，难道你今天还欠它一千二吗？根本用不着，托里基死了，你该不会把钱还给一个死人吧。"

"可是李微也没有给托里基付现款呀，"马普希说，"他只给了他一张纸，一张只可以在帕比特兑现的纸条；不过李微也死了，当然付不出，托里基一死，那张纸条也完了；要说那颗珍珠，它当然也跟着李微一道完了。你说得不错，特法拉，我丢了珠子，什么也没得到。现在，我们睡觉吧。"

突然，他举起一只手，听着什么。外面有一个声音，好像是人在用力地、痛苦地呼吸。一只手摸索到了当作门帘的芦席上。

"谁在那里？"马普希喝道。

"瑙瑞，"外面的声音说，"你能告诉我，我的儿子马普希住在这儿吗？"

特法拉大叫了一声，伸手抓住了马普希的胳膊。

"有鬼，"她吓得牙齿打战，"有鬼！"

马普希也吓得变了脸色，他无力地靠在老婆的身上。

"好婆婆，"他假作镇静，想改变自己的声音，"我认识你的儿子，他住在礁湖东面。"

外面传来了一声叹息。马普希松了一口气，他骗过了外面的人。

"你是从哪里来的，老婆婆？"他问。

"从海里。"回答的声音很凄惨。

"我早知道，我早知道！"特法拉尖声叫着，身子来回摇晃着。

"特法拉从什么时候睡到别人家里啦？"瑙瑞的声音隔着门

帘传了进来。

马普希又害怕又不满地看着特法拉，是她这一叫，露了底细。

"我的儿子——马普希，从什么时候起不认他的老娘了？"那人接着又问。

"没有，没有，我没有——马普希没有不认你，"他叫道，"我不是马普希，我告诉你，他住在礁湖的东面。"

纳库拉坐了起来，哭了。芦席动了起来。

"你要干什么？"马普希问。

"我要进来。"

芦席被掀开了一个角。特法拉想钻到毯子里去，可是马普希把她拉住了。这时候，他非得揪住点什么才行。两个人彼此拉扯着，都浑身发着抖，牙齿咯咯响，一起睁大眼睛，看着芦席角。他们看见瑙瑞爬了进来，身上滴着海水，裙子也没有了。他们忙着向后滚去，伸出手抢过纳库拉的毯子蒙住了头。

"你总该给你的老娘一口水喝吧。"他们心中的鬼开口说，很凄惨。

"给她水。"特法拉声音颤抖着，发出了命令。

"给她水。"马普希又把这个命令传给了纳库拉。

他们一齐用力，把纳库拉踢出了毯子。过了一会儿，马普希偷偷看过去，那个鬼正在喝水。她伸出了手放在了马普希的手上，马普希感到了手的力量，他相信，那不是鬼了。于是他爬起来，一面也拖起了特法拉，几分钟之后，几个人全坐在那里，听瑙瑞讲述她的遭遇了。后来，她说到了李微，就把那颗珍珠放到了特法拉的手心里。特法拉到这时候也相信了，她的婆婆还活着。

"天一亮，"特法拉说，"你就把珍珠卖给劳乌尔，向他要五千法国大洋。"

"那咱们的房子呢？"瑙瑞有点不赞成。

"他会把房子给我们盖起来的，"特法拉回答说，"他说盖房子要四千块法国大洋。此外他还欠我们一千块，也就是两千智利大洋的欠款。"

"是三十六英尺长吗？"瑙瑞问。

"对，"马普希很肯定，"是三十六英尺。"

"当中的屋子里有八角挂钟吗？"

"还得有那张桌子。"

"好了，给我点东西吃吧，我太饿了，"瑙瑞缓了一口气说，"吃完了我得睡觉，我太累了。明天一大早，我们再细细地说那房子，然后再去卖珠子。我看咱们还是让他把那一千块大洋给我们现款。跟商人做生意，现钱总比赊账好。"

北方的奥德赛

奥德赛是希腊诗人荷马所作的长诗《奥德赛》中的主人公，又叫尤利西斯。在特洛伊战争之后，经过十年的艰辛漂泊，才回到本国。杰克·伦敦在这里用作借喻。

一

几乘雪橇滑行在路上，人和狗显然都累了，默默地走着；只有挽具的吱喳吱喳声和领头狗的叮叮当当的铃声伴随着他们。路上的雪是新下的，暄腾腾的不好走。这是从远方跋涉而来的一队人，雪橇里装的全是加工后的冻鹿，硬邦邦的跟石头一样。滑板在没冻实的路面上老是向后退，像发脾气的人，倔得不听指挥。天就要黑了，可是今晚这群人没有帐篷可以栖身。雪无声无息地飘下来，不是雪片，而是丝丝雪晶。天不冷——也就零下十度的样子——没人在乎这个温度。迈耶斯和贝斯特已经把帽子上的护耳翻上去了，马尔穆特·基德甚至把手套都

113

摘下来了。

雪橇狗们早在那天下午就累得够呛了，可是眼下它们似乎多了一股劲头。那些敏感的，已经露出了不安分的神气——要挣脱羁绊，想快跑又犹豫，都竖起耳朵，猛力地吸气。一会儿，那些迟钝的狗们就惹得它们生气了，它们开始撕咬伙伴的后腿，催促它们跑起来。挨咬的狗们亢奋了，它们的变化又感染了其他的狗，随着打头的雪橇狗们满意的一声吠叫，所有的狗们都把身体低低地俯下，几乎贴到了雪面上，把挽绳拉得紧紧的，又跟着领头狗猛地向前挣，顿时，一架架雪橇向前冲去。人们只好紧抓住舵杆，跟上脚步，免得让滑板压住。一天的疲倦消失了，人们大声吆喝着狗，狗们欢快地回应着。在越来越深的夜色中，呼啦呼啦地飞奔起来。

"向右拐！向右拐！"口令依次传下去，于是一辆辆雪橇离开大路，翻侧着滑板，像单桅小帆船转向跑走了。

一百码路一眨眼就到了，他们已冲到了一幢小木房子跟前，糊着羊皮纸的窗户透出灯光，毫无疑问这是他们的家，房里育空式的火炉上烧着热气腾腾的茶壶。此刻，这房子被别人占领着。六十条毛茸茸的爱斯基摩狗狂吠着，冲向刚刚到来的领头的雪橇狗。门开了，一个身穿红色西北警察服的人走出来，踏着没膝的雪，他用狗鞭杆子让兴奋的狗们冷静下来，然后就和新到的人握起手来。马尔穆特·基德被这个陌生人迎进了他自己的木屋。

其实，应该出去迎接马尔穆特·基德的是斯坦利·普林斯，那个在育空式火炉上烧着的茶壶就是他负责的，此刻他正忙着招待客人。这拨客人大概有十多个，都是为女王服务的公职人员，有邮差和为法律服务的人。他们的血统各不相同，但是共同的供职生活让他们成了一个类型——精瘦结实，有在长年的雪道上奔波练出的强健体魄，有一张被太阳光晒得黝黑的脸，乐观无忧的心。他们每个人都有一双明朗安分的眼睛，都坦率地直视着前方。他们驱赶着女王提供的狗，使她的敌人退避三舍；他们吃着女王发给他们的不多的口粮，但是他们很满足。他们干着大事，见过世面，他们的生活多彩多姿，如同传奇，他们自己却很少意识到这点。

他们来到这里，像进了自己的家。有两个人甚至躺到了马尔穆特·基德的床上，仰面朝天，嘴里唱着歌。当年他们的法国祖先来到这西北地带和印第安人结婚时口中唱的就是这种歌。贝斯特的床铺也被人侵占了，三四个强壮的押运员盖着一条毯子，一边搓着脚，一边听伙伴讲故事。讲故事的人早年参加过远征军，在进攻喀土穆的舰队里服役。他说累了，另一个人接着讲他年轻时跟布法洛·比尔①游历欧洲各国首都时，他所见到的宫廷和王公贵妇的情景。两个混血的人坐在角落里，手里一边修补着雪橇上的皮带，一边说着当初西北一带人们的起义，还有路易·里尔②称王时的壮景。

粗鲁的玩笑话和更不堪入耳的调笑不停地从他们的嘴里冒

---

① 布法洛·比尔（1846—1917），原名威廉·考狄，曾是美国侦察兵，后改行做演员。以表演西部冒险家生活而闻名，他表演的节目被称为"野蛮的西部节目"。
② 路易·里尔（1844—1885），加拿大人，有印第安血统，曾先后两次领导法国血统的印第安人发动的红河起义。

出来，无论是水路上还是旱路上所发生的一次次历险，在他们嘴里全不是事儿，都很平常，不过如此，他们之所以想起这些事，是因为其中那些好笑好玩的情节。他们的故事让普林斯入了迷，在他看来，他们全是无冕英雄，他们亲历了历史的创造过程，但他们不把这些当回事，所有的那些在他看来惊心动魄的大事，他们都轻描淡写，一笑了之。普林斯毫不吝惜地把自己珍贵的烟叶散给他们，为了报答他的慷慨，他们打开记忆，重新解开那些记忆中的生锈链条，甚至忘了很久的奥德赛式的传奇也复活了。

谈话终于停了下来，客人们抽完了最后一袋烟，各自解开他们捆得很紧的皮毯子时，普林斯转过身来，找到老朋友基德，向他询问起这一行人的情形。

"那个牛仔的来历你是知道的，"马尔穆特·基德一边说着，一边解开他的鹿皮鞋带，"那个和他同床的人能够看得出来有点英国血统。别的人则是林子里的流浪汉，说起他们是哪儿的人，那可就杂了，谁也说不清。睡在门边的那两个，是地地道道的'法种'，常说的'木炭'①。那个围着绒围巾的小伙子——你看看他的眉毛和下巴，就知道是哪个苏格兰男人到他妈妈的帐篷里抹过眼泪。你看到那个枕着长大衣的漂亮小子了吗，他有一半法国血统。你听见过他说话吗？他不喜欢那两个睡在他旁边的印第安人。当初这些法裔人在里尔的号召下起义的时候，当地的印第安人不支持他们，从此他们就不再互有好感了。"

---

① 指第一批到加拿大森林以打猎为生的法国移民。

"那个一直在炉子边默不作声的汉子似乎有什么烦心事，我看他一句英语都不会讲，要不，怎么一晚上没说一句话呢？"

"那你可错了，他的英语说得非常好。你没看到他在听别人说话时的眼神吗？我注意到了。他跟所有的人都没有什么关系。别人一说家乡话，他就听不懂了，这能从他的眼神中看得出来。至于他究竟是个什么样的人，我也搞不清楚，可以再打听打听。"

"放两根柴到炉子里去。"马尔穆特大声吩咐普林斯，眼睛却还盯着那个不明身份的人。

"我觉得他准是在哪儿受过训练。"普林斯小声说。

马尔穆特·基德点着头，一面脱下袜子，然后小心地迈过躺在炉子边的人的身体，将湿袜子挂在已有二十来双袜子的中间。

"你打算什么时候到道森呢？"他试探着问了那个人一句。

那个人在回答之前先认真地打量了他一番："听说有七十五英里，是吗？差不多得要两天吧。"

他的口音听起来有点特别，可是很流利，不用思索字眼。

"以前来过这边吗？"

"没有。"

"西北那一带呢？"

"那去过。"

"你是生在那儿的吧？"

"不是。"

"我说，那你他妈的到底是哪儿的人呢？你跟他们一点儿也不一样。"马尔穆特·基德对着屋里的人用手一圈，连睡在普林

117

斯床上的那两个警察也圈了进去。"你到底是从哪儿来的？我见过不少像你这样的脸相，但想不起来是在哪儿见过的了。"

"我认识你。"他答非所问地说，把马尔穆特·基德的话题岔开了。

"你见过我，在哪儿？"

"我见过你的伙计，在帕斯提里克，一个牧师，大概很久了。他问我看见过你没有，马尔穆特·基德。他还给了我一点干粮。我在那儿没有待几天。他没对你讲起过我吗？"

"我想起来啦，你就是那个用海獭皮换狗的人。"

那个人点了点头，把烟斗里的灰敲干净，拉起皮毯子裹紧了身体，表示他不愿意再谈下去了。于是马尔穆特·基德吹灭了那盏用铁罐头做的油灯，跟普林斯一起钻到毯子里去了。

"他是干什么的？"

"不知道，他把我的话岔开了，鬼知道怎么回事，就像蛤蜊一样合上了口。他这个人就是会引起别人的好奇。我听人说起过他。那都是八年前的事了。沿海的人都觉得他不可捉摸。说老实话，有点神秘。他在严冬从北边下来，那地方离这儿总有几千英里的路，他沿着白令海一路下来，好像有鬼追着他。谁都不知道他到底是从哪个地方来的，有一点可以肯定，他是从很远的地方来的。他到过高洛温湾，从瑞典牧师那儿弄了一点粮食，还问了到南方的路线，此时，他累坏了。这些我都是后来听说的。接着他直线渡过了诺屯海峡，此后便离开了海岸线。天气恶劣极了，一路暴风骤雪，他竟然撑了下来。换上别人，一千个也死掉了。他把圣·迈克尔错过去了，所以在帕斯提里

118

克上了岸。他什么都没有剩下，只有两条狗，自己也饿得差不多了。

"看他急着赶路，罗布神父给了他一点粮食，可是不能给他的狗，因为神父在等着我回来，然后他自己也要出门。我们的尤利西斯①应该明白，没有狗是不能上路的，为此他着急了好几天。他的雪橇上有一捆硝得很好的海獭皮，你知道，海獭皮和金子一样贵重。当时，帕斯提里克正好来了个俄罗斯商人，那是个老夏洛克，他有几条准备宰杀当肉吃的狗。这笔交易很快就做成了；等到这个怪人再向南的方向出发时，已经有很多条狗飞快地为他驾驶雪橇了。夏洛克先生则得到了一捆海獭皮。我看见过，真是漂亮的海獭皮。我们算了算，他至少在每条狗身上赚到了五百块钱。那个怪人并不是不懂得海獭皮值钱，他是印第安人，可是从他不多的几句话里，听得出他和白人混过日子。

"海路上的冰融化以后，从奴尼瓦克②来的人说，他在那儿找过粮食，后来就没影儿了。此后八年，我再也没有听说过有关他的任何消息。可是现在，他是从哪儿来的呢？他在那地方干什么呢？他为什么又离开那个地方呢？这个印第安人，到过谁也不知道的地方，而且受过训练，这可不多见。普林斯，这个秘密就靠你来破解了。"

"可真谢谢你了，可是我手头上要解决的事情太多啦。"普林斯说。

---

① 希腊神话中的奥德赛，基德看到那个客人也经过了颠沛流离，故这样称呼他。
② 白令海里的一个小岛。

马尔穆特的鼾声已经响起来了，可是年轻的采矿工程师的眼睛还是睁得老大，在黑暗中凝视着什么，他在等那种怪怪的、让他兴奋的情绪平静下来。后来，他终于睡着了，可是他的脑子还在活动着，仿佛连同他本人也在荒野里流浪起来，和他的狗们一路奔波着，他还看见了好多人们生活、劳碌，最后像所有的男子汉一样死掉了。

第二天一大早，离天亮还有几个小时，邮差们和警察就动身往道森去了。一个星期后，邮差们又回到了斯图尔特河边，为了女王陛下的利益而掌管着百姓命运的官们不可能让他们休息，这次他们押送的沉重的邮件是运往盐湖的。他们的狗倒是换了一批，那毕竟是狗啊。

他们内心指望着能够休息几天；再说，克朗代克是北方的一个新兴起来的地区，他们想见识一下这座淌着金沙、舞厅里狂欢不息的城市。如今，他们几乎和上次来这里时一样，一个劲儿地烘烤着湿袜子，抽着自己的烟。可是，其中的几个胆子大，正在转着开小差的念头，他们在盘算能不能够越过人烟稀少的洛矶山，再向东，走过麦肯齐山谷，到达契帕文地区，来到他们曾经经常出没的老地方。还有两三个人决定在他们的供职期满之后，一块儿从那条路回家，他们周全地计划着，盼望着这个有点冒险的行动能够成功，就像一个长在城市里的人，时刻盼望着能到道森过一个假期一样。

那个曾用水獭皮换狗的人好像有很重的心事，他对人们的这些谈话并不关心；后来，他把马尔穆特·基德叫到一边，悄悄地单独和他说了一会儿话。普林斯很好奇地看着他们，再往后，他们就更神秘了，居然双双戴上手套和帽子走到门外去了。等他们回来之后，马尔穆特·基德将称金子的秤放到桌子上，称了差不多六十盎司的金沙，放到那个人的口袋里。接着，赶狗人也参加了他们的秘密聚会，并且还做成了一项交易。第二天，这一伙人沿着河往上走的时候，那个人带着几磅干粮，回道森去了。

普林斯问起的时候，马尔穆特·基德说："我也摸不清是怎么回事，总归是因为什么那个家伙才不干的——看样子，这对他来说很重要，可是他不愿意让别人知道。你也明白，这就跟当兵一样，签过字，就得干上两年，现在要提前走，就得用金子把自己赎出来，这是唯一的办法。假如开小差，他就得离开这儿，可是他就是要拼命留在这儿。他自己说，刚一到道森，就打算留在那儿了，可是他既没有熟人，也没有钱。他就跟我说了这么多。他跟副总督已经谈好，只要弄到钱，就办退职手续——他要跟我借钱，年内还给我，并且只要我愿意做，他可以给我提供一条能够发财的路。他没有去过那地方，但他知道那儿有许多金子。

"听我说！唉，他刚才把我拉到外面，几乎要哭了。他央求我，还给我下跪，我没有办法，只好把他拉起来。他像个癔症病人说个不停，后来赌咒发誓，说为了达到这个目的，已经辛苦了很多年，现在要是落空了，他会受不了的。我问他是什么目的，可是他不肯说。他只说，他担心他们把他分在这条道路上的另外一段上干活，这样会两年内回不了道森，一切都晚了。我活了这么大，还没有见过哪个人这么伤心。我同意借给他钱了，还不得不把他从雪地里拉起来。我跟他说，借给他的钱，就算我的一部分股金算了。你猜他愿意吗？不对，老哥！他发誓说，他要把他找到的东西全部归我，让我钱多得连做梦都不会想到。说来说去，他就是这么几句。按常理，一个用别人垫上的钱而拼命挣钱的人，一旦得到了东西，是连一半也舍不得给投资人的。普林斯，你我都记住，这里一定有什么缘故，要是他不离开这一带。我们总能听到他的消息……"

"要是他没有待在这一带呢？"

"那就算我好心没有好报，白白丢了这六十盎司金子好啦。"

严寒和漫长的冬夜相跟着全来到了，太阳和雪地南面的地平线又玩起了捉迷藏的老把戏，可是马尔穆特·基德的垫款一点儿消息也没有。在一月初的一个又阴又冷的早晨，一只有许多条狗拖着的雪橇，来到了斯图尔河下游他那所小木屋的门前。那个用海獭皮换狗的人来了，跟他一块儿来的还有一个人，那个人的身材大概连上帝都忘记了当初是怎么创造他的了。人们在谈论运气、胆量和一铲五百美元的金沙时，总要提到阿克赛尔·冈德森这个人；如果人们有一天围着篝火，讲到勇气、体力和剽悍的事迹，也会少不了提到阿克赛尔·冈德森。人们的话题枯竭了，但只要提到那个和他同甘共苦的女人，就会又变得热烈起来。

刚才提到，上帝在创造阿克赛尔·冈德森的时候，大概又启用了他最原始的办法，照着洪荒时代的人创造了他。他身材魁梧，足足有七英尺高，穿着华丽的服装，显示出了黄金国国王的气派。他的胸脯、脖子和手脚，无一不跟巨人一样；他穿的雪鞋，因为要负重三百多磅的骨头和肌肉，至少要比别人的长一码。他那张粗线条的脸、棱角分明、下巴肥大，一双淡蓝色的眼睛从来都是勇往直前；这张脸一看就让人想起强梁匪霸。结了霜的头发，像熟透了的玉米缨子——刚好衬托他的脸，如同阳光横扫黑夜，一直扫到他的熊皮大衣上。他走在狗的前面，摇摇晃晃的样子，依稀露出他一直过习惯了的海洋生活。他用狗鞭敲打马尔穆特·基德的门的那股神气，简直就是一个到南方烧杀抢掠猛攻城门的北欧海盗。

　　普林斯裸露着他的胳膊，揉着面团，不住眼地打量这三个客人——三个如此的客人同时迈进一个人的小屋，可是一辈子也遇不上的新鲜事。那个怪人，被马尔穆特·基德唤作尤利西斯的家伙，仍然吸引他；不过，最让他感兴趣的，却是阿克赛尔·冈德森和他的老婆。赶了一天的路，看起来她已经很疲劳了，自从她的丈夫发现了寒带矿苗，发了财，舒适的木屋已经让她的身体变得软弱了，她觉得很累。她像一朵娇弱的鲜花靠着墙一样倚在她丈夫宽阔的胸脯上，有一句没一句地回应着马尔穆特·基德的善意的取笑；她那双深深的黑眼睛时不时地瞥普林斯一眼，这就让普林斯浑身激动起来。普林斯是个很健康的男人，一连好几个月难得看见一个女人。再有，她的年纪比他大，又是个印第安女人。可是她和他见过的许多土著女人不一样：她出过远门——从他们的谈话中听得出来她到过许多国家，还去过他的故国英国；白种女人知道的事情，她全知道，甚至她还知道不少女人不该知道的事情。她可以把鱼干当作一顿饭，也可以在雪地里支上一张床；可是她成心对着他们描绘精致的宴席菜肴，让他们想起那些几乎已经忘掉的菜名，肚子里的感觉怪怪的。她知道麋鹿、熊和小蓝狐，还有海洋里的那些两栖动物的种种习性；她对森林里的江河上的各种事物件件精通，无论是人、鸟还是什么野兽，只要在薄薄的雪面上留下一点痕迹，她都能辨认出；普林斯还注意到，她在读他们的营地规划时，露出了赞赏的目光。这个规划是那个本性难移的贝斯特一时冲动定出来的，语气活泼，文字简要。普林斯每次总是在有女人到来之前，将它翻过去对着墙；可是他没有想到这个女人……算啦，反正已经来不及翻啦。

　　总之，阿克赛尔·冈德森的老婆就是这样一个女人。她和她的丈夫一样，享誉北方。吃饭的时候，马尔穆特·基德仗着是老朋友，肆无忌惮地和她逗笑，普林斯也不像初见面时那么腼腆，跟着取笑。她虽然有点吃不消，可嘴上一点不饶人；她的丈夫因为口才不行，只能在旁边微笑着给她助威。他为有这样一个妻子而骄傲；从他的每一个眼神，每一个动作里，都能看出她在他生活里的重要位置。那个曾经换狗的人在旁边一声不响地吃着饭，在这个热闹的场合里他被大家遗忘了；大家还在吃着，他已经退了席，走到外面和狗待着去了。不过他一出去，他的同伙们也忙着戴上手套，穿上皮外衣，跟着出去了。

　　那天，因为好多天没有下雪，雪橇在冻得坚硬的育空路上划行并不费力，就跟在冰面上滑行一样。尤利西斯驾驶第一乘雪橇，普林斯同阿克赛尔·冈德森的老婆驾驶第二乘，马尔穆特·基德跟那位黄发巨人驾着最后一乘。

　　"其实，这不过是一种预感，基德，"冈德森说，"可是我觉得这件事很可靠。他没有去过那儿，可他说得头头是道，还给我看了一张地图。几年前，在库特奈 ① 一带，就有人说起过这张地图。我原本打算邀请你一起去，可这个怪人一口咬定，只要有别人掺和，他就散伙。我想，等我回来，会让你第一个知道，我会把邻近的矿给你，另外还把筹建城市的地基分一半给你。"

"别，别！"看基德要打断他的话，他叫了起来，"这是我的事，再说，事情没有办成之前，也需要个人商量商量。假如这件事靠得住，我说老伙计，嘿，那可是第二座克利普尔河 ② 啊，你听见了吧？第二个克利普尔河！那可是石英金矿，不是矿砂呀；如果我们干得好，我们会把整个矿都弄到手——那得值几百万，几千万啦。我们听说过这地方，大概你也听说过。我们要建一个城市——雇几千个工人——开辟一条水道——轮船航线——大规模的运输生意——开往上游的小火轮——也许我们还要勘测一条铁路——一些锯木场——发电厂——还要有自己的银行——商业公司——辛迪卡——嘿，在我回来之前，你可千万别跟别人说呀！"

在这条路的尽头，也就是走过斯图尔河口之后，雪橇停了下来。前面是茫茫不断的冰海，通向谁也不知晓的东部。他们把绑在雪橇上的雪鞋都解了下来。阿克赛尔·冈德森跟他们握过手之后，便走到了最前面，他那双巨大的蹼足样的雪鞋，在洁白的雪里足足陷下半码深，把雪压得瓷瓷实实的，让狗们不至于陷得很深。他的妻子跟在最后一乘雪橇后面，她在使用雪

---

① 加拿大南部靠近美国的一座城市。
② 美国科罗拉多州的一个金矿区。

鞋的技术方面，看得出是经过长时间锻炼的。愉快的告别声、狗的汪汪声响成一片，打破了沉寂；那个奇怪的人，正在用鞭子教训一条倔强的狗。

一个小时之后，这队雪橇像粗大的排笔，在雪白的大纸上画出了一条长长的直线。

二

好几个星期之后，有一天晚上，马尔穆特·基德和普林斯就着一张过时报纸上的棋谱在研究。基德刚从他的波纳扎矿山上回来，打算先休整几天，再花长时间去打麋鹿。普林斯几乎在河道和雪路上度过了整个冬天，也特别想在小木屋里享受一星期。

"跳黑骑士，将军。不行，没用。你看，下一步……"

"干吗要让卒子进两步呢？应该让它换子，只要吃了主教……"

"慢一点，会留下漏洞的，还有……"

"没事，万无一失，走上去！你看看，这样没错。"

这盘棋很有意思。所以，外面的敲门声响了两遍，马尔穆特·基德才顾得上说一声"进来"。门开了。一个影子趔趄着晃了进来。普林斯一眼望过去，不禁跳了起来。他那双受了惊吓的眼睛，让马尔穆特·基德转过脸来。他经历过很多了，可这一回也让他吃了一惊。那个家伙蹒跚着直冲他们走来。普林斯侧着身子慢慢向后退，退到能摸着挂着他的手枪的钉子旁。

"天哪！这是哪个家伙？"

"不清楚。看样子，是冻坏了，好久没吃东西了，"基德一面说着，一面朝对面溜过去，等到他关好门回来，又警告说，"留点神，这家伙也许疯了。"

那家伙走到桌子跟前，油灯的光亮照到了它的眼睛上，它高兴得发出了瘆人的咯咯声。接着，他——原来是个人——突然向后一跳，紧了紧皮裤，唱起了水手起锚歌，这是水手们转动绞盘，在冲天的海浪声中唱的：

> 顺流而下的美国船呀，
> 能干的小伙子们呀，拉呀拉！
> 你知道船长是谁吗？
> 能干的小伙子们呀，拉呀拉！
> 他是南卡罗莱纳州的江奈生·琼斯，
> 拉呀拉，能干的……

他忽然停住不唱了，像狼一样嗥了一声，摇摇晃晃地向食品架子走过去。他们来不及拦住他，他的牙齿已经咬进了一块生腌肉。马尔穆特·基德和他两个人猛烈地争夺起来。他的力量来得快，消失得更快，他交出了抢在手里的腌肉块。基德和普林斯把他架到一张凳子上，他把半个身子趴在了桌子上，一小杯威士忌让他有了点精神。马尔穆特·基德把一罐糖放在他面前，他已经能用勺子舀糖吃了。后来，看到他的胃口没有什么问题了，普林斯哆哆嗦嗦地将一杯淡牛肉茶递给他。

他眼中流露出的是阴沉、近似疯狂的光，随着他吃每一口东西时明时暗。他脸上的皮肤残缺不全，所以看上去，凹凸瘦削的脸根本不像一张人脸。这是一次一次冻伤的结果，上一次的冻伤还没有好，新的冻伤又结了疤。表面又干又硬，变成了黑紫色，还有好几条深深的锯齿形裂痕，露着红肉。他身上的皮衣又脏又破，一边的毛烧焦了，有些地方甚至烧光了，看得出来这是贴着火堆睡觉来着。

　　马尔穆特·基德指着他被日光晒得很黑的皮衣上割得一条条的地方——可怕的饥饿标志，问：

　　"你——是——哪一个？"一字一顿，他说得非常清晰。

　　那个人似乎没有听见他的话。

　　"你是从哪儿过来的？"

　　"美国船，顺流而下。"他颤抖着声音唱了一句，算是回答。

　　"看样子，这个乞丐是顺着河漂下来的。"基德一面说着，一面摇晃着他，想让他说得更明白些。

　　可是他刚一挨着他，他就叫了起来，一只手按住腰，显然是那里疼。然后他慢慢地站起来，把半个身子靠着桌子。

　　"她笑话我——就这样——她狠狠地看着我，她不——不肯——不肯来。"

　　他的声音弱了下去，他向后倒去。马尔穆特·基德抓住他的手，大声问："谁，谁不肯来？"

　　"她，恩卡。她笑我，打我，就是这样——后来——"

　　"嗯？"

　　"后来——"

"后来怎么样？"

"后来她就安静地躺在雪里，半天半天。现在还——还——躺在雪里——"

两个人面面相觑，束手无策。

"到底是谁躺在雪里？"

"她，恩卡。她狠狠地瞧着我，后来——"

"嗯，嗯？"

"后来她拿出刀子，就这样，一下，两下——可是她没有力气。我一路上走得很慢。那地方有金子，有很多金子。"

"恩卡在哪儿？"马尔穆特·基德从他的话里分析，也许她就在离他们不到一英里的地方，快要死了。他使劲摇着他，不住声地问："恩卡在哪儿？恩卡是谁？"

"她——在——雪——里。"

"接着说！"基德拼命握着他的手腕。

"我——本来——也——也打算留在——雪里，可是——我有——一笔债——要还——它——很——重要——我——有——一笔——债要——还——我——有"他断断续续的、一个字一个字迸出的话也停住了，他把手摸到他的旅行袋里，掏出一个鹿皮口袋，"一——笔——债——要——还——这——五镑——金子——垫款——马——尔——穆特——基德——我——"他再也没有力气了，一头撞到桌子上，马尔穆特·基德也再扶不起他来了。

"他是尤利西斯，"基德平静地说，一面把那袋金子扔到桌子上，"我看，阿克赛尔·冈德森和那个女人都完啦。过来，我

129

们把他抬到床上，盖上毯子。他是个印第安人，他会脱离危险的。说不定他还会给我们讲出个故事来呢。"

他们在割掉他身上的衣服时，看见他右边的胸口上有两处没有愈合的刀伤，伤口都变硬了。

三

"我要把我亲身经历过的事情跟你们谈一谈，那你们就明白了。我要从头讲起，说说我自己和那个女人，还要说说那个男人。"

这个用海獭皮换狗的人向火炉靠了靠，他就像一个手持火种的人，生怕普罗米修斯的礼物消失。马尔穆特·基德挑亮油灯，把它挪了个位置，让光亮照在讲故事的人的脸上。普林斯也把身子凑过来，跟他们挤在一块儿。

"我叫纳斯，是一个酋长，我的父亲也是个酋长。我是在日落之后日出之前出生在我父亲的皮舟上，是在黑沉沉的大海上。那个夜晚，男人们不停地划桨，女人们不停地往外舀涌进船里的海水，所有的人都在跟风浪搏斗。带咸味的水在我母亲的胸口上结了冰，浪退了，我的母亲的呼吸也跟着停止了。可是我——跟着暴风雨大声喊叫，活了。

"我们住在阿卡屯……"

"哪儿？"马尔穆特·基德问道。

"阿卡屯，在阿留申群岛。阿卡屯比契格尼克岛远，比卡尔达拉特远，比乌尼马克岛更远。我说过，我们住在阿卡屯，在大海中，在世界的边缘。我们打鱼，捉海豹和海獭；我们的房子连着房子，建在岛上的岩石边，还有小树林，金色的沙滩上，放着我们的皮舟。我们的人不多，我们的东面有几座小岛，我们很陌生——跟阿卡屯一样；在我们的眼里，世界也就这么大，而且世界全是岛。

"我和族里的人有点不一样。沙滩上有我的一只船，只剩了几根船骨和几块被海浪冲得翘了的船板，族里的人从来没有造过这样的船。我还记得，在三面临海的岛的一端，长着一株高大、挺拔、齐整的松树，这也是从前的岛上没有的。据说，很久以前有两个男人来到那儿，成天从早转到黑，转了好多天。这两个人就是坐着那条如海滩上的破船来到这儿的。他们和你们一样是白人，身体衰弱，弱得就像没有打到海豹，空手回家的男人和家里挨饿的小孩子，这些事是老辈人讲给我的。他们也是从自己的父母那里听来的。最初，这两个白人不喜欢我们这里的生活习惯，可是他们吃了鱼和油，身体强壮起来了，性情也变得凶猛了。以后，他们分头造了房子，娶了族里最好的女人，日子长了，各自有了自己的孩子。于是，我父亲的父亲的父亲出世了。

"我说我和族里的人不一样，原因就是我具有我那从海外过来的强壮的白人父亲的血统。据说，在这两个白人到来之前，这里有着他们的规矩；可是这两个人凶猛，爱吵闹，他们总是和族里的人打架，后来就没人敢和他们打了。他们就自封为酋长，取消了老规矩，定立了新规矩。新规矩规定男人必须是父亲的儿子，而不是跟从前一样，是母亲的儿子。他们还规定，长子有权继承父亲的一切，他的弟弟和姐妹都得自己养活自己。他们还定了许多其他的规矩。他们教人们用新办法捕鱼杀熊，我们那块的熊真是多极了；他们又教人们贮存食物，预防饥荒。这些对人们来说，都是好事。

"到后来，他们成了真正的酋长，没人敢招惹他们，可是他们这两个外来的白人自己打起来了。其中的一个，就是我得了他的血统的那个，把刺海豹的鱼叉叉向了另外一个人的身体，足有一胳膊深。于是，他们的孩子以后接着打，孩子的孩子们还是打；他们之间的仇恨非常深，互相伤害，甚至到了我这一代还是这样。结果是每一家只剩下了一个来传宗接代。我们家，只有我一个，那一家是一个女儿，就是恩卡。她和她的母亲住在一起。有一天夜里，她的父亲和我的父亲出去打鱼，再也没有回来；后来海潮把他们冲上了岸，他们的尸身还紧紧地扭抱在一起。

"我们两家的仇恨令大家匪夷所思；上了点年纪的人全都摇头，他们说，等到她养了孩子，我也有了孩子，还是要打下去的。我很小的时候，他们就这样对我说，我也信了这话，把恩卡看作仇人。我想将来她当了母亲，她的儿子会和我的儿子打杀。我天天想着这个事，到我长成了一个小伙子的时候，我就问他们，为什么弄到这一步的呢。他们说：'这可问住我们了，我们也不知道，只知道你们的祖先就是这么打过来的。'我想不明白，死了的人打过的仗，还要让活着的人接着打，这有什么道理呢。可人们都说，非这样不可。那时候我还年轻。

"族里的人说，我得赶快结婚，这样我的孩子就会比她的孩子大，比她的孩子长得结实。这件事不难办，因为我是酋长，看在我祖先的功绩和他们定下的规矩的份上，还有我的财产，大家很尊敬我。任何一个姑娘都愿意嫁我，可是我一个也看不上。于是，许多老人和有姑娘的母亲都催促我，因为不少猎人在向恩卡的母亲下大宗的聘礼；如果她的孩子先强壮了，我的孩子就一定会性命不保。

"我还是找不到一个中意的姑娘，直到一天的傍晚，我打鱼回来。当时，夕阳西下，低落的太阳光照射在我的眼睛上。风向很顺，几只皮舟乘风破浪飞驰而来。忽然，恩卡的皮舟在我旁边驶过，她瞧了我一眼，她的黑发随风飘动，像一片云彩，她的脸给浪花淋得湿漉漉的。我刚才说过，迎面的阳光照着我，我很年轻；可是不知怎的，我当时就觉得，这是我意中的人。等到她再一次催舟向前，划着桨驶过我身边的时候，她又回头看了我一眼——那种眼神，只有像恩卡这样的女人才有——我明白了，这是一种表示。我们奋力催舟，飞快地超过了那些慢腾腾的大皮船，把他们甩在了后面。这时，大家都为我们喝彩。她飞快地划着桨，我的心里像张开了一具满帆，可是我没有追上她。后来又一股风为我们鼓劲，在白花花的海浪中，我们乘风前进，迎着那道阳光，飞驰而去。"

纳斯弓起腰，身体的一半离开了凳子，摆出了划船的姿势，仿佛又沉浸在比赛之中。从炉子后面，他仿佛看到了那条颠簸的皮舟和恩卡迎风飘拂的长发。他的耳边响起了风声，鼻子里也闻到了海的咸味。

"她到岸了。她跑上沙滩，大笑着，奔回她母亲的小屋。那天晚上，我想到了一个伟大的主意——一个不失为阿卡屯领袖的好主意。等到月亮升上来时，我来到恩卡母亲的房前，看雅希－奴希堆在她们门前的货物——雅希－奴希的聘礼。雅希－奴希是一个结实的猎户，他有意做恩卡孩子的父亲。另外还有几个年轻人也在她们门前堆放过礼品，后来他们又自动搬走了。反正后来的小伙子堆放的东西总比前一个堆得多。

"我对着星星月亮笑起来，然后来到我的贮存财产的库房里。我来来回回搬了几趟，直到我堆下的东西高出雅希－奴希的一只手。那里包括鱼干和熏鱼，四十张海豹皮和二十张毛皮，每张皮都扎上了口，灌满了油；另外还有十张熊皮，那是我在春天的时候，熊刚刚出来在森林里活动时打的。东西里还有玻璃珠子、毯子和红布，都是我跟东面的人交换的，而东面的人又是跟更东面的人交换的。瞧着雅希－奴希的东西，我笑了，因为我是阿卡屯的首领，我的财产比所有年轻人的都多。我的祖先曾经创下了伟大的功绩，定下了很多规矩，他们的名字代代相传。

"天一亮，我就跑到了海滩上，不住眼地瞟着恩卡母女的房子。我的聘礼原封不动地摆在那儿。不少女人捂着脸笑，还互相窃窃私语。她们让我有点儿不安，还没有谁出过这么多东西，还不够多？天一黑，我又在那堆东西上添了许多，还在旁边摆上了一条从来没有下过海的、硝得十分好的皮舟。可是第二天它们还摆在那儿，让所有的人品评。恩卡的母亲真不怎么样，让我受到这种羞辱，我气坏了。晚上，我又加了许多东西，并且把我的那条大皮船也拖上岸放了进去，光这条船就抵得上二十条皮舟。到了早晨，那堆东西不见了。

"我准备结婚了。因为宴会丰盛，又有礼品奉送，所以临海的人们都来了。恩卡比我大四个太阳——这是我们计算年龄的方法。我还是一个小小伙儿，但因为我是酋长，又是酋长的儿子，所以没有问题。

"忽然，海面上出现了一片帆影，随着风，帆越来越大了。船的排水口里流出清水，上面的人正忙碌地操动抽水机。船头上站着一个十分高大的男人，他一面观察水的深浅，一面发出各种命令，声音像打雷。他的眼睛是淡蓝色的，和海水一样，黄黄的头发像狮子的鬣毛，又像南方人收割的稻草，还像水手们用来编绳子的马尼拉黄麻。

"前些年，我们也见过从远处驶来的大船，可是只有这一艘在我们阿卡屯靠岸了。宴会中断了，女人和孩子们都逃回家里，我们男人全都拉开弓，拿起长矛，等着那些人过来。不过，那条船碰到浅滩之后，陌生人们都忙着他们自己的事，没有理会我们。海潮退后，他们就把他们的这条双桅帆船侧翻过来，开始修补船底上的一个大洞。人们又纷纷走出屋来，宴会重新开始。

"涨潮了，那伙以海为家的人把他们的双桅帆船在深水里抛了锚，然后就向我们走来。他们还拿着一些礼物，样子也很随和；我就给他们安排了座位，并且像所有的客人一样，慷慨地给了他们每人一份礼物。因为这是我的好日子，我又是阿卡屯的酋长。那个头发长得像狮子鬣毛的男人也来了，他又高又大，结实有力，让人觉得只要他的脚一踏下去，地面就要震动起来。

他抱着胳膊站在那里，眼睛老是瞟着恩卡。他走后，我就拉着恩卡的手，把她领到了自己家里。客人们在我家里又唱又跳，就像在所有的婚礼上一样，女眷们不停地取笑我们。我们一点不在意。后来他们就丢弃了我们，各自回家去了。

"热闹的声音还没有完全散尽，那个海上流浪者的头就进了我的门。他拿来了几个黑瓶子，招呼我们一块儿喝那里面的东西，我们很快活。那时候，我还很年轻，又一直住在世界的边缘上。所以我的血液像火一样燃烧着，我整个人轻飘飘的，就像从浪尖上飞到悬崖上的泡沫。恩卡安静地坐在堆放在屋角的皮子上，她的眼睛睁得大大的，似乎有点害怕。那个长着狮子鬃毛的男人直瞪瞪地看了她好久。后来他手下的人带着一捆捆的货物走进来，堆在我面前，这都是阿卡屯没有的东西。有大小不一的枪，有火药、子弹和炮弹，有亮光光的斧头和钢刀，有灵巧的工具，还有许多我没有见过的怪模怪样的东西。他打着手势，告诉我，这些东西都归了我。当时我想，他这么大方，一定是个很了不起的人；可是接着，他又打手势说，要恩卡和他们一起上船走。你们听清楚了吗？——他们要恩卡和他们一起走。我的血一下子冲了上来，我拿起矛，想把他戳穿。可是瓶子里的东西让我的胳膊没有力气，他抓住了我的脖子，就像这样，把我的头在墙上乱撞。我被他撞得晕头转向，像不会走路的娃娃，站也站不稳了。当他把恩卡拖向门口的时候，我听见恩卡尖声叫着，两只手乱抓着，抓着什么扔什么，东西扔得满地都是。后来他索性用他那两条大胳膊将恩卡抱起来，恩卡就扯他的黄头发，可是他反而哈哈大笑，笑得就像发情的海豹。

"我爬到海滩上招呼我的人，可他们都害怕。只有雅希－奴希像个男子汉，他们用桨打他的头，一直打得他趴在沙滩上一动不动才停下。接着他们扯起帆，唱起歌，乘着顺风把船开走了。

　　"族里的人都说，这样也不错，以后阿卡屯不会再有打仗流血的事了，我一句话没说。等到月亮圆那天，我把鱼和油装上皮舟，动身往东方去了。我见过了许多的岛和人，直到这时，我这个一直长在世界边缘的人才知道世界原来这么大。我借助手势和他们讲话，可是他们都没有看见过双桅帆船，也没有见过那个头发像狮子鬣毛的人，他们总是往东指。我睡在各种奇怪的地方，吃着各种稀奇的东西，见过各样陌生的面孔。很多人笑话我，说我是个疯子；有时候，也有老年人叫我面向阳光，为我祈祷；有的年轻女人，当她们听到那只帆船、恩卡和那些人的时候，眼睛就发红。

　　"于是，我就这样越过奔腾的海洋，穿过暴风骤雨，来到了乌拉纳拉斯卡岛。那儿有两条双桅帆船，不过都不是我要找的那只。接着，我还是往东走，世界越来越大了。无论是乌那莫克岛、科迪雅克岛，还是阿托格纳克岛，都没有那条船的踪影。有一天，我到了一个多岩石的地方，那儿的许多人在山里凿了好多的大洞。他们正把他们凿出来的石头装到一只双桅帆船上，那也不是我要找的那只。我觉得他们干的是小孩子的把戏，世界上哪儿没有石头呀。可是他们给我饭吃，还让我干活儿。船吃水深了，船长就把钱给我，让我离开；我问他到哪儿去，他往南边指。我打着手势，表示愿意和他走。最初，他只是笑，

137

后来因为船上人手不够，他就让我留下帮着干活。这样，我就照着他们的样子说话，帮他们拉锚索，狂风大作的时候，卷起硬硬的帆，和他们轮班掌舵。这也没有什么新鲜的，因为我的祖先和这些航海的人本来就是一个血统的。

"我原来想，只要我到了他那个种族的人群，就能很容易找到他。有一天，我们看到了陆地，我们的船就驶过海峡，奔向了港口。我以为，这里的双桅帆船多不过我的手指头去。可是顺着码头几英里长的海上停满了这种船，靠得紧紧的，像挤在一起的鱼；我走到这些船上向他们打听那个长鬃毛的人的时候，他们用各种各样的话回答我，他们还笑我。我这才知道，他们来自世界的各个角落。

"我进了城里，每一个过路人的脸我都不放过。可是人多得像游到浅滩上的鳖鱼，多得数不清。嘈杂的声音把我的耳朵都要震聋了，乱哄哄的人流搞得我发昏。就这样，我不停地向前走去，走过了许多阳光明媚、荡漾着歌声的富足地方；走过了长着繁密庄稼的丰饶的平原；也走过很多大城市，那里的男人过着女人般的生活，他们的良心黑透了，只看得见金子，他们满口假话。想起此时的阿卡屯，我们的人依然在打猎捕鱼，快活地过着日子，他们的眼里只有那一片天地。

"那次，恩卡打鱼回来看我的眼神，我始终忘不了，我觉得到时候我会找到她的。她经常在朦胧的月光下在幽静的小路上散步，常常引得我穿过蒙着露水的田地去追逐她，她的眼睛里泛出赞许的光，只有恩卡这样的女人才有这样的眼神。

"我一路流浪，走过上千个城市。见过各色的人，有的人好，给我食物吃；有的人笑话我，有的人甚至骂我；可是我不在乎，依旧默不作声地走在陌生的路上，观看各色陌生的景致。有时候，我这个酋长，酋长的儿子，还不得不去做苦工——为那些言语粗鲁、心肠似铁的家伙做工，他们只知道从同胞的血汗和痛苦中压榨金子。但是，我听不到一点我要找的那个人的消息。直到我像归巢的海豹又回到大海上时，才听到一点音信。那是在别处的一个港口，在北方的一个国家里听到的。我在那儿听到了一点关于那个黄头发的海上流浪汉的支离破碎的传闻。这时候我才知道他是个捉海豹的，当时正在海上航行。

　　"因此我就和几个不很勤快的西瓦西人搭伴登上一只猎海豹的双桅帆船，沿着他不留痕迹的路线到北方去了，这时候正是那里捕海豹的旺季。我们又累又乏在海上走了好几个月，谈到了许多关于船队的事，还听到了不少关于我要找的那个人的野蛮传说，可是就没有一次碰到过他。我们不停地向北，直到普里比洛夫群岛，我们杀死了成群聚集在沙滩上的海豹。我们把它们运到船上的时候，它们的身体还是热的呢。我们尽量往船上装，直到船上的排水口流出的全是油和血，在甲板上没有了人站的地方为止。一条船追上来，用大炮轰我们。我们扯起所有的帆，船立刻冲入水中，很快就隐没在大雾里了。

　　"后来听说，就在我们被吓得胆战心惊飞快地冲入大海的时候，那个黄头发的海上流浪汉正好登上了普里比洛夫群岛。他一上岸就直接走到工厂里，叫他手下的人扣住公司里的职工，一面叫其余的人从仓库里搬出了一万张生皮装上他的船。我是听别人讲的，但我相信这是真的；我虽然在沿海的航行中没有碰到过他，可是在北方海洋上到处传说着他的大胆野蛮的行径，招致三个属地的国家派船来捉他。我还听到了恩卡的消息，因为船长们都对她赞扬有加。他们说，他和她形影不离，她已经习惯了他那种人的生活，而且很愉快。可是我心里清楚——我知道她的心还是属于阿卡屯的沙滩上她的同胞们的。

"过了些日子，我又回到了那个海峡边的港口。刚到那里我就听说他已经横渡大洋，到俄罗斯海南面温暖的东岸捕捉海豹去了。这时候我已经是一个真正的水手了，我就跟着他那一族的人一起乘上船，跟踪着他捉海豹去了。那个新地区船只不多，整整一个春天，我们的船都跟在海豹群的旁边，把它们往北方赶。后来母海豹全都怀孕了，一路游到了俄罗斯海沿岸，我们的人开始害怕了，他们发起牢骚。因为那一带常常下雾，乘小船下海每天都有几个人失踪。水手们都不想干了，船长没办法只好原路返回。不过我觉得那个黄头发的人是不会害怕的，他会始终追随着海豹群，能一直追到很少人去的俄罗斯群岛。于是，我就在一个夜晚，趁着守望的人在甲板上打盹时，放下一个小艇，独自向着温暖的长岛划去。我一路向南，准备同江户湾的人会合，他们也是天不怕地不怕的野蛮家伙。吉原的姑娘们娇小，皮肤光洁得像钢板，好看极了；可是我不能在那里停留，因我心里想着恩卡，她一定在北方的有海豹巢穴的海上颠簸呢。

"江户湾的人杂得很，哪儿来的都有，他们不信神、不安家，乘的船上都挂日本国旗。我跟着他们，到了富饶的铜岛海面，我们的船舱里皮子堆得高高的。直到我们要走了，在那片沉寂的海面上，也一个人都没有碰到。后来，海上起了狂风，吹散了大雾，一只双桅帆船急急地向我们驶来，它的后面一艘冒着浓烟的俄国战舰在紧紧地追赶它。我们张满帆，穿过横向的风逃跑，那只双桅帆船离我们越来越近。因为我们前进两英尺，它要前进三英尺。船尾站着的正是那个头发像狮子鬣毛的家伙。他正按着横木压着帆，自信地笑呢。恩卡也在那儿呢——我一眼就认出了她——炮火在海面上响起，他把她送到船舱里去了。刚才我说，我们的船前进两英尺，他们追过来三英尺，直到他们一被浪掀起我们能看见他们的舵是绿色的——我们已处在俄国人的炮火射程之内，我一边掌着舵一边骂。因为我们已经察觉，他们是要在我们被捉住的时候趁机逃掉。我们的桅杆被轰倒了。我们的船立刻像受伤的海鸥在风中乱转起来；他却一直向前驶去，驶出了水平线——他和恩卡。

"我们束手就擒，剥下的海豹皮说明了一切。于是他们把我们先押到一个港口，然后又押到了一个荒凉的地方，逼着我们下矿挖盐。好些人死在那里了，还有……还有几个总算活下来了。"

纳斯掀开他肩膀上的毯子，露出结实的疙瘩肉，那上面有一道道的伤痕。普林斯赶忙为他盖好，看见这个心里很不舒服。

"我们在那儿熬呀熬，也有人往南逃命，但都被捉了回来。所以，我们这些江户湾来的人终于动起手来，夺下警卫队员的枪后，就一直向北走。那地方很辽阔，有多水的沼泽，还有大森林。寒冷的季节来到了，地上的雪深极了，谁也认不出路。我们在漫无边际的大森林里，精疲力尽地走了好几个月——那光景，现在我都记不清了，因为找不到吃的，常常是躺着等死。

最后，我们还是来到了寒冷的海边，这时只有三个人看到了大海。一个是江户来的船长，他熟悉这一带陆地的地形，他知道从哪儿的冰块能够到达另一个大陆。他领着我们——因为路太长了，走了很久很久——后来只剩了我们两个人。等我们走到那个从冰上渡海的地方，我们遇上了五个陌生人——当地的土人，他们有很多的狗，还有很多皮子，我们穷得什么也没有。我们就和他们在雪地里打了起来，后来，他们都被打死了，那个船长也死了，狗和皮子都归了我。接着我就踏上了布满裂缝的冰面。冰面裂开了，我好长一段时间在海里漂着，直到一股强大的西风把我连同一块大冰吹上了岸。后来我到了高洛温湾、帕斯提里克，还有那个神父那里。接着又一路向南，向南，走到了我第一次流浪到过的那个温暖的、充满阳光的地方。

"可是此时，已经从海里得不到什么东西了，捉海豹——风险大，收获小。很少看见船队了，那些船长和水手也不能告诉我关于那个黄头发的一点点消息。不得已，我不得不离开了那永远不得安静的海洋，到树木房子和群山永远不会移动的陆地上去奔波了。我走了不少地方，也学会了不少东西，甚至读书写字都学会了。我觉得这样也不错，说不定恩卡也学会了这些，总有那么一天，到了那时候……我们……我想你们明白，到了那时候……

"我到处流浪，像条船，只能张满帆，而没有舵。不过我的耳朵和眼睛随时都在听，都在看，我常常去接近那些游历广的人，因为我知道，只要他们见过我要找的那两个人，他们一定不会忘掉。后来，我碰到一个从山里来的人，他有几块矿石，里面嵌着许多豆子大小的金粒。他不但听到人们说起过他们，他还看见过他们。据他说，他们发了财，就住在他们掘到金子的那个地方。

"那地方很荒凉，也很远，可是我还是找到了那个隐藏在深山里的宿营地。那儿的人整天干活儿，没日没夜，那个地方很长的时间里见不到太阳。我注意听他们的谈话。他已经走了——他们已经走了——去了英国。他们说，他是去找几个有钱的人来此办公司。我看见了他们住过的房子，像古老王国里的王宫。晚上，我从窗户里爬进去，想看看他到底对她怎么样。我从一个房间走到又一个房间，觉得一切都好极了，只有国王和王后才过得上这种生活。他们全说，他对她就像对待王后，他们都不清楚，她到底是哪儿的人，是哪个民族的人。他们看得出来，她身上带着外来人的血统，和阿卡屯的土人不一样；谁也弄不清她是怎么回事。不错，在这里她就是王后；不过，我是一名酋长啊，是世袭的酋长，为了她，我付出了数不清的皮子、船和珠子。

"说这么多没用的话干吗呢？我是个水手，知道船行的路线。我追踪到了英国，还到过其他的国家。有时，我能听到他们的消息，有时能从报纸上看到他们的消息，可就是一次也没有碰到过他们。他们钱多，到哪儿都是说走就走，我可是个穷人。后来，听说他们也倒了霉。有一天他们的财产像一溜烟飘走了。当时报纸上满篇满版登的都是这件事。没过多久，又一字不提了。我想，他们一定又回到了那个从地里掘出金子的地方了。

"眼下，他们穷了，也就被世上的人抛弃了；我从一个宿营地流浪到另一个宿营地，甚至到了北边的库特奈一带；我在那儿得到了一点过时的线索。他们到过那儿，可是已经走了。有的说往这边走了，有的说往那边走了，还有人说他们已经到了育空河。所以，我也不得不一会儿走到这儿，一会儿走到那儿，一直走到了我对这个没有边际的世界感到了厌倦。我在库特奈一带赶路时，和一个西北的土人搭伴，那条路很糟糕，他经受不住饥饿的折磨，觉得还不如死了的好。他曾经走过一条无人知晓的路，翻山越岭，直通到育空河。当时，他知道自己的大限到了，就给了我一张地图，并且告诉了我一个秘密的地方；他向上帝发誓，说那儿藏有许多金子。

"那时，人们都涌向北方。我没有钱，只好卖身给别人赶狗。其余的事情你们就都知道了。我在道森碰见了他们两个，恩卡一点儿也没有认出我，也难怪，我不过是个年轻人，那时她的生活那么富足，根本想不起来我这个曾经为她付出了那么多代价的人。

"就是那一次，你帮我提前脱逃了苦役。我回到了道森，要按照我自己的办法去做这件事。因为我期待了那么久，现在既然抓住了他们，也不在乎一时。我说过，我要照自己的办法去做，因为我回想了我这一生，记起了我看到过的所经历的一切，更想起了在俄罗斯海边的无边森林里受到的苦难。你们也想得到，我带着他——他同恩卡——向东走；那地方，去的人多，回来的少。我就是要把他们带到那个白骨和黄金堆在一起，受到人们诅咒的地方。

"这是一条很长的路,白雪皑皑,从来没有人走过。我们的狗不少,它们吃得也很多;雪橇不可能将开春以前的所用物品全都装够。我们非得在河水化冻之前赶回来。我们把粮食藏在路途中的许多地方,减轻雪橇的重量,也免得回来的路上饿死。在麦克奎森住着三个人,我们在他们附近搭了一个粮食棚;走到马育那个地方,我们同样搭了一个,那儿有十二个佩利人打猎宿营,他们是从南方的分水岭那边过来的。此后,我们接着往东走,就再也没有碰到过人;一路上,只有寂静的雪林、沉睡的河流和不动的森林。刚才我说,这条路没有人走过。有时,我们辛苦一整天,也就走上八英里到十英里;晚上,我们都睡得死死的。他们两个连做梦都不会想到我是纳斯,阿卡屯的酋长,是要报仇的人。

　　"到这时,我们搭的粮食棚越来越小。晚上,我还得从原路返回,把粮食搬到另一个地方,给人一个粮食被黑獾偷走的印象。干这事很容易。有时走在冰河上时,遇到结冰薄,下面水又流得急的地方,人和狗、雪橇就全掉到了水里,我就赶上了一次。掉下去的雪橇上装的粮食还很多,狗也最结实。这对他和恩卡来说不是什么好事情,但那时他还精力旺盛,竟大笑了一通。从那以后,他用很少的粮食喂狗了;再后来我们就割断挽绳,把狗牵出来,喂食它们的同类。他还说,我们这下可轻松了,回来时能从这个粮食棚吃到那个粮食棚,用不着管狗和雪橇了;他说得不错,此时我们的粮食所剩不多,等到我们走到那个堆着黄金和白骨的可诅咒的地方时,最后的一条狗也死在挽索里了。

145

"要到达那个地方——地图上标得不错——它就在群山中心——我们得在一个冰封的分水岭的峭壁上凿出台阶来。我们希望岭后面有个通往山谷的斜坡，可实际上，岭上是一片平展的白茫茫的雪原；四周是一个个插向天际的巍峨的山峰。在那片应该是山谷的奇怪的雪原中，大地和积雪仿佛一下子沉到了大山的心脏里了。幸亏我们都做过水手，要不见到这种地貌会头晕目眩的。我们站在让人头昏的大山边，找一条能够下去的路。只有一面坡有点坡度，可是也陡得跟被飓风刮起的甲板一样。我弄不明白这个坡为什么会是这样，可它就是这样。他说：'这是下地狱门，我们下去吧。'没办法，我们就下去了。

"谷底有一座小木房子，大概是人用上面扔下去的木头盖成的。木房子有年头了，先后有好几拨人孤零零地死在那儿了，我们从散落在地上的桦树皮上看到了他们的遗言和咒语。一个是得了坏血病死的；一个是因为他的同伴夺取了剩下的一点粮食和弹药弃他而去后死了，还有一个是被灰熊咬死的；第四个本打算打猎充饥，但还是饿死了……其余的也全差不多。反正他们都是因为不肯离开金子，而最后守在金子旁死去的，只不过死法不同罢了。他们掘出来的金子散落在木屋的地板上，满眼黄澄澄的，就像人们在梦中见到的一样。

"被我引到这里来的那个人，脑子很清醒，人也没有乱了分寸。他说：'我们现在没有吃的了，我们只能看看这些金子，弄清楚到底是哪儿来的，有多少。然后我们就马上走，别让它迷住我们的眼睛，乱了我们的分寸。这样我们就可以再来，多带些粮食，全部的金子就都是我们的了。'于是，我们就察看了那个大矿脉，它像人的脉络贯穿谷壁；我们测量了一下，画下了大概的轮廓，打下木桩，还刻上了字，做下所有权属于我们的标志。当时因为吃不到东西，我们的膝盖发软，心脏扑通通地跳，最后我们爬上大峭壁，往回走了。

"在最后的一段路上，我们二人架着恩卡走。我们一步一个跟斗，总算走到了粮食棚前，可是粮食全没有了。这事做得很巧妙，他认为是黑獾偷走了粮食，他不住嘴地骂黑獾和他心中的上帝。恩卡很坚强，她始终微笑着，把手放在他的手里。我只有别过脸，克制住我自己。她说：'我们点着火歇歇吧，明早再走；我们可以吃掉鹿皮鞋，添点力气。'我们就把鹿皮鞋的筒子割成一条条的，煮了半夜，才能嚼碎吞咽下去。第二天我们谈了谈我们的处境。要走到下一个粮食棚，有五天的路程，我们肯定走不到。眼下我们非得找到野兽才行。

"'我们打猎去。'他说。

"'只能这么做，'我说，'我们打猎去。'

"他让恩卡留在火堆旁，保存体力。我们就出发了。他去找麋鹿，我走到了我挪过的粮食棚那儿。可是我不敢多吃，不能让他们看出来我的体力比他们强。那天晚上，他一路摔着跤，好容易才走回我们的宿营地。我也装出很衰弱的样子，跌跌撞撞，一步一个跟斗，好像迈出的每一步都是最后一步似的。后来我们把鹿皮鞋吃了，添点力气。

"他是个了不起的人，他的精神支撑着他的体力一直到他临终。除非为了恩卡，我没有见到过他流泪。第二天，我跟着他去打猎，我要看到他的结局。他常常躺下来歇着。那天晚上，看起来他不行了，可第二天早上，他又有气无力地骂了几句，还是往前走。他像一个醉酒的人，有几次我都以为他要完了，他是一个坚强的人，他的巨人精神一直支撑着他，一整天又过去了。他打到了两只松鸡，可是他不肯吃，松鸡可以生吃，不用火烧，能救他的命。他惦记着恩卡，转身往回走。可是他走不动了，我走到他面前，在他的眼睛里看到了死亡。到了这一步，只要他吃下松鸡还是能活命。他丢掉了来复枪，像条狗，用嘴叼着松鸡。我挺直身体，走在他的旁边。他在歇息的时候，总在看着我，不明白我为什么这么结实。他已经不会说话了，但我知道他在说话，他的嘴唇在动，只是听不到声音。我说过了，他是个了不起的人，我心里也有些不忍，但我想起了从前的一切，又想起了我在俄罗斯海边那无边的森林里饥寒交迫的日子。还有，恩卡本来就是我的，我为她付出了难以数计的皮子、船和珠子。

　　"我们就这样穿过了茫茫的森林，沉寂像海雾从四面八方压迫着我们。过去的一幕幕，像幻影映现在空中，在我的四周环绕。我又看见了黄色的阿卡屯海滩，一只只飞快地打完鱼急于归家的皮舟，还有林子旁的木房子。我还看见了那两个自封为酋长的、定下规矩的人，一个是我的祖先，一个是被我娶下的恩卡的祖先。那个雅希－奴希也在我的身边，他的头发里粘着黄色的沙粒，那根折断的长矛还握在他的手上。我告诉自己时候到了，因为我又看到了恩卡那默默相许的目光。

　　"我刚才说，我们已经走过了林子，鼻子里已经闻到了篝火的味儿。我弯下身子，劈手夺下了那两只松鸡。他侧转身子歇了一会儿，然后诧异地看着我，下面的那只手朝他的屁股上的猎刀缓缓地摸过去。我拿走了他的刀，冲着他的脸笑。直到此时，他还没有明白。于是我做出了喝黑瓶子里的酒的样子，还比画出地上堆着高高的货物，把结婚那天晚上的情景演练了一遍。我虽然一句话没说，但他明白了。看得出，他并不害怕，他的嘴边泛起微微的嘲笑，眼中却冒出冷冷的怒色。知道了这些，似乎他的力气又大了一点。路不远，可是雪很深，他爬得很慢。有一次，他躺了半天，我把他翻过来，看着他的眼睛。他一会儿眺望远方，一会儿就没神了。等我松开他，他又接着爬。我们终于到了火堆边。恩卡立刻赶到他的身边。他的嘴唇动着，但没有声音，他又指着我，想让恩卡明白。后来，他就安安静静地躺在那里，一句话也没有。现在他还躺在那儿。

"在松鸡烧好之前，我一句话没说。后来我开始对她说话，说的都是我们的家乡话，显然她已经多年没有听到这种话了。她挺直身子，就像这样，她的眼睛由于惊讶睁得大大的，然后她问我到底是谁，怎么会说这种话。

"我说：'我是纳斯。'

"'是你？'她爬到我跟前，仔仔细细地看我。

"我回答说：'没错，是我，纳斯。阿卡屯的酋长，我们家族的最后一个人，和你一样，你也是你们家族的最后一个人。'

"她大笑起来。我敢凭着我见过的和听见过的所有的一切赌咒，再别让我听到这样的笑声。它让我寒心，在寂静的血夜里，只有我一个和死神和那个大笑着的女人坐在一起。

"'过来吧。'我认为她有点神经错乱，就说，'来，吃了这

个，我们就走。从这儿回阿卡屯有很远的路呢。'

"她把脸埋在他的黄头发里，笑着，听着她的笑声我觉得似乎我耳边的天要塌下来了。我本来想，她知道了我是谁一定会很欢喜，会立刻想起从前的事情，没想到她现在是这个样子，我倒有些迷糊了。

"我使劲握住她的手，大声说：'快起来吧，我们得动身了，路又远又黑。'

"'去哪儿？'她坐起来，此时，她不再大笑了。

"'阿卡屯。'我说。我一心指望她听到我的话，脸上呈现出快活。可是我看到的，是她跟他一样，嘴边露出嘲笑，眼里含着愤怒。

"'好吧，'她说，'我们走，我跟你手拉手，一块儿回阿卡屯去。我们去住肮脏的小房子，吃鱼和油，养个小子——让我们一辈子都自豪的小子。我们会忘掉这个世界，变得快快活活，非常快活。这样真好，真是好极啦。来吧，我们走吧，我们回阿卡屯去吧。'

"她用手梳理着他的黄头发，不怀好意地笑着。她的眼睛里看不出有跟我走的意思。

"我坐在那里，一声不响，想不明白这个女人这是怎么了。我想起那天晚上，他把她从我这儿拖走的时候，她声嘶力竭地叫着，撕扯着他的头发——此时，她轻轻地抚弄着它，恋恋不舍。我想起了我的付出和多年的奔波等待，于是我紧紧地抓住她，就像那晚他抓住她一样，想把她拖走。可是她像那晚一样，向后退着，像母猫被从小猫身边拖开一样抵抗着。我们撕扯着到了火堆的另一边，和那个男人隔开了，我放开了她，她坐下来，听我说话。我告诉她这些年我所经历过的一切，我说我在陌生的国家里陌生的海洋里的种种经历，我说我怎样找得筋疲力尽、饥寒交迫，我还说起了当初她的默默相许的眼神。我全说了，连当天和那个男人的一切都说了。我说着时，看到她的眼睛里有了一丝柔和，一点相许，很动人，就像拂晓时的一缕阳光。我看到她的眼睛里有怜悯，有女人的温柔和爱情，我似乎看到了她的心，她的灵魂。我自己也仿佛变得年轻了，因为就是这时候，我看到了恩卡在沙滩上奔跑，大笑着跑回她母亲的小屋，那时她眼里就是这种神色。我的心踏实了，所有的等待都过去了。我觉得她在招呼我，在暗示我把头放在她的胸口上，让我忘掉一切。她伸开了双手，我向她扑了过去。可是一瞬间，她的眼里又升腾起了仇恨的火焰，她的一只手伸到我的腰间。一下，又一下，她刺了我两刀。

"'狗！'她冷笑着，把我推到雪里，'猪！'她又大笑起来，笑声冲破了沉寂，她又回到了那个死人那里。

"她刺了我两刀，但她已经饿软了，不可能刺死我。可是我也不想走了，闭上眼睛，跟他们两个一块儿长眠算了。是他们让我在陌生的路上走了这么多年，我的生活和他们的生活已经交错在一起了。可是我还有一笔债，始终压在我的心上，让我不能安息。

"路很长，寒风刺骨，粮食也就一点点了。那几个佩利人打不到麋鹿，已经吃光了我的粮食。麦克奎森的那几个白人也是如此，可是我走过他们的小屋时，还是看到了他们饿得皮包骨头死在那里了。以后的一切我就什么都不知道了，直到我来到这里，看见了吃的东西和火。"

他说完了，弯下腰，似乎要亲近火炉子。好长一会儿工夫，被油灯投在墙上的影子，似乎上演着那一幕幕的悲剧。

"恩卡呢？"普林斯喊了起来，刚才听到的情景好像还在感染着他。

"她吗？她不肯吃松鸡。她躺在那儿，搂着他的脖子，把脸完完全全地埋在他的黄头发里。我把火拨得离她近一点，让她不至于太冷，可是她又爬到了另一侧。我在那边又生起了火，没有用，因为她不肯吃东西。现在他们就那样躺在那里。"

"你打算怎么办呢？"马尔穆特·基德问。

"我不知道。我不打算回去了，阿卡屯太小了，也不想再住在世界的边缘。可是活着又有什么意思呢？我可以到康士坦丁队长那里，他会给我戴上手铐脚镣，然后再给我的脖子上套上绳索，那样我会睡得很安稳。可是……这也不怎么好。我真不知道。"

"可是，基德，"普林斯很坚决地说，"这是谋杀！"

"不能这么说。"马尔穆特·基德很严肃，"有好多事情出乎我们的意料，也有好多事情是不能用道德标准来衡量的。这件事的青红皂白，我们也说不清，而且也不能由我们来判断。"

纳斯离火炉更近了。一片沉默，一幅一幅的图景在每个人的眼前不断闪现着。

黄金谷

　　这儿属于这个峡谷的心脏，一片碧绿，单调呆板的悬崖峭壁到了这里，一改往常粗犷的风格，变得豁然开朗，掩映着一个荫蔽的小天地，这个小天地充溢着甜蜜、充实、温暖的气氛。所有这儿的一切眼下都在安息。那条奔涌不息的溪流到了这儿，渐渐流淌成了一个恬静的池塘。一头棕红色的、角上顶着很多枝杈的公鹿低垂着头，微闭着眼睛，站在没及膝盖的水里打着盹儿。

　　水塘的一边是一片草地，从水边开始一直延展到峭壁跟前。水塘的另一边是一个平缓的坡，和峭壁相对。坡上覆盖着绿草，草丛中盛开着野花，绿色映衬着五颜六色的花朵，有橘红色，绛紫色，金黄色。峡谷到了坡下幽闭了，视线也被遮挡了。峭壁突然靠拢了，在峡谷的尽头乱石杂陈，石头上长满了青苔，一片由葛藤、爬山虎和乱树枝组成的绿色屏障隔在那里。远处崇山叠嶂，松树布满山麓。再远处，宛如伊斯兰寺庙尖塔般的银色山峰直插云际，终年不化的积雪，反射着太阳的凛凛光辉。

153

峡谷里干净极了，树叶同花朵上纤尘不染，嫩草像天鹅绒。池塘边有三棵白杨，一团团雪白的杨花在寂静的空气中飘落。草坡上，石南树盛开着鲜花，花香带着酒味儿散发着春天的气息，它们的叶子已经卷了起来，经验让它们聪敏，它们要预先防备夏天的干旱。石南树的荫凉遮不到的草坡的其他空地上，百合花摇曳生姿，像一只只彩色的蛾子蓦然停飞后微微颤动着翅膀，准备再飞。峡谷中还能时不时地看到马德隆纳树，这类树中的丑角毫不避讳地变换着树身的颜色，豆绿色变成了茜红，它们的串串花铃飘出阵阵香气。花儿呈乳白色，像百合花，气味浓浓的、甜甜的。

这儿一丝风都没有，芬芳的气息醉人，要是空气潮湿一点，这样的气息会让人感到腻味的。可是这儿很干爽，清新，仿佛星光融化在空气里，被太阳照得暖暖的，沁透了花香。

偶尔有一只蝴蝶飞来，在忽明忽暗的光带里穿来穿去。四周响着山蜂嗡嗡的低吟，令人昏昏欲睡。它们挤挤搡搡，像宴席上的浪子，贪图享受而和和气气，没有工夫去粗鲁地争闹。小溪流水汩汩，静静地穿过河谷，间或发出一点点淅沥的水声。这种流水声像涓涓细语，打盹儿的工夫就没有了，一清醒声音又大了起来。

在这片峡谷的心脏里，一切似乎都在飘忽不定。阳光蝴蝶在树丛中飘进飘出，山蜂的嗡嗡声和小溪的水声忽断忽续。这种变幻的色彩和时有时无的声音，共同编织着一片微妙的，不可捉摸的轻纱，这就是这儿的精神。这是和平，代表着生命，而不是死亡。它们灵动、安静，活泼而不吵闹，代表恬静的活力，而不是充满痛苦的激烈生活。这儿的生命安逸而满足，没有任何战争的喧嚣和打扰。

那头棕红色的、角上有很多枝杈的公鹿深受这里和平气氛的感染，在凉爽没膝的溪水里打着盹儿。那里没有一只苍蝇打扰它，它简直休息得有点累了。有时，当小溪发出声音时，它会抖动几下耳朵，几下而已。它明白，这是小溪对它的沉睡发出的喃喃的责怪。

后来，这头公鹿竖起了耳朵，有些紧张，它机警地搜索着声音的来源。它转头对着下面的峡谷，用灵敏的鼻子嗅来嗅去。它的眼睛看不透眼前的绿幕，可是它的耳朵却听出了人的声音，那是单调平平的歌声。接着，它又听到了金石相撞的刺耳声音。它立时喷着鼻子，从水里腾空跳到草地上，站在天鹅绒般的嫩草里，竖着耳朵，嗅着空气。继而，它悄悄走过这片草地，时而停下来，留神聆听，然后精灵一般，迈动轻巧无声的脚步，消失在峡谷外了。

现在，钉着铁掌的鞋跟踏在石头上的声音更清晰了，人的声音也响亮起来。这是高声唱歌的声音，越来越清楚，歌词也能听清楚了：

抬起头，转过脸，
对着那上帝赐予的山，
（罪恶的势力，要蔑视！）
瞧瞧周围，扫视四方，
把罪恶的包袱扔在地上。

（你会一睁眼就看见上帝！）

随着歌声，传来了攀爬声，这儿的和平随着公鹿的隐遁而消失了。绿屏裂开了，一个人的脑袋探了出来，瞧着眼前的草地、池塘和漫坡。他是那种稳健成熟的人。他先扫视四周，然后仔细打量着一草一木，是否符合他最先的笼统印象。都观察完了，他才张开嘴，大声地庄重地称赞起来：

"生机勃勃，梦中的洞天福地！看吧，树木、流水、青草和山坡！探矿人的乐园，凯尤斯人①的天堂！眼睛累了有悦目的绿茵！这儿可没有给那些脸色苍白的病人治病的红药片。这是给探矿人安排的私密草地，是疲累的驴子歇脚的地方，他妈的！"

这个人的肤色沙黄，脸上突出着和蔼幽默的特色。这张脸表情多变，它随着内心的活动而活动。他心里想什么，脸上就有什么。各种思想会像湖面上的骤风在他的脸上吹出涟漪。他的头发稀稀拉拉，乱糟糟的，和他的肤色相仿佛，都淡得说不清是什么颜色。他的一双眼睛蓝得惊人，似乎他身上所有的色彩都体现在他的这双眼睛里了，细看还能看出几分儿童的天真和惊奇，可是其中又不乏从生活的经验阅历中产生的沉着自信和坚强的意志力。

他先把一柄矿工用的锄头、一把铲子和一个淘金盘从葛藤和爬山虎构成的屏障中扔了出来。然后他爬了出来，跳到了宽阔的地方。他上身穿一件黑布衬衫，下身是褪了色的工装裤，

---

① 印第安人的一族。

脚上穿的是顶着平头钉的大皮靴，头上戴着一顶又脏又破的帽子，看得出来它经过了无数的风吹雨打，日晒烟熏。他笔直地站在那里，大睁着眼睛瞧着神秘的景色，鼻孔快活地扩张着、颤动着，呼吸这个峡谷里温暖甜蜜的气息。他笑了起来，眼睛呈现出一条蓝线，嘴角也翘了起来。他大声说："跳跃的蒲公英，快乐的蜀葵，我都闻到了你们的香喷喷！随你们去给玫瑰香油和科龙香水的工厂吹牛吧！在这儿，这个地方，它们又算得上什么呢！"

他似乎很习惯自言自语。尽管他的脸已经带出了他的所有的思想和情绪，可是他的舌头很不甘心，还是要再把一切都说一遍，像那个鲍斯威尔①。

他在池边躺下，喝了半天的水。"味道不错。"他不住声地说，一面抬起头，盯着水池那边的山坡，一面用手背擦着嘴。这个山坡吸引着他的注意力。他仍然趴在那儿，仔细地研究着眼前山的结构。他用有经验的眼光从山坡上看到溽裂的谷壁，又从山谷看到眼前的池塘。他爬起来，又把这个山坡重新审视了一遍。

"我看，这儿不错！"他下了结论，拿起了他的锄头、铲子和盘子。

他走到池塘的下方，踩着石头，轻巧地跨过小溪。他在山坡临水的地方挖了一铲泥，放到淘金盘里。然后蹲下来，双手端着盘子，把一半浸在水里。接着他熟练地旋转盘子，让水流

① 18世纪苏格兰作家，著有《约翰生传》。

157

进泥沙，再流出去。体积大的、个头轻的沙子都浮在表面，他轻巧地把盘子一倾，这些沙子就漂出去了。有时，为了速度，他把盘子放稳，用手捡掉石子和沙石。

盘子里的泥沙消失得很快，后来只剩下了细泥和极小的沙砾。到了此时，他淘得非常细致从容。这属于细淘，越来越细，也全靠着他的敏锐，手法准。最后，好像盘子里什么也没有了；可是他敏捷地把盘子转了半圈，让水从盘子的一边流回小溪，一层细细的黑沙留在了盘底。这层黑沙像薄薄的一层喷漆。他仔细地察看，其中有一粒小小的金沙。他把一点溪水放进盘子，迅速地摆劲，一再翻动盘里的黑沙。他没有白费劲，又发现了一粒小小的金沙。

这时候的淘洗，变得非常细致，细致得完全超出了平常淘金沙所需要的程度。一点一点地把黑沙漂到盘子的浅边沿上。每一粒黑沙都要经过他仔细地检查，所以流出去的沙子都过了他的眼。他让这些黑沙一粒粒滑出去。盘子底上终于又出现了一粒针尖大的金沙。很快他又发现了一粒，接着又是一粒。他小心翼翼地保护着这些金粒，像牧羊人呵护着他的羊群，不让一只走失一样。最后，盘子里的沙全流走了，只剩下了那几粒金沙。他数了数，然后把盘子摇了摇，在费了这么大劲之后，他一下子把它们全泼回到了小溪里。

可是当他直起腰来的时候，他的一双蓝眼睛里全是欲望，闪闪发光。"七粒，"他大声地嘟哝，这就是他费劲淘洗，而又随随便便丢弃的金沙的数目，"七粒。"他重复着，语气沉重，似乎他要牢牢记住这个数目。

他静静地站在那里，目测着这个山坡。他的眼睛里泛出炽热的、惊奇的、充满生机的光芒。他很得意，那神气就像一条猎犬闻到了野兽的气味那么机警。

他向小溪的下游走了几步，又铲了一盘子泥沙。

他又仔细地淘了起来，谨慎地收集着金沙，然后在数完记住之后，又很随意地把它们泼回溪水里。

"五粒，"他嘟哝，又重复一遍，"五粒。"

他又停下观测小山的地势，接着往下游走，又盛起泥沙淘着。他收集到的金沙越来越少了。"四粒，三粒，二粒，一粒。"他一面朝着小溪的下游走，一面在脑子里列出一张表。等到淘出一粒时，他停下来，捡拾干树枝生起了一堆火。他把淘金盘放进火里烧，直到烧成蓝黑的颜色。他拿起盘子，用挑剔的眼光检查了一遍，才满意地点了点头。有这种颜色衬底，就是极小的金点，也逃不过他的眼睛了。

他接着顺小溪往下游走，重新淘沙，结果只找到一粒金沙。第三盘时索性没有。可是他不放心，又掏了三盘，每隔一英尺，铲一铲泥。结果事实是一盘都没有金沙。这并没有使他泄气，他反而很满意。他越是淘不到金沙，越是得意，最后他站起来，欢喜地喊：

"这要不是一个真矿，就让上帝用生苹果砸掉我的脑袋！"

他又回到他最初淘沙的地方，又往上游走。开始，他收集到的金沙的数目增加得很快——速度惊人。"十四粒，十八粒，二十一粒，二十六粒。"他的脑子里又列出了一张表。就在眼前小溪的水洼里，他淘到最多的一盘——有三十五粒。

"应该留起来了。"当他把金沙泼掉的时候，不无惋惜地说。

太阳已经升到中天了，他还在干活。他逆流而上，一盘一盘地淘，金粒的数量一直在减少。

"从矿脉消失的情形看，真是好得很。"他很得意，他眼下的这一铲泥沙里，只得到一粒金沙。

他又接着淘了几盘，一粒都没有。他挺起腰，信心百倍地看了山坡一眼。

"哈哈！矿穴先生！"他大声喊，好像他对面有许多看不见的观众，他在给他们讲话，"哈哈！矿穴先生！我来了！我就来啦！我要抓住你！你听见了没有，矿穴先生！我一定会抓住你的，没错！"

他转过身，抬眼望着万里无云的蓝天上的太阳，然后顺着他先前淘沙的、留下许多洞的路向峡谷下边走去。走到水洼的下游，他跨过小溪，钻过绿色的屏障就不见了。现在，这一带要恢复以往的安静是不可能的了，这个人的爵士歌声一直响在峡谷的上方。

没过一会儿，鞋底上的铁钉踏在石头上的声音又响了起来，这个人返回来了。那道绿幕剧烈地动荡着。它好像在前摆后摇地拼命挣扎。于是，山谷里又响起了他的大嗓门，声音更高，语气严厉，似乎在呵斥谁。一个大家伙气喘吁吁地冲了出来。在一阵噼里啪啦的断裂声中，一匹马从纷纷落叶中露了出来。它驮着一个行李包，包裹后面拖着许多断蔓残藤。这匹马惊奇自己怎么到了这么一个所在，略作打量之后，便满意地吃起了草。这时，又一匹马冲了出来，它在长满清苔的石头上滑了一下，踏到了松软的草地上它才稳住了身体。它的背上有一副墨西哥式的马鞍，因为时间长久，斑斑驳驳，褪了色，可是现在空着。

这个人最后才现身。他卸下马鞍和行李，看好了宿营的地方后，就放开了这两匹马，让它们去吃草。他解开粮食袋子，拿出锅和咖啡壶。他又捡来一抱干柴，用石头围起了一个火灶。

"啊呀，"他说，"我的食欲真好呀，就是铁末子和马蹄铁也能吃下去。还得谢谢老板娘，要是让我吃双份，我当然不会拒绝。"

他站直身体，把手伸进工装裤的口袋去掏火柴，眼睛还在看着小溪那面的山坡。他已经抓到了火柴，可是手一松，抽出来的是一只空手。他犹豫了。他瞧着准备好的做饭家什，又瞧了瞧那山坡。

"我要再试试。"他拿定主意，开始跨越那道溪水。

"没准儿，这毫无意义，"他好像在请求原谅似的说，"晚一个钟头吃饭，饿不坏人。"

他在第一次挖掘的地方后退几英尺，开了第二条线路。太阳不断地西斜，地上的影子越拉越长，可是这个人还在干活儿。接着他又开了第三条线路，一路淘过去。他向山上爬过去的时候，他在山坡上画了很多横线。在这些线的中心点淘到的金子最多，到了两头就什么也淘不出了。他越向上走，画出的横线越短，似乎有什么规律。从那些不断缩短的尺度来看，到了山坡的某个地方，线就更短，最后变成了一个点。它的排列组成了一个倒着写的"V"字。这个"V"字向里收的两边，就预示着金沙分布的界限。

这下清楚了，他的目的是要找到这个"V"字的顶点。他常常顺着两条斜边向山坡上眺望，想确定顶点的位置，那个含金量最多的终点。"矿穴先生"应该住在那儿——他就是这么亲切地称呼那个想象中的山坡上的点。他时常会大声喊起来："出来吧，矿穴先生！痛快一点，老老实实地出来吧！"

"好吧，"接着他会用很坚决的口气这样说，似乎在威胁，"好吧，矿穴先生。看起来，你非得让我亲自上去，揪住你的秃脑袋。我不会落空的，一定不会落空的！"

他把每一盘泥沙都端到下面的水池里淘洗。越是靠上的位置，掏出来金沙越多，后来他就开始把金沙收集起来，装在他随随便便地放在工装裤子口袋里的一个放过发酵粉的空铁罐里。他一心工作，根本没有顾及夜幕慢慢地降临。直到他看不清楚盘里的金沙了，才意识到他已经工作了很长时间了。他猛然挺直身体，一脸的惊讶，慢吞吞地说："他妈的！把吃饭的碴儿全忘了！"

在夜色中，他跟跟跄跄地跨过小溪，把那堆放置了很久的火重新生起。他的晚饭只是薄煎饼、咸肉和热过的煮黄豆。随后，他就着炭火抽了一斗烟，听着夜间的风声，注视着泻在山谷里的月光。抽罢烟，他打开行李，脱下笨重的皮靴，把毯子拉到下巴上。他的脸上罩着月光，一片惨白，像死人。不过这个死人会活转过来，他突然用臂肘支撑起身体，对着面前的山坡。

"晚安，矿穴先生，"他的声音已经昏昏欲睡了，"晚安。"

黯淡的早晨过去了，一缕阳光照在了他阖着的眼皮上，他突然醒了，打量着四周，直到他完全记起了昨天的事情，意识到今天的他就是昨天那个活生生的人。

穿衣服很简单，只是把鞋子穿好就够了。他瞧了瞧火堆，又看着山坡，心里犹豫着，后来终于战胜了诱惑，生起火来。

"别着急，比尔，急什么，"他自己劝自己，"急是不管用的，急得出了一身汗又有什么用？矿穴先生会等着你，他不会在你吃早饭时溜掉的。现在你要做的，比尔，是吃点新鲜东西。你得亲自去找一找。"

他砍下一根短树枝，从口袋里掏出一段钓丝和一个初时考究、现在已经脏了的假蝇饵。

"天色还不晚，它们也许会上钩，"他在第一次抛下钩时自言自语着，过了不大工夫，就听见他欢喜地大喊大叫，"我说得不错吧，嗯？没错吧！"

他没有卷线的轮盘，他也不想费事费时间；他只凭力气，迅速地从水里拉出了一条光闪闪的、有十英寸长的鳟鱼。接着，他又很快钓起了三条。早饭吃完后，他踩着石头，穿过溪水，向山坡走去。忽然他起了一个念头，他停在那里。

"最好先到小溪的下游走一遭，"他说，"也许说不定有一个鬼鬼祟祟的家伙藏在哪儿，什么事都会有。"

可是他还是跨过小溪，开始干活儿了。"也许我真该去走一趟。"一干起来，小心谨慎的念头就顾不上了。

傍晚，他才挺起身子。因为一直弯腰干活，他的腰都僵了，他把手伸到背后摸着酸疼难受的肌肉，嘴里念叨："他妈的，这算怎么回事，我又把吃午饭忘得干干净净！再这样下去，就变成吃两顿饭的怪物了。"

那天晚上，他在钻进毯子里的时候，嘴里还在念叨："矿穴这东西真是要命，它能让你心神不定。"可是临睡前头，他没有忘记招呼那个小山坡："晚安，矿穴先生，晚安！"

太阳一出来，他就起来了。匆匆吃过早饭，他就干起活儿来。他好像变成了工作狂，虽然淘到的金子越来越多，可并没有冲减他的狂热。他的脸上泛着红，可不是阳光晒的。他不知道疲倦，也忘了时间。他不停地装满泥沙，跑到山下淘洗，然后又气喘吁吁地跑上小山，再装满泥沙。

此时，他离下面的水边大约有一百码，那个倒写的"V"字正按一定的比例逐渐缩小。含金的泥沙带渐渐变短，他在心里估算着这个"V"字两条边在山坡上的交点。他的目标也正是这个交点，无数次的舀泥淘洗全是为了弄清它的位置。

"应该就在那丛石南树上面大约两码的地方，向右偏一码。"他终于得出了结论。

他满脑子都是这个。"就像脸上的鼻子眼睛一样清楚。"他说完，直接向上爬去，他认为可以不再辛苦地淘洗了。他直接爬到那个他想定的地点，挖了满满一盘沙子，到山下淘洗。可是没有淘到一粒金子。他又接着挖，接着淘，一连十几盘，都没有金子，连一粒最最小的也没有。他气坏了，狠狠地责骂自己，怪自己这样容易受到诱惑。接着，他下了山，再沿着横线接着挖。

"不怕慢但要准，比尔，宁愿慢但要准，"他轻轻地说，"你干上这一行了，要想抄近路是发不了财的，现在你明白了吧。聪明些，比尔，还得聪明些。宁愿慢但要准——这是你必须遵守的，就这样干下去吧，干到底吧。"

横线缩短了，"V"字的两条边越来越靠拢了，可是深度也越来越增加了。矿脉钻到山里去了。现在他只能在离地面三十英寸的泥沙里找金子。离地面二十五或者三十五英寸的泥沙里都没有找到金子。在"V"字的底部，靠近水的地方，他曾在草根附近发现过一点金沙。可是他越往山坡上走，金子就埋得越深。现在，他尝试一次，就得先挖一个三英尺深的洞，干起来很艰难；而在他和那个顶点之间，还不知道需要挖多少个洞。"鬼才知道要挖多深。"他叹着气，休息了一会儿，用手指按摩着他那疼痛的后背。

他在强烈的欲望的支配下，顾不上背疼和肌肉酸痛，一趟趟地上山下山，不停地用铲子挖掘着，来来回回地淘洗。他的眼前是一面平缓的草坡，上面开满了鲜花，似繁星点点，散发着阵阵香气。他的后面是一片荒凉。看上去，就像这座山平滑的皮肤上出了疹子。他的进展很慢，像一只蜗牛慢慢爬过留下了一遛肮脏的痕迹，破坏了美景。

现在，矿脉越来越深，加大了他的工作量，可是他淘到的金子越来越多了，这倒让他得到了安慰。他淘到的每一盘金沙从最初的二十美分，到三十美分，五十美分，后来到了六十美分。傍晚的时候，他居然从一盘砂里淘到了一美元的金沙。

"我敢发誓，一定会有好事之徒闯到这里来的，闯到我的草原上来的。"当天晚上，他把毯子拉到下巴时，似睡非睡地嘟哝着。

"比尔！"他忽然笔直地坐了起来，尖声呼喊，"现在你听着，比尔，听明白了。明天一大早，你一定要到四周看看有没有情况。听见了吗？明天早晨，千万别忘了！"

他打了个哈欠，对着面前的山坡，招呼了一声："晚安，矿穴先生。"

早晨，太阳还没有出来时，他就起身了。头一道阳光照到他身上的时候，他已经吃完早饭，向着不时有崩塌的谷壁爬去。从谷壁顶上他所瞭望到的情景看，他发现自己置身于一片寂寥之中。他尽量往远处看，映入眼帘的似乎只有一重又一重的高山。他东西方向反复看，终于在重重叠叠的山脉中，望到了一排白雪皑皑的山顶——这是主峰，西部世界高可触天的脊背。再看北面和南面，纵横交错的群山中主峰看得清清楚楚，甚至能看到一个个山头逶迤而下，渐渐变成了平缓的小丘，然后就消失在他看不见的那片山谷里。

在辽阔的视野里，他没有发现一点点人迹和人活动后造成的——如他身后的山坡那样，他想，那是唯一的例外。他仔细地观察了很久。有一次，他看见一个山谷下面似乎有一缕青烟。他再仔细看，最后确定那是山间的紫雾被后面的山谷峭壁遮暗了而成的幻影。

"喂，矿穴先生！"他对着下面的峡谷喊，"你还是从地下出来吧，我来啦，矿穴先生！我来啦！"

他脚上的皮靴很笨重，所以他走起路来显得费劲，可是他从高得让人眩目的地方下来，灵敏得像只山羊。绝壁上的一块石头在他脚下滑落了，这一点没有让他慌张。他似乎已准确地计算出石头滑下要经过多长时间才能出事，因此，就在那一瞬间，他要利用这块不牢靠的石头垫一下脚，让他躲到安全的地方。在坡势很陡，他不能站直身体的地方，他会在一刹那间，在不很牢固的坡面上点一下脚，迅即向前跳去。有时，连瞬间垫一下脚的地方都没有，他会攀住一块突出的岩石，抠住一个裂缝，或者利用一丛根基不深的矮树，纵身荡过去。他会大吼一声，离开谷壁，在谷面上随着几吨重的泥石流一起滑落下来。

这一天，他从早晨的第一盘沙里就淘到了两美元多的金沙。这是从"V"字的中心淘出来的。由此向两边淘过去，金沙的数量减少得非常快。他所掘出的横线已经变得很短了。这个倒写的"V字"的两边，相距就有几码远了。它们的交点离他的头顶也有几码远。但是含金的泥沙埋得越来越深了。到了午后，他得挖五英尺深的洞才能看到金沙。

从现在的情形看，有沙金不仅仅是一种迹象了，这儿是一座真正的沙金矿。到此，他决定既然找到了矿穴，他要最后再搞这块地。越来越丰厚的收获，反而让他担心。到了傍晚，他淘一盘能得到三四美元的金沙。他又疑惑地挠着头皮，瞧着山坡上几英尺远的那个大概标志着"V"字顶点的石南树丛。他点着头，像宣布预言似的说：

"只有两个可能，比尔，二者必居其一。这个矿，要么完全消失在这座山里，要么是个大富矿，叫你没法子全部带走。要真是这样，可不怎的好，你说是不是？"他想着这个让人振奋的两可之间的问题，不禁嘻嘻笑了起来。

黄昏时分，为了一盘值五美元的金沙，他在昏黑的天色中，竭力睁大双眼，在小溪边费力地淘洗着。

"要是有一盏灯就好了，我还可以继续干下去。"他说。

晚上，他怎么也睡不着，尽管他一再镇静自己，闭上眼睛；强烈的欲望让他血液沸腾，他一次次地睁眼，用疲倦的声音不住地嘟哝："太阳出来就好了。"

后来，他终于睡着了。可是星光才刚刚黯淡，他就睁开了眼。天刚蒙蒙亮时他已经吃完早饭，爬上山坡，向着矿穴先生的秘密洞窟走去了。

他开辟的第一条横线，只能挖三个洞。现在，含金沙的地带已经很窄了，他找了四天的金矿源头离他越来越近了。

"别着急，比尔，你要沉住气。"他劝慰着自己，眼下他正挖着最后一个洞，"V"字的两边终于交汇在一起了。

"哈，我终于掐住你了，矿穴先生，你跑不掉了。"当他越挖越深的时候，他不断地重复着这句话。

四英尺，五英尺，六英尺，他不停地向下挖着。现在挖起来更加困难了。他的锄头碰在坚硬的岩石上，当的一声响。他观察着这块石头。

"脆石英。"他判断着，一面清理洞底的松土，松土铲干净了，他用锄头敲打这块松脆的石英石，每敲一下，这块正在崩解的石头就碎裂一些。

他把铲子插到松散的碎石里。他看见了一道黄光。他猛地丢开铲子，蹲下来。他捧起一块松脆的石英，擦干净上面的土，就像一个庄稼人擦掉刚挖出来的芋头上的土一样。

"沙达那帕里斯 ① 也要惭愧呀！"他大声喊起来，"这是一块一块的金子，一块一块的金子啊！"

他手里捧着的，一半是石头，另一半完全是纯金。他把这块放进淘金盘，又拿起一块观察，表面看不出黄颜色。可是当他用力地把松脆的石英剥掉之后，他的两只手里拿着的全是光闪闪的黄金。他一块块地剥掉它们上面的泥土，然后扔到淘金盘里。这真是一个黄金库。石英已经崩解得差不多了，剩下的还没有金子多。他时常会发现一两块没有掺杂一点杂质的矿石——纯金。有一块被他从中间敲开的金子，像黄宝石闪闪发光，他侧着头观赏着，慢慢地把它转来转去，领略着它那夺目的光辉。

"你们爱夸谁就夸谁吧，随便你们怎么说他那个矿金子多！"他轻蔑地说，"跟这个矿比，你们那里只值三十美分。这个矿都是黄金呀。我该给它起个名字，就叫'黄金谷'吧！"

他依旧蹲在那里，继续查看着那些碎块，再把它们扔到淘金盘里。突然间，一种危险的预感袭上心头。似乎有一片阴影落在了他的身上。可是又找不到影子。他的心几乎要跳到嗓子眼了，让他喘不上气来。接着，他觉得自己的血在变冷，汗湿的衬衫冷冰冰地贴在他的肌肉上。

他没有往起跳，更没有四处张望，他蹲在那里没动。他在细细思考他得到的这个预兆，想尽量搞清楚向他发出警告的这股神秘力量的来源，并且运用自身的全部感觉竭力查明这个

---

① 亚述的末代国王。

169

眼下看不见，但使他备受威胁的东西。这在生活中是有的，有时我们会感觉到敌对的气息，但是捕捉不到，太微妙了，似乎不是我们的五官所能感受到的。他就感觉到了这种气息，可是不知道来自何方。这就像一缕浮云遮住了太阳。他和生命之间，流过一股让人窒息、具有威胁力的阴暗气流；这是一种忧郁的感觉，可以吞噬他的生命，促成死亡——他的死亡。

他自身的力量迫使他站起来，应付眼前的危险，可是理智让他控制着自己的恐慌。他仍旧捧着一块金子，蹲在那儿。他不能东张西望，他已经知道了有一个人正站在他头顶上的洞口处。他装作对手里的金块感兴趣，假装用鉴别的眼光审视这块金子，把它们在手里翻来覆去，擦干净那上面的土。可是他从头到尾都很清楚，上面的那个人正通过他的肩头望着这块金子。

就在这当儿，他注意地听着上面的动静，他听到了那个人的呼吸声。他开始在眼前搜寻武器，可是眼前只有那一堆他挖出来的金子，在这种绝境里，它们是一点用都没有的。那儿倒是有一把锄头，需要时倒是很顺手的武器，可是眼下他拿不着。他很清楚自己的处境，他是在一个七英尺的窄洞里，他的头够不着地面。他是在一个陷阱里。

他很冷静，他依旧蹲在那里，想来想去，就是没有一个好办法。他只好继续擦掉石英碎块上的土，把金块扔到盘子里。他没有任何办法。但是他知道，他迟早得站起来，站起来对付那个在洞口呼吸着的危险的敌人。又过去了几分钟，他清楚，每过去一分钟，离他站起来的时刻就近了一分钟，反之……想到这里，他又觉出湿衬衫贴在背上冷冰冰的——要不，他就得佝偻着身子，死在他的黄金宝库里。

他还蹲在那儿，擦着金块上的泥土，一面思考着用怎样的方式站起来。他可以猛地一下蹿起来，爬到洞外，跟那个坏家伙在平地上面对面地干上一场。也可以慢吞吞地、满不在乎地站起来，装作偶然间发现了那个家伙。他的本能和全身的每一块肌肉，都督促他采取前一种猛然冲出去的办法。然而他的理智和他生成的狡猾经验却不断地提醒他，要慢慢地、小心地对付那个现在他还没有看见的家伙。正当他这么盘算的时候，突然响起一声很响的、爆裂的声音。刹那间，他后背的左边受到了沉重的一击，他感到从击中的那一点，有一道火光穿透了他的身体。他一下子跳了起来，可只跳到一半，他就倒下去了。他的身体蜷曲着，像一片烧焦了的树叶，他垮了，胸脯压着那个盛黄金的盘子，脸贴着泥土和石头。洞底下的空间有限，他的腿绊在一起，在那里痉挛了几下子，身体像患了疟疾一样颤抖着。他让肺部深深地吸了一口气，然后慢慢地往外吐，他的身体摊直了，一点也不动了。

洞口上，一个手里举着左轮枪的人正在向下看。他盯视着那个脸朝下爬着的人，很久很久。过了一会儿，这个不速之客就蹲下来，把枪放在膝盖上，对着下面。他伸手到口袋里，掏出一张棕色的纸，然后在上面放了烟末，卷成一支又短又粗的香烟，他的眼睛一刻也没有离开过洞底下的那个身体。他点着了烟，很舒服地吸了一口。他吸得很慢，有一次甚至灭了，他又重新点燃。可是他始终都在紧紧地盯着那个身体。

最后，他扔掉香烟头，站了起来。他向洞口迈近一步，双手撑住，右手里还拿着那支枪，靠着臂力，他放下了自己的身体。差不多离洞底还有一码时，他松开手，跳了下去。

他的脚刚一着地，就看到那个采金人把胳膊猛地一挥，他只感到自己的两条腿一扭，就摔倒了。他向下跳的时候，他拿着枪的手本来是朝上举着的，可是他一受到搂抱，枪口就朝下了。在他还没有倒地的时候，他的手扣响了扳机。在这个不大的洞里，枪声震耳欲聋。洞里硝烟弥漫，弄得他什么也看不见了。他仰面摔倒在洞底，采金人立刻像猫一样压到了他的身上。就是此时，他还弯转胳膊，企图再开一枪。可是瞬间采金人用臂肘迅速地撞了他的手腕子一下。枪口一扬，那粒子弹打到洞壁上的泥土里去了。

接着，这个不速之客觉得自己的手臂被采金人抓住了。他们争夺起那只枪来。每个人都想把枪口对准对方。这时候，洞里的烟渐渐散了。这个摔倒的不速之客可以模糊地看见一点东西了。可是采金人往他的眼睛里撒了一把土，他又什么也看不见。突然，他的手松开了那只枪，他感觉自己的脑子里一片漆黑，只一秒钟，连那点漆黑的感觉也消失了。

采金人不停地打枪，直到把子弹打完。然后他扔掉枪，气喘吁吁地坐在了那个死人的腿上。

采金人啜泣着，喘息不止。"真是一个下流东西！"他上气不接下气地说，"跟在我的后面，等我把活干得差不多了，冲着我的后背开枪！"

由于紧张、疲劳再加上愤怒，他都要哭了。他瞧了瞧那个死人的脸，那上面满是松土和沙石，他看不出长相。

"没见过这个家伙，"他又仔细看过之后说，"不过一个极平常的小偷，他妈的！他居然从背后打了我一枪！他从背后打了我一枪！"

他解开衬衫，摸着左边的胸部和背部。

"穿透了，可是不碍什么事！"他还有些庆幸，叫了起来，"我敢打赌，他瞄得非常准，只是扣扳机时，枪口偏了一点。这个混蛋，我把他打死了！哼，被我收拾了！"

他用指头摸着身上的子弹洞，脸上又露出了懊丧的神气。"这个伤口恐怕要疼起来的，"他说，"我必须得离开这里，包好伤口。"

他爬出洞口，走到山下露宿的地方。半个钟头后，他牵着他的两匹马回来了。从他敞开的衬衫里，能够看出他包扎伤口的绷带。他的左手动作很不灵活，可是并不妨碍胳膊的活动。

他把绳子捆在那个人的腋下，从洞底下拉出了这个尸体。接着他又去掘金。他顽强地一连干了好几个钟头，这中间，常常要停下来，休息一下他僵硬的肩膀，他的嘴里一遍又一遍地说："他从背后打了我一枪，这个下流东西！他从背后打了我一枪！"

他把金子差不多都弄了上来，还用毯子牢牢地包裹好，分成几个包袱捆扎。之后，他估算了一下这些金子的价值。

"假如没有四百镑，我就是个霍屯督人①，"他说，"就算除去两百磅的石英和沙土——那也还有两百磅金子。比尔！想想

---

① 西南非洲的一个民族。

173

吧！两百磅金子呀！四千块钱啦！都是你的——全是你的！"

他高兴地抓了抓头皮，手指头碰到了一道以前没有过的沟槽。他顺着槽摸下去，有好几英寸长。这原来是第二颗子弹，顺着他的头皮划出来的。

他怒气冲天地走到那个尸体旁。

"你想打死我，是不是？"他恶声恶气地说，"你打算打死我吗？看看吧，我总算好好地把你收拾了，现在我还要体体面面地把你埋掉，比你对待我要好多了。"

他把尸首拖到洞口，推下去。这个尸首扑通一声，落到了洞底，它的脸扭着，对着上面的光亮。采金人向下瞧了一眼。

"你从背后打黑枪！"他说。

他挥动锄头铲子，很快用泥土把洞口填平了。接着，他把装着金子的包袱放在马背上。对这匹马来说，金子太重了，所以一到宿营地，他就把一部分金子挪到那匹备有鞍子的马背上。他不得不丢掉他的一部分装备——锄头、铲子和淘金盘，还有多余的粮食和烧饭用的器具，其他一些零零星星的东西也丢掉了。

采金人赶着他的两匹马到了那一片葛藤织成的绿幕前时，已经是中午了。因为要爬上那块巨大的岩石，那两匹牲口不得不高抬腿，慌不择路地挤进了那个树丛。有一次，那匹备鞍的马居然摔倒了，采金人立刻卸下马背上的包袱，让它站起来。当他们重新上路时，采金人回过头来，从树叶当中看了看那个山坡。

"下流的东西！"说完这一句之后，他就不见了。

这时，传来一阵撕扯葛藤和折裂树枝的声音。树前后摇摆着，说明那两匹马正在它们中间穿行。在马蹄踏在石头上的嘚嘚声中，不时地夹杂着一声咒骂和尖厉的吆喝声。再往后，就传来了那个人嘹亮的歌声：

> 抬起头，转过脸，
> 对着那上帝赐予的山，
> （罪恶的势力，要蔑视！）
> 瞧瞧周围，扫视四方，
> 把罪恶的包袱扔到地上。
> （你会一睁眼就看见上帝！）

歌声越来越远了，消失之后，这里又恢复了原有的气息。小溪在打盹，在低声细吟，山蜂令人昏昏欲睡的嗡嗡声又响起来了。雪白的杨花在浓浓的香气中冉冉飘落。蝴蝶在花丛中翻飞，一切都被阳光照得亮晶晶的。只有草地上的马蹄印和那片残破的山坡，告知着这里曾发生过的凶险和一度被打破的平静，然而一切又都离去了。

为上路的人干杯

"往里倒啊。"

"我说基德，有点太过了吧？威士忌加上酒精，就已经够猛的了，你还要掺进去白兰地，胡椒粉酱和……"

"倒啊，我说是谁在调五味酒呀？"马尔穆特·基德说着，透过烟雾，能看见他的那张带着亲切笑容的脸，"孩子，一旦你跟我在这儿住得久了，过惯了打兔子、钓鲑鱼的日子，你就会明白一年一度的圣诞节是怎么回事了，一年只有一次啊。过圣诞节没有五味酒，意味着什么吗？就是说，岩洞已经挖到了床岩上，却还没有找到金矿的矿脉。"

"没错，"大吉姆·贝尔登赞同基德的话，他是从马齐·梅——他的矿场来这儿过圣诞节的，在已经过去的两个多月里，他是完完全全靠着鹿肉过日子的，"你还记得我们在塔纳纳河边一块儿配制的那种烈酒吗？"

"恐怕没忘。我说弟兄们，要是你们看见就因为喝了那个用糖、用酸面团酿出的烧酒，一群人成了打架斗殴的醉汉，一定会觉得异常痛快。当然，这是发生在你出世之前的事了。"马尔穆特·基德转过身来对斯坦利·普林斯说，这是一个年轻的采矿专家，已经在北方住了两年了，"当初，这一带没有白种女人，可是梅森想结婚。露丝的父亲是塔纳纳族的酋长，和部落里的其他人一样，酋长不赞成这桩婚事。怎么样，酒性很烈吧？我把剩下的那一磅糖也全用上了，这是我这辈子做出的最好的酒了。那一次的追逐场面，你们真应该看看，追呀，追呀，顺着河追，一直追过了转运线。"

"那个印第安女人怎么样呢？"路易斯·萨沃埃问道，这是一个高个子的法国裔加拿大人，他听得津津有味。去年冬天，他在四十里站时，就听到过这件似乎是无法无天的事。

马尔穆特·基德天生就是一个爱讲故事的人，于是他原原本本地讲起了这个发生在北方的洛钦瓦尔的风流韵事。① 在场的人们，或者说这些来北方冒险的汉子们，心里都紧了一下子，若有若无地怀念起南方的阳光，那里的日子，怎么说也比整天跟死亡跟寒冷你死我活地搏斗要强。

"我们跨上育空河的时候，正好是第一块冰融化的时候，"基德快要结束他的话了，"她部落里的人比我们迟到了十五分钟，就是这点救了我们；因为第二次融冰，冲破了上游的冰块，把他们拦在了河边。等到他们终于赶到奴克鲁克托的时候，我们全站的人都已经集结在那里，准备好了。怎么结的婚，你们去问鲁勃神父好了，婚礼是他主持的。"

---

① 洛钦瓦尔是英国作家司各特的长诗《马密恩》中的主人公，因为爱慕女主人艾伦，就在她结婚的那天将她抢走了。这里指梅森。

鲁勃取下了含在口中的烟斗，这位耶稣会的神父脸上荡漾着愉悦的笑容，尽管是那种教长式的笑容，也表现出了此刻他欢喜的心情。在场的新教徒和天主教徒都热烈地鼓起掌来。

"天哪！"路易斯·萨沃埃喊了起来，浪漫的爱情故事让他激动万分。"小个子的印第安女人！勇敢的梅森！我的天哪！"

一个个盛着酒的洋铁杯开始传递起来，坐不住的贝特尔斯跳起舞来，嘴里唱着他自己的祝酒歌：

> 一个叫亨利·华德·比契尔的人，
> 还有一群主日学校的教员，
> 他们喝着黄樟根酿制的烈酒，
> 我敢和你打赌，
> 这种酒如果有个恰当的名字，
> 一定就是禁果酿成的美酒。

> 啊，啊，啊，禁果酿成的美酒。
> 在场的人，啊不，所有的酒鬼们都大声合唱起来：
> 啊，啊，啊，禁果酿成的美酒！
> 我敢和你打赌，
> 这种酒如果有个恰当的名字，
> 一定就是禁果酿成的美酒！

马尔穆特·基德配制的这种烈性的混合酒发挥了威力，所有宿营地的人和来此投宿的客人，都异常地活跃起来，他们围着餐桌，唱歌，讲笑话，讲自己的和听来的冒险故事。这是一群有着十几个不同国籍的人，他们互相敬酒。英国人普林斯为"山姆大叔，新世纪的成熟婴儿"干杯；美国人贝特尔斯为女王的幸福干杯；萨沃埃和德国商人迈耶斯互相碰杯，为阿尔萨斯－洛林干杯畅饮。

马尔穆特·基德站起来，他手举酒杯，望着窗外，窗上结着厚厚的冰花，足有三英寸厚。他提议"为今夜还在路上赶路的人干杯，祝愿他们身体没病，身边还有足够的粮食，供他们维持到底，祝愿他们的狗一路平安，还祝愿他们的火柴永远别划不出火来！"

啪！啪！窗外响起了再熟悉不过的狗鞭声，同时响起的还有马尔穆特·基德的那群狗的嗥叫和一架雪橇朝木房子驶来的沙沙声。他们的喧哗渐渐平静下来，大家都注意着外面的动静。

"是个有经验的人，先把狗安顿好，然后才是自己。"马尔穆特·基德小声地跟普林斯说道。他们听到了狗咬食物的声音，还有那更像狼的吠嗥和痛苦的猞猁声。他们那有经验的耳朵一下子就分辨出，那个刚来的人正在打退他们的狗，保证他自己的狗吃到食物。

敲门声终于响了起来，急促有力，那个陌生人进来了。灯光晃得他有点睁不开眼睛，他站在门口停了一会儿，于是屋里的人趁机打量起他来。这是一个招人眼目的汉子，一身羊毛衣和皮衣打扮，和画上的北极人穿戴一样。差不多有六英尺二三英寸高，宽宽的肩膀和隆起的胸脯搭配得十分匀称，刮得很干净的脸冻得通红，长长的眉毛和眼睫毛上结满了冰霜，狼皮帽子的护耳护颈松松地敞开着。眼前的人就像一位刚从雪国闯荡出来的国王，身上带着冰雪的印迹。他的身上系着子弹带，皮带上吊着两只柯尔特式自动手枪和一把猎刀，手里握着不可少的狗鞭，背后还背着一支大口径、新式的步枪。他朝屋里走来的时候，步子稳当，有弹性，但还是让屋里的人们看出来了，他很累了。

"弟兄们，大家好啊！"尴尬的沉默中，他热情地向大家打着招呼。屋里的人立刻放松了，马尔穆特·基德走上去和他握了握手。就在这一刻，他们彼此认了出来。他们没有见过面，可早就互相耳闻其名。没等客人多说什么，主人先就向他介绍了屋里的每一个人，还把一瓶五味酒塞到了客人的手里。

"有一架三个人赶着的雪橇，是柳条车身的，大概八条狗拉着，过去有多久了？"客人问道。

"这差不多是两天前的事了。怎么你在追赶他们吗？"

"没错，那是我的雪橇和狗。那三个该死的臭小子就从我的鼻子底下把它们赶走了。我已经追了两天两夜了——再追一程，我想就赶上他们啦。"

"我想他们会跟你拼一下子吧？"贝尔登接着话茬问道。因为马尔穆特·基德已经去忙着热咖啡、煎腌鹿肉和猪排了。

客人只是意味深长地拍了拍腰上的左轮手枪。

"你什么时候离开道森的？"

"十二点。"

"昨天夜里吗？"贝尔登问，他以为就是这么回事。

"今天中午。"

这下屋里的人都安静不下来了。明摆着的，现在是午夜十二点，十二个钟头内，在异常难行的冰河上奔跑了七十五英里，可不是闹着玩的。

一会儿，屋里人的话题就从客人身上转移了，大家重新回忆起了各自的童年。客人吃上了简陋的饭食，趁这当儿，马尔穆特·基德仔细地研究起他的相貌来。很快他就觉得自己喜欢上了这个人，从他的脸上看得出来，这是一个诚实、正直、坦率的人。他年纪不大，但脸上已有了几道显示着沧桑的皱纹。他说话的时候口气平和，沉默的时候神情自若。但是也还能看得出，一旦和什么人交手了，特别是寡不敌众时，他的那双蓝眼睛会放射出锐利的钢铁般的光。他有着结实的牙床和方正的下巴，展露着此人粗野、顽强、桀骜不驯的性格。尽管他有着狮子般的坚毅，但脸上不乏一种温和的、有些女人气的神色，这还是一个有情有义的汉子。

"我就这么和我的老婆结婚了，"贝尔登讲述自己动人的结婚故事似乎到了尾声，"'爸爸，我们来了。'这是她一进门对她父亲说的话。她父亲则说：'你这不争气的女儿。'然后他冲着我喊：'吉姆，脱掉你的好衣服，去给我犁地，吃饭前，要把那四十亩地犁个差不多。'他又扭过脸吩咐他的女儿：'萨尔，赶快去洗盘子吧。'我听见他的鼻子里嗤了一声，和他的女儿亲了亲。我高兴极了——他看见我还没有动窝，立刻大吼了一声：'吉姆，你！'我赶紧跑走了，进了谷仓。"

"在美国一定有孩子等着你回去呢？"

"唉，没有，萨尔还没有生孩子就死了。我就是为这才来到这儿的。"贝尔登心绪不宁地点着烟斗，他的烟斗已经没有火了，随即，他的情绪又好了起来，他问刚到的客人，"你怎么样，老兄，结过婚了吗？"

他没有说话，而是从一根链子上解下怀表，打开表壳，递了过来。贝尔登挑亮了灯芯，凑近表壳，仔细看着，嘴里咕咕哝哝地称赞着，然后递给路易斯·萨沃埃。萨沃埃看了嘴里连连喊着"天哪，天哪！"之后，递给了普林斯。他们看到，他的手在微微颤抖，一道温柔的光闪现在他的眼睛里。怀表在一张张粗手间传递着——表壳里镶嵌着一张女人的照片，怀里抱着一个孩子，正是这群人心中渴望的那种难分难舍的照片。还没有轮到看上的人急切地等着传到手上，已经看过的人似乎都不约而同地勾起了自己的心事，沉默起来。这些人能够忍受饥饿，能够面对坏血病，和荒野洪水面对面，能够脸不变色心不跳，但是这个对他们来说陌生的女人和孩子的照片，却让他们无一例外地变成了女人和孩子。

"我还没有见过这个孩子呢——她说，是个男孩儿，已经两岁了。"客人收回他的宝贝时说。他凝视着表壳，好一会儿才合起来，扭转了头。但是他的动作不够快，没有能掩饰住他忍了好久的、泉涌般的泪水。

马尔穆特·基德把他领到一张床前，吩咐他躺下。

"四点钟一定叫醒我，千万别误了我的事。"这是他最后说的几句话，不一会儿，筋疲力尽的他就呼呼地陷入沉睡之中了。

"天哪，真是个不可思议的家伙。"普林斯赞许道，"赶着他的狗奔了七十五英里，只睡三个小时就又要上路。他是谁呀，基德？"

"他是杰克·威斯顿德尔。在这个地方已经待了三年了，目前还是一无所有，有的只是他的名声，干起活儿来和牲口没有两样。这个人的运气糟糕透顶。我并不认识他，是塞特卡·查理跟我讲过他的事情。"

"真是不可思议的事情，把那么年轻可爱的妻子抛在家里，跑到这大老远的荒凉地方来浪费光阴。在这儿过一年，比在家过两年还要长。"

"这个人也挣到过不少钱，可都接连输光了。他很坚强，但也很固执。"

他们的谈话被贝特尔斯的一阵喧闹声打断了，照片所激起来的热情也消退得差不多了。不一会儿，热闹的狂欢声浪就淹没了往日的贫乏伙食和劳累困苦带给人的烦恼。只有马尔穆特·基德似乎还牢记着一切，他时时地留神着钟点，中间，他还戴上手套和海狸皮帽子，走出小木房，到储藏室忙活了一阵。

看来他是等不到和客人约定好的钟点了，提前十五分钟他就叫起了他的客人。高大的年轻人身体还是很僵硬，使劲地揉搓了好一阵才站起身来。他摇摇晃晃地走了出去。到了木房外，他发现他的狗已被套好，一切都准备得停停当当，只等他动身了。大家祝他一路顺风，很快追上前面的人。鲁勃神父急匆匆地祝福他，完了就带着一群人回到木屋里去了。也是，在零下七十多度的严寒中，没有戴手套和帽子，光着头和手，不是好玩的。

马尔穆特·基德陪他走上了大路，握着他的手，嘴里关照着他。

"雪橇上有一百磅鲑鱼子，你会看到的，"基德说，"这是喂狗最管用的了，顶一百五十磅。你也许以为能在佩利买到狗粮，可是根本买不到。"客人有些吃惊，闪闪的眼睛眨巴着，没有作声，"不到五指河，你休想买到一两的人粮和狗粮。那一段路有二百英里，非常难走。到了三十里河，你要注意没有结冰的地儿，还得注意抄近路，走巴尔杰湖上的那条路，那是一条捷径。"

"你怎么会知道得这么快，难道消息比我本人还走得快吗？"

"我什么也没有听到，我也不想听到什么。你向我打听的那些狗根本就不是你的。那群狗还是去年春天塞特卡·查理卖给他们的。可是他跟我介绍过你，说你很正派，这话我信。我观察了你的容貌，研究了一番你的脸。我得说，我很喜欢你的这张脸。我看出来了……算了，你还是他娘的快些赶路吧，快点回家，快点回到你老婆那儿……"说完这些话，基德摘下手套，抽出了他的皮口袋。

"这个我可用不着。"客人的泪水已经冻在了脸上，他抽搐着紧握住基德的手。

"那你就果断些，只要狗一倒下来，就砍断缰绳；赶快买新的，十块钱一磅也值得，在五指河和胡塔林卡都可以买到狗。还有，注意你的脚千万别搞湿了。"这是他向客人说的最后的话，"速度要一直保持在二十五英里以上，如果跑不够这个数，你就得生一堆火，换干松的袜子。"

也就过了一刻钟的样子，窗外叮叮当当的铃声告诉他们，又有新的客人来了。打开门，进来的是一名西北地区的骑警，后边跟着的是两个赶狗的混血儿。他们和前一个客人一样，全副武装，神色疲惫。两个赶狗的人好像生来就是在路上走的，很累但是无所谓。那个警察可真是累得够呛。可他那个民族所具备的特殊性格——顽强固执，让他支撑着，倘若在路上，只要不倒下来，他都能撑得住。

"威斯顿德尔走了多会儿了？"他问屋里的人，"他肯定在这里停留过，对不对？"其实他多余问，路上的雪橇印很能说明问题。

贝尔登的眼睛里流露出了不安，马尔穆特·基德立即看了出来，他知道其中必有原因。"走了好一会儿啦。"他回答那个警察。

"痛快点，实话实说吧。"警察的口气有一点严厉。

"看你的意思是要马上找到他。他在道森闯了什么祸吗？"

"他抢走了哈利·麦克法兰四万块钱，在太平洋港湾公司的商店里换了一张西雅图的支票，如果我们放弃了不追上他，那没有谁会拦住他，阻止他兑现。告诉我，他走了多半天了？"

说话的当儿，马尔穆特·基德已发出了暗示，于是每个人都收敛了自己由于诧异而变了的脸色。年轻的警察在每个人的脸上看来看去，一张张脸都呆滞而无表情。

警察大步走到普林斯面前，问他同样的问题。怎么回答这问题呢，颇让普林斯费心思。虽然有点为难，但是他看到自己同胞的那张坦率认真的脸时，还是用前后矛盾的话回答了警察。

警察忽然看到了鲁勃神父，他立刻想到他是不能扯谎的。

"走了差不多一刻钟，"神父说，"可是他和他的那群狗休息了四个小时。"

"走了十五分钟，而且精神百倍。老天爷呀！"警察顿时变得可怜起来，他又累又沮丧，脚步蹒跚，后退了几步，几乎要昏倒了。他嘴里嘟哝着说，他是从道森赶到这儿的，用了十个小时，人和狗都累得够呛。

马尔穆特·基德往他手里硬塞了一瓶五味酒，接着招呼两个赶狗的人跟着他走。温暖的房间和休息一阵的诱惑太大了，两个人拼命抵赖，就是不跟他走。基德已经很熟悉法国人的方言俚语了，他的耳朵竖起来，注意地听着他们的对话。

他们都肯定地说，那群狗无论如何不能再走了，只要多走一英里，就都要垮掉了，那两条叫沙瓦希和巴比特的狗必须得开枪打死。总之，人和狗非得休息一阵不可。

"借给我五条狗，行吗？"警察问基德。

他看到基德摇了摇头。

"我能够用康士坦丁队长的名义给你开支票——五千元的支票。这是我的证件，情况紧急时，我能够开出支票。"

基德用沉默回答了他。

"我用女王的名义征用你的狗。"

基德看了看自己储备充足的小仓库，表示无能为力地笑了笑。那个警察明白自己没有什么办法了，他扭过身子，朝门口走去。两个赶狗的人仍然反对着，他转过身来，狠狠地骂他们是女人，是杂种。年纪大些的赶狗人也气得脸通红，痛快地大声回敬，他说，他是非得让狗们跑得力尽而亡，就地埋葬才罢休。

年轻的警官不管不顾地朝门口走去，他鼓足了自己的劲头，显出了很精神的样子。尽管屋里的人们很清楚地看到他脸上时时掠过的掩盖不住的懊恼神情，但还是很佩服他的这股劲儿。那群狗蜷缩在冰雪里，浑身上下结满了冰霜，很难让它们再站起身来。一阵皮鞭过后，它们哀号着还是不能够起身，赶狗人的鞭子狠毒残酷，他们一肚子气。后来，赶狗人切断了套绳，把领头狗巴比特拖走了，它们才拉动雪橇，走起来。

"这个骗人的家伙，臭流氓！""娘的，根本就不是好人！""小偷！""比印第安人强不了多少！"所有人都恼火了——第一，他们觉得自己被欺骗了；要知道在北方这个地方，诚实是最可宝贵的，可眼下，他们亲眼目睹这种基本的道德被破坏了。"他干了坏事，还要帮他！"屋里的人都把谴责的眼光投向马尔穆特·基德。此时，马尔穆特·基德正在安置巴比特，尽量让它舒服一些。他站起来，默默地把剩下的五味酒斟在每个人的杯子里，显然，这是圣诞夜的最后一巡酒了。

"今天夜里真冷啊，哥儿们——有些刺骨。"这是他为自己辩护的开头语。"咱们都是赶过路的，谁都知道这其中的艰辛。别和落难的人过不去。你们只听到了警察的一面之词。很多人和咱们一桌吃饭，一床睡觉，合盖一条毯子，可有谁比杰克·威斯顿德尔更清白呢？去年秋天，他把所有的积蓄，一共四万块钱交给了裘·卡斯特尔，让他到英国自治领地代他买进股票，那样的话，他今天就是一个百万富翁了。当时，他留在圈城，为的是照顾一个生了坏血病的朋友。可是裘·卡斯特尔却干了些什么事呢？他跑到麦克法兰的赌场里，加了不能再大的赌注，把四万块钱全输光了。第二天，人们在雪地里发现了他的尸首。杰克本来是打算今年冬天回家探亲的，去看他的妻子和没有见过面的儿子。你们注意到了吗，他只拿了四万块钱，正是他的哥们输掉的数字。怎么样吧，反正他已经走了，就是这么一回事，你们打算怎么办吧？"

基德打量着四周准备审判他的那些人，他看出来他们的脸色已经缓和下来了，于是他高高地举起了酒杯。"来吧，让我们为那个今夜上路的人干一杯吧；祝愿他的口粮不断顿，祝愿他的狗不摔跟斗，祝愿他的火柴一划就着；愿上帝保佑他一路顺风，祝他幸福，祝他……"

"见鬼去吧，警察！"巴特尔斯大喊一声，和大家碰起了空杯子。

叛 逆

我打起精神去上班，

主啊，保佑我别偷懒。

假如天黑前我死了，

主啊，我的工作很勤勉。

——阿门

"强尼，你再不起来，我就一点东西都不给你吃了！"

威胁的话对那个孩子来说，已经没有作用了。他仍然迷迷糊糊地睡着，根本听不见调动，他想多迷瞪一会儿，就像好梦来了不愿中断一样。他无力地握着拳头，下意识地对着空中挥舞了几下。他本来是想打他的母亲的，可是她熟练地避开了他的拳头，抓住他的肩膀，使劲地摇晃着他。

"别碰我！"

这一声刚刚喊出来的时候，像说梦话在嗓子里嘟哝着，接着就提高了嗓音，像是抗议，继而又像哭泣，像呜咽，含糊了。这分明是野兽的哀号，就像一个人受尽折磨，发出了不平、痛

189

苦的呼声一样。

可是她根本不理他这一套。她的容颜憔悴，神色凄惨，这些天天上演，她都习惯了。她抓住了他的被子，想把它拉下来。可是那个孩子立刻收回拳头，拼命地抓紧了被子。他蜷成了一团，缩在床角里，可还躺被窝里。她想把被子拖到地板上，可孩子就是抓住不放。她使劲拉，因为她的身体重，孩子和被子顶不住了，但是又怕屋里的寒气冻着，孩子和被子一起滚动着。

他被拖到床边的时候，似乎就要掉到地板上了。可这时，他醒了。他立刻坐正了身体，在那里摇晃了一会儿，就一下子站到了地板上。他母亲立刻抓住了他的肩膀，摇晃着他。他又挥起了拳头，这一次可有劲，打得也准。这时他睁开了眼睛，彻底醒了。他的母亲放开了他。

"好吧。"他在嗓子眼里咕噜道。

她立刻端着灯，匆匆走出去，把他留在了黑暗的房间里。

"他们是要扣工钱的。"她不忘回头警告他。

他不怕黑暗。他很快穿好衣服，走到厨房里。这个孩子又瘦又轻，脚步却很重。他的两条腿瘦得出奇，拖拉着。他走到桌边，拉过一张椅垫已经破了的椅子坐下了。

"强尼！"他的母亲冲着他大喝一声。

他立刻站起来，一声不吭地走向水槽。水槽油腻肮脏，排水口冒出一股臭味儿。他一点不在意。在他眼里，水槽口排出臭味儿是正常的，就像肥皂被洗碟子的水弄脏了再很难有泡沫一样。不过，他并没有让肥皂生出更多的泡沫，他在水龙头口那儿哗啦哗啦地洗了几下，就算完事。他没有刷牙，事实上，他从来就没有见过牙刷，更不知道世界上居然还有那么多每天遭受刷牙之苦的大傻瓜。

"你不用人提醒，也该知道要天天洗脸啊。"他的母亲抱怨他。

她按着壶上的盖子，倒了两杯咖啡。他一句话也不说，他们常常为这事吵架，他的母亲在这种事情上从来都很固执。他每天都得如此洗一次脸，这是非做不可的事。他用一条又湿又脏又破的毛巾擦了擦脸，于是弄得脸上沾着一丝一丝的断纱。

"我们要是住得近一些就好了，"她说，这时，强尼才坐下来。"我也想尽量安排得好一些，这个你是知道的。可是在房租上省下一块钱也是可观的，何况这儿的房子还宽敞一些呢。这个，你也清楚。"

他似乎没有听见。这些话，他听她讲过不知多少遍了。她的思维范围很窄，她老是说，他们受苦是因为住家离工厂太远的缘故。

"省下一块钱就花在吃的上，"他的话简明扼要，"我情愿多走点路，吃得多一点。"

他吃得匆匆忙忙，只是把面包略微嚼了嚼，就用咖啡送了下去。说是咖啡，不过是一杯热些的混浊的液体。强尼觉得这就是咖啡——很不错的咖啡。这是他脑子里保留的有关人生的几种幻觉之一。他长了这么大没有喝过真正的咖啡。

面包之外，还有一小块冷咸肉。他母亲又给他倒了一杯咖啡。快要吃完那块面包时，他开始东瞧西看，打量还有没有别的吃的。可是他母亲不让他四处乱看。

"行啦，强尼，别像猪似的贪得无厌，"她说，"你已经把你的那一份吃得差不多了。弟弟妹妹都比你小呀。"

他没有还嘴。他不是喜欢多说话的人。他不再四处看了。他没有什么抱怨的，他的耐心让那个教会学校培养得很坚实。喝完咖啡，他用手背擦擦嘴，就站起身来。

"等等，"她说，"我想这片面包还可以再切给你一片，薄薄的。"

她的动作就像变戏法。她从面包上切下了一片，可是很快，切下来的面包和面包块不知怎的就被放进了面包箱，她从自己的两片里拿了一片给他。她以为他没有看出怎么回事，可是他早看穿了这个把戏。但是，他毫不脸红地接过了那片面包。他想，他的母亲有慢性病，也许吃不了那么多。

她看出他在干嚼面包，就把自己杯子里的咖啡倒在他的杯子里。

"今天早上，好像我的胃有点不舒服，"她解释了一句。

远处的汽笛拖长声音，尖叫起来，这让他们都站了起来。她看了看架子上的铁皮闹钟，正好是五点半。这个厂区里的人还刚从梦中醒来。她拉过一条围巾，又把一顶不成样子的破帽子戴在头上。

"我们得赶快走啦。"她说着，一面捻着灯芯，向灯罩里吹了口气。

他们摸黑走下楼梯。天气晴朗，但很冷，强尼一接触到外面的冷气，不自禁地哆嗦了一下。天上的星星还没有隐去，城里一片漆黑。强尼和母亲一样，走路一拖一拖的。他们好像连把腿抬起来的力气也没有了。

一声不响地走了一刻钟之后，他的母亲向右拐弯，走了。

"路上别耽搁。"黑暗中传来她的叮嘱，随后就被吞没了。

他只顾走他的，没有回答。此时，在这个厂区里，家家都有人从家门里走来。没有多大工夫，他已经随着一大群人在黑暗中赶路了。刚刚走进工厂大门，汽笛又响了起来。他抬头看了看东边的天际，参差不齐的房影中，只露出淡淡的一丝曙光。每天，他所能看到的就是这么一点天光，接着，他转过头，随着人群走进去了。

他穿过一排一排的机器，走到自己的位置上。面前摆着一个装满小木锭子的木箱，大锭子正在机器上飞速地转着。他要干的就是把小锭子上的线绕到大锭子上。工作不难，但是需要速度。小锭子上的线一会儿就绕光了，而大锭子又是那么多，人一会儿也闲不住。

他机械地工作着。每逢小锭子的线放光了，他就用左手刹住大锭子，一面用拇指和食指捏住飞出来的纱头。同时用右手捏起小锭子上的线头。这一串动作是同时用双手迅速地完成的。接着他的手飞快地接好纱头，松开了锭子。接线头倒不是什么难事。他曾经夸过口，说他在梦中都能接上线头。这一点都不假，有时候整个夜里，他都在梦中接着线头，好像如此辛苦了好几百年似的。

有的孩子就偷懒，小锭子的线放光了，不换新的。不过，工头可不是白吃饭的，他是不允许这样的事发生的。这不，强尼旁边的孩子刚刚为此挨了耳光。

"你看看人家强尼——你干吗不学学人家呢？"那个工头气愤地质问这个孩子。

强尼的锭子都在全速转着，听到这种拐着弯称赞他的话，一点不觉得高兴。过去，他为此得意过——那可是很早很早以前的事了。现在，如果谁把他当作一个光辉榜样的时候，他的脸上会冷淡无情，一点表示也不会有。他已经是一个十分熟练的工人了，这一点，他心里特别清楚。有的人也常常这么说。这话很平常，再说对他没有任何意义。他现在熟练得都变成了机器，而且这部机器很完善。假如他出了错，那就是机器出了岔子，很大的成分在原料不好。实际上，就等于一台打造钉子的机器打出了次品钉子一样。

因此，说出来也不奇怪。他从来没有过和机器不和谐的时候。说他天生就是一台机器也不为过，至少可以说，他是在机器旁长大的。十二年前，就在这个织布车间曾经出现过一个小小的紧张局面。强尼的母亲晕倒了。他们把她平放在转动着的机器旁的地板上，又叫来两个年纪稍大的女人，工头也帮了忙。几分钟后，织布车间里，在进进出出的人里边，多了一个小人儿，这就是强尼。他一出世，耳边就响着隆隆的机器声，嘴里就呼进了满是飞花的又热又潮湿的空气。为了排出吸进肺里的飞花，他从出生的那一刻就咳嗽，长大了，还总是咳嗽。

眼下，强尼身边的那个孩子正在抽抽搭搭地哭泣。他的脸抽搐着，对工头的恨全显露在脸上。那个工头也站在稍远的地方狠狠地盯着他。锭子都在飞快地转着，那孩子对着他面前的锭子恶狠狠地骂了几句，机器的隆隆声盖住了他的声音，就像一堵墙挡住了他的骂，六英尺以外就听不到他的声音了。

快到十一点钟了，车间里突然紧张起来。一会儿的工夫，这种紧张情绪就神秘地蔓延到了车间的每一个角落。强尼那边一个缺了一条腿的孩子，慌慌张张地带着拐杖钻进了一个空箱子里。工厂的主管陪着一个年轻人走过来。那个年轻人衣着讲究。他穿着浆洗过的衬衫——在强尼眼里，这一定是一位绅士，说不定是那位"督察"。

这个年轻人一边走一边看着那些孩子，眼光锐利，还时不时地停下来问几句话。他问话的时候，不得不提高嗓门，大声喊叫。每逢此时，他的脸会变成一副滑稽的样子。他一眼就看出了强尼旁边的机器没人看管，可是他没说话。他看到了强尼，突然站住了。他抓住强尼的胳膊，把他从机器旁拖开了一步，嘴里很惊诧地叫了一声。

"很瘦吧。"工厂主管说。

"跟烟袋管差不多，"督察说，"再瞧那两条腿，这个孩子有佝偻病——初期，不过已经得上了。以后，他会生癫痫病死去的，我看肺病也会让他丢了小命。"

强尼对这一番话，一点听不懂。再说，以后得什么病，他不在乎。眼前，那位督察是他最大的病——比什么都严重。

"小家伙，你得老实地回答我，"督察弯下腰，凑近强尼的耳朵大声喊，"你几岁了？"

"十四。"强尼使大劲喊，他撒了谎。因为喊得太使劲了，引起了一阵剧烈的干咳，最后咳得他把一大早吸进去的飞花都呛了出来。

"我看至少有十六。"主管说。

"或者六十。"督察很快地接着说。

"他一直是这个样子。"

"干了多久了？"督察马上问。

"有好几年了。几乎就看不见他长。"

"我看他肯定是越长越小了。这几年一直在这儿干吧？"

"有时候在，有时不在——不过，那是新法律颁布之前的事。"主管连忙补充着。

"这是台闲置的机器吗？"督察指着强尼旁边的那台没有人看管的机器问，那上面没有缠满纱线的锭子正在飞转。

"好像是闲着的。"主管说，他做了个手势，招呼工头过来，又对着机器，在工头耳边高声说着什么。接着，他就向督察报告："这台机器是闲着的。"

他们走过去了，强尼又回来干活了。他踏实了，还好，没有出毛病。可是那个一条腿的孩子没有这么好的运气。那个目光敏锐的督察突然把胳膊伸进那只大木箱里，把他拉了出来。这个孩子嘴唇发抖，被吓得脸上变了颜色，大祸临头，他不知怎么对付了。工头露出一副吃惊的神气，似乎他是第一次看到这个孩子；主管也板起了脸，一副不高兴惊讶的样子。

"这个孩子我认识，"督察说，"他十二岁，今年被我从这个厂子里赶出去三次了。这是第四次。"

他转过身来对孩子说："你答应过我，还起过誓，说你要去上学。"

那个孩子哇的一声哭了起来："求求你，督察先生，我们家实在穷得没有办法，已经饿死两个孩子了。"

"你为什么咳得这么厉害？"督察问，好像在指责他犯了什么过错。

孩子觉得这没有什么错，急于申辩似的说："这没什么，督察先生，我只不过上个星期着凉了。"

最后是这个孩子被督察带出了车间，急了眼的主管一路申辩，也跟着走出去了。接下来，车间里又跟往常一样了，单调起来。漫长的上午和更漫长的下午过去之后，下工的汽笛响了。强尼穿过工厂的大门走出去的时候，天就黑了。太阳很好地利用了天空——这架金色的梯子，让世界上的各个地方洋溢着它的慈悲和暖意，然后向西沉去，消失在给屋顶划的参差不齐的天际线后面。

晚餐是一天里面全家唯一聚在一起的餐会——强尼只有在这时才能看到他的弟弟妹妹。对他来说，这样的会面像一场遭遇战，原因是他太老成，他们太幼稚。他对他们的孩子气感到不可思议，他有点受不了。其实他不懂，是他自己的童年过得太仓促，甚至距离太远。这时，他就像一个爱生气的老头，被他们的胡闹行为搞得心烦气躁。在他眼里，他们简直是太愚蠢了。因此，他一声不吭，板着脸吃饭。后来他想到，他们不久也要到工厂上班了，他的心境才平和了一点。工作会磨掉他们的锋芒，还会使他们变得沉稳——跟他一样。强尼就是这样，或者说，别人都这样，以自己的标尺，衡量世上的一切。

一边吃饭，他的母亲一遍遍地向他解释，她正在尽力，想把生活搞得好一点；强尼坚持把这顿并不丰盛的晚餐吃到最后，把椅子向后一推，站起来，感到松了一口气。他站在床和屋门当中，犹豫了一会儿，还是走出了家门。不过他没有走远，只是坐在门口的台阶上，蜷起腿，弓起双肩，把胳膊肘撑在膝盖上，用手掌拖起了下巴。

他就这么坐着，脑子里什么都不想，似乎睡着了，他实际上是在休息。接着，他的弟弟妹妹也出来了，和别家的孩子们吵吵闹闹地玩耍起来。街头上有一盏灯照着这些游戏的孩子们。他们都知道他的脾气古怪，爱生气，可是喜欢冒险的天性仍旧忍不住去逗弄他。他们在他的周围手拉手，和着拍子摇晃着身体，对着他唱不知哪儿学来的古怪的、不好听的歌词。最初，他还用从工头那里学来的粗话骂他们。后来，他发现骂根本没用，还是维护自己的尊严，一声不吭吧。

这群孩子的头目是他的大弟弟威尔，刚刚十岁。强尼对他一点好感都没有。他觉得他活得这么苦，这么累，都是为了这个弟弟活得幸福，因为他的牺牲，让威尔享受了他的恩惠，但他绝对认为，威尔是一个忘恩负义的孩子。以前，他为了照顾威尔，不知牺牲掉了多少游戏时间。那时威尔还是个吃奶的孩子，他的母亲和现在一样，整天在厂子里上班。那时他承担的责任既是小父亲，又是小母亲。

由于他的牺牲让步，威尔得到了好处。这个孩子发育得很好，身体很结实，现在长得和他哥哥一样高，体重还比他重。好像他哥哥的血有一大半全流到了他的血管里。在精神上也是，强尼每天都又乏又累，打不起精神，可威尔总是精神百倍，生气勃勃。

嘲笑他的声音越来越高。威尔一面跳舞，一面伸出舌头，靠近他。强尼突然伸出左胳膊，搂住了威尔的脖子，用他那皮包骨头的右拳捣威尔的鼻子。拳头瘦得可怜，可是力气不小，他的弟弟被打得尖叫起来，足以证明这一点。其他的孩子都被吓得叫了起来，他的妹妹珍妮连忙冲进了屋子。

他一把推开威尔，又用腿踢他的小腿，然后又一把把他按在了泥土里，威尔摔倒时，听得见砰的一声。他揉搓着，好一阵之后才住手。他的母亲一阵风似的冲出来了，声嘶力竭地，又担心又愤怒地骂着。

"他干嘛惹我？"强尼挨了骂之后说，"他看不出来吗，我很累。"

"我跟你一样大，"威尔在母亲怀里生气地大喊，他的脸上泥土泪水血水全搅在了一起，一塌糊涂，"现在我就和你一般高，以后我会长得比你大。到了那时，我就能搂你——看我敢不敢搂你！"

"你既然知道自己有多大，就该去做工，"强尼的气更大了，他吼道，"你的毛病就在这儿，你应该去做工，妈应当让你去做工。"

"他太小了，"她争辩道，"你没看见他是个小孩子吗？"

"我刚做工的时候，比他还小。"

强尼打算继续发泄他心中的不平，可是他忽然闭上了嘴。一转身，他大步走进屋里，睡觉去了。他敞开门，让厨房的暖气进来一点。他在黑暗中脱衣服的时候，听见他母亲和一个邻居女人的谈话。他母亲断断续续的话语中，夹着呜呜咽咽的抽泣声。

"我弄不清强尼的脑子里钻进了什么东西，"他听见她说，"他以前不是这样的，他从来都是一个很能忍耐的小天使。"

"现在，他也真是一个好孩子，"她又忙不迭地为他辩护，"他老老实实地干活。他刚开始做工的时候，确实太小了。可这也不是我的错啊。我尽力了呀。"

厨房里传来她拖长的哭泣声。强尼一面让自己合上眼皮，一面喃喃地自语："我本来就是老老实实地干活嘛。"

第二天早晨，他照样在蒙头大睡中被他母亲硬拖了起来。然后吃完不太够的早饭，摸着黑上路，他又瞧了瞧天边黯淡的曙光，走进厂门。于是又过去了一天。天天如此，年年如此。

不过，他的生活也有变化——他的工作有时会调换，有时他还会生病。六岁的时候，他就成了威尔和更小的弟弟妹妹的小母亲和小父亲。他七岁进工厂——绕锭子。八岁时他在另一家工厂里找到了工作。这个新工种很容易做。他只是坐在那儿，手里拿着一根小棍子，引导他面前源源流过的布匹。这些川流不息的布从机器里出来，经过热滚筒，而后流到别的机器上。可是他始终坐在一个地方，在光线照不到的地方，顶着一盏煤气灯，他也成了机器上的一个零部件。

他坐的那个地方又湿又热，但他不讨厌那个工作，因为那时他还很小，还喜欢做梦和幻想。他会一面瞧着那些热气腾腾、不断流过去的布，一面做着美梦。不过，这个活不需要运动，不用动脑筋，他的梦也就越来越少，他的脑子也变得老是昏昏欲睡。这个活儿让他一星期得到两块钱，有了这两块钱，就能解决肚子的问题，虽然不能够吃饱吃好，但毕竟不挨饿了。

可是他九岁时，这份工作丢了。原因是他出麻疹。好了之后，他在一家玻璃厂找到了工作。那儿的活需要技巧，工资也高了一点，那是个计件的活儿。他的技巧越高，拿的工钱也越多。这是一种刺激，在这种刺激中，他渐渐成了一个出色的工人。

其实这个工作很简单，给瓶塞系绳子。他需要在腰里带上一捆麻绳，为了腾出两手干活，他把瓶子夹在膝盖当中。这样，久而久之，因为总是坐着，向前弓着腰，他本来不宽的肩膀就变得驼了，他的胸每天有十小时被压迫着，这对他的肺很不好，可是他每天能够扎三百打瓶子。

有了他这样的童工，主管很高兴，常常带着人来参观他。他们看到，在十个钟头里，三百打瓶子都经过他的手扎好了。换句话说，他熟练的程度和机器没有什么两样。他干起活来，一点多余的动作也没有。他的细胳膊，他的手指头的一举一动都那么准确，那么迅速。他工作起来很紧张，结果是他变得十分神经过敏。晚上睡觉时，他的肌肉也常常抽搐。白天，他没有一点空闲松一松，歇口气。他什么时候都紧张着，他的肌肉每时每刻都在抽搐着。他的脸色越来越不好看，被飞花呛得咳嗽也越来越厉害。终于，他那变得衰弱的肺发炎了，他得了肺炎，玻璃厂的工作也就丢掉了。

眼下，他又回到了最初绕锭子的那家麻织厂。他在这里很有希望，因为他是个优秀的工人。不久他就要到上浆车间去了，以后他还会转到织布车间，那就到顶了，但是他还可以提高工作效率。

现在的机器比他初到这里时转得快多了，他的脑子反而没有那时灵活了。他不再做梦，尤其没有当初的美梦了。他甚至还爱过一个女子。那还是他拿着小棍引导布匹绕过滚热筒的时候，她是厂长的女儿。她那时已经是个年轻女人，比他大着许多，他每次只能远远地看上几眼，有那么五六次吧。那时，他仿佛从源源流过的布匹上看到了他自己的灿烂前程。他会创造出劳动奇迹，会发明出奇妙的机器，会当上工头，而最后能够拥抱她，庄严地亲吻她的前额。

这可是很久以前的事了。现在他变得老气横秋，他太累了，已经不想恋爱了。再说，她嫁了人，到别的什么地方去了。因此，他就更不需要动脑子了。然而，有时他还会回忆，他认为这段经历还是很美妙的，就像所有的男女都爱回想他们心目中的童话一样。现在，他从来不相信童话和圣诞老人；可是过去，他绝对相信，他的幻想在热气腾腾的布匹流动中织出的美好前途。

他很早就觉得自己是个大人了。从七岁那年，他第一次拿到工钱，他的青春期就开始了。他有了一种自食其力的感觉，也就是从那时起，他和他母亲的关系有了微妙的变化。他觉得他既然已经挣钱养家，在社会上有了工作，他就该跟她平等了。他十一岁那年，做了六个月的夜工，没有哪个孩子做过夜工后还会保留着孩子气，这之后，他就是个彻头彻尾的大人了。

长这么大，他也经历过几件大事。一次是他的母亲买来了一些加利福尼亚的梅干，还有两次，他母亲烤了几块牛奶蛋糕。这些在他眼里都是大事，他常常回忆这些事，觉得很亲切。当时，还记得他母亲说过，将来她会给他做一种很好吃的东西——她说叫"浮岛"①，"比牛奶蛋糕还要好吃"。后来的好几年，他总是期盼着有一天，他能够在桌子上看到一盆浮岛，直到他认为，这不过是一种永远不会实现的幻想。

有一天，他在路上发现了一枚二十五美分的银币。这在他来说无疑是件大事，可是也成就了一桩悲剧。当时，一道银子的亮光照到他的眼里时，他还没有拣起来，责任感就已经袭上心头了。他家里的人一向都是吃不饱的，他应该像每星期把工钱带回家一样，也把它带回家里。他本来知道该怎么处理这个银币，可是他从来没有用过自己的钱，他馋极了，他特别想吃到点糖果，他长这么大，只有在过节的时候才尝到过糖果。

他不想欺骗自己，虽然他知道这是罪过，他要明知故犯。他用十五美分买了一点糖果，大吃了一顿。他留下十美分，准备过后再吃一次；由于他从来没有带过钱，剩下的十美分当时就丢了。本来他的良心就很不安，这事又发生了，这简直就是上帝给他的报应。他很害怕，觉得很生气的、可怕的上帝就在他的身旁，而且惩罚得很及时，让他一时的享受有了沉重的罪恶感。

每想起这件事，他总是觉得这是他犯过的一桩罪行，让他的良心受谴，受折磨。这是他心里的一个隐痛。可是他也常常要懊悔，他觉得那枚银币花得很不舒心。他本来可以用更好的

---

① 有奶油和蛋白涂在面上的蛋糕。

方法花掉它，本来也可以很快地花掉，要是知道上帝下手这么快的话。后来，他重新计划过成百上千次，觉得一次比一次花得合算。

还有一件让他忘不掉的事，对此，他的印象不是很深，可是他父亲那不讲理的脚让他牢牢记住了。这件事，说是印象，还不如说是噩梦——人们在回忆其祖先的时候，常常要做起在树上生活的梦。

令强尼奇怪的是，白天清醒的时候，他从来没有想到过这件事；只有在晚上，躺在床上，他逐渐地模糊时才想起来。这总要惊醒他，让他很害怕，而且就在惊醒的那一刹那，他常常觉得自己是很不舒服地睡在床角，横躺着。床上还有他的父亲和母亲。他不记得他父亲长得什么样，能够记得的就是那双无情、不讲理的脚。

这些过去很久远的事情常常在他的脑海里出现，可是近来的事他却不记得了。反正天天一个样，昨天和去年都一样，一千年过去，也好像只过去一分钟。一点新鲜事都没有，一件标志着时间流逝的事情都没有发生。时间站住不动了，时间一点也没有前进。一刻不停地转动的是那些机器，尽管它们转得越来越快，可它们始终待在那儿，也移不到哪里去。

十四岁那年，他到上浆机上去工作。这可是件大事。除了每夜的睡眠，还有每星期的发薪之日，这可是一件值得记忆的大事。对他来说，这是新纪元的开端，是跨世纪的大事。从这以后，"我到上浆机上干活了"，或者"我在上浆机干活之后"之类的话就成了他的口头禅。

十六岁的时候，他进了织布车间，管理一台织布机，刚好庆祝了这一年他的生日。这又是一件能刺激人的事，这活儿计件。他干得很好，他已经被工厂铸造成了一台完善的机器，而且成绩越来越好。三个月后，就管理起两台机器了，接着就是三台、四台。

进织布车间的第二年，他生产的码数已经超过了其他的织布工人，他的产量比一个不熟练的工人要多上一倍以上。此时，他挣钱的本事也快到顶了，他的家境比以前好多了。不过，这并不是说，他的工薪已经高到了超过需要的程度。小孩子们在长大，他们吃得更多，他们都进了学校，需要买课本。还有让他不明白的，他工作得越多，东西也越贵，甚至房租也往上涨，房子年久失修，变得越来越不好住。

他长得高一点了，不过更显得瘦了。同时他的神经也更紧张。神经紧张，脾气更加乖戾，动不动就发怒。他的弟弟妹妹们都从痛苦的教训中懂得了躲避他。他的母亲很看重他的挣钱本领，可就是这种看重也带着几分畏惧在里面。

他的生活没有一点乐趣。他从来不知道日子是如何过去的。晚上，他在下意识的抽搐中睡去，白天他一如既往地干活，他能想到的只有机器。除了这，他的脑子里一片空白。他没有理想，有的只是幻觉，就像他喝的咖啡，他总认为是最好的。他不过是一头干活的牲口。精神生活就更提不上了，然而他每个小时的劳碌，他手上的每一个动作，他的肌肉的每一次运作，他都不由自主地仔细衡量过，而这一切，都是为了使他自己和他那个小天地大吃一惊的行动所做的准备。

春天快过去了，有一天晚上他从工厂下工回来，觉得非常累。他坐下来吃饭的时候，一点没有看出其他的人都在兴奋地期盼着什么。他只是闷声不响地吃着东西，一点没有意识到他吃的是什么。其实孩子们都吃得嗞嗞响，只是他没有听见罢了。

后来，他的母亲实在忍不住了，就问他："你知道你吃的是什么吗？"

他茫然地看着盘子，又茫然地看着他的母亲。

"浮岛呀。"她有些得意地告诉他。

"哦。"他说。

"浮岛。"孩子们又跟着宣布了一遍。

"哦，"他吃了几口，又说，"今天，我没觉着饿。"

他放下了勺，把椅子向后一推，软绵绵地站了起来。"我看，我还是睡觉去吧。"

他拖拉着脚步，走过厨房的地板，他的两条腿比平时更沉重了。现在，他连脱衣服都很费劲，仿佛一点力气也使不出来。等到他爬上床躺下的时候，一只鞋仍然穿在脚上，他哭了。他的心里乱哄哄的，他的脑子似乎被什么东西塞满了，一直向上涌，向外冒，弄得他反而模模糊糊的。他觉得他的细瘦指头此刻粗得和手腕子一样，指尖上也有一种他脑子里的混乱模糊的感觉。他的腰，他浑身的骨头都在疼，疼得他受不住。接着，他脑子里就出现了有一百万台织布机的尖啸、撞击、压轧、怒吼的声音。眼前都是飞梭，它们在星空中胡乱地穿来穿去。他自己掌管着一千台织布机，机器的转速不断地加快，越来越快，他的脑袋里的弦也松开来，变成了一团团纱线，供给那一千只飞梭，越来越快地转着。

第二天早上，他没有起来。他还在脑子里的一千台织布机前拼命地织布。他母亲上工去了，走之前，她为他请来了一位医生。医生说，他患了严重的流行性感冒。珍妮遵照医生的嘱咐，看护着他。

这场病很厉害，一星期过后，强尼才能起床穿衣服，在屋子里双腿无力地走来走去。医生讲，再过一个礼拜，他就可以回工厂上工了。星期天下午，也就是他能下地的前一天，织布车间的主管来家里看了看他。他对他的母亲说，强尼是织布车间里最好的织布工人，他们会保留他的工作。他还可以再休息一周。

"你为什么不感谢他呢，强尼？"他的母亲很着急地问他。

最后，她不得不对客人说："他病得太厉害了，到现在还没有完全清醒过来。"

强尼一直弯着腰坐在那儿，眼睛瞅着地板。主管已经走了好半天，他还是这么坐着。外面很暖和，他又到门口的台阶上坐了一会儿。有时候，他会动一动嘴唇，似乎他的思绪沉浸在一种无穷的遐想之中。

第二天，外面暖和了，他又坐在了门口的台阶上。他手里拿着纸和笔，计算着什么。这活计不轻松，算得很痛苦。

"百万后面该是什么了？"中午，威尔从学校回来的时候，他问他，"你怎么算？"

下午，他算完了。以后，他天天都坐在这里，不过不再算了。街对面，一棵树完全吸引住了他。他能够一连几个钟头看着它，看到风吹动树枝和树叶，那摇摇摆摆的样子，他觉得很有趣。这一星期，看他似乎都沉浸在一种自省的状态中。星期日，他坐在台阶上，放声大笑好几次，他的笑让他的母亲心里很不是滋味。多少年了，她没有听他笑过。

次日早上，天还没有亮，她走到他的床边去叫他。他休息了这一周，睡眠很足，很容易就醒了。她来扯他的被子的时候，他没有挣扎，更没有抓住被子。他只是安静地躺在那儿，说话的口气也很平静。

"妈，别扯了。"

"你要迟到了。"她说，她认为他还睡得迷迷糊糊的。

"我醒了，妈，我已经告诉你了，没用。你最好别管我。我不会起床的。"

"你会丢掉饭碗的！"她几乎喊起来了。

"我不会起来的。"他又说了一遍，语调奇异，毫无感情。

这天早上，她也没有上工。发热和昏迷她倒知道一点，可是强尼这毛病她从来没有见过。她觉得他得了疯病，于是她给他盖好被子，吩咐珍妮去请医生。

医生来的时候，他睡得很安稳，他慢慢地醒来，让医生给他号脉。

"没什么大事，"医生说，"就是身体太虚，大毛病没有。身上净是骨头，肉太少。"

"他一直都是这么瘦呀，"他的母亲很主动地说。

"妈，走开吧，让我睡完这一觉。"

他的声音很柔和，很平静。然后他很安静、很轻缓地翻过身，又睡着了。

十点钟的时候，他醒了，穿好了衣服。他走到厨房里，看见他母亲的脸上带着很害怕的表情。

"妈，我要走了，"他说，"我想跟你说一声再会。"

她突然坐了下去，用围裙蒙住脸，哭了起来。他耐心地站在那里。

"我知道会有这一天的。"她抽抽咽咽地说。

最后，她拿下蒙在脸上的围裙，伤心地看着他的那张平静的脸，问他："到哪儿去呢？"

"我不知道，走到哪儿算哪儿。"

他嘴里说着，一面觉得街上的那棵树在他心里发出了耀眼的光芒。那棵树好像就在他的眼皮子底下，无论何时何地，只要他想看，就能看见。

"你的工作呢？"她问，声音发着抖。

"我不会再干活啦。"

"上帝呀，强尼，"她又哭了，"可不能说这种话呀！"

在她那里，这种话就是亵渎神灵。她听到这话连气都透不过来，就像听见孩子说不信上帝。

"你脑袋里进了什么啦？"她要责备他，可是又没有勇气。

"数目，"他回答，"就是那些数目。这个星期我算了很多很多数，结果被吓住了。"

"我弄不明白数数跟这有什么关系。"她哭着说。

强尼很耐心地笑了笑。他母亲看到他始终不吵不闹不发脾气，心里诧异得很。

"我说给你听听，"他说，"我特别累，是什么把我累成这样的呢？是动作。我从生下来就做动作，做到现在，我烦了，实在不想再做了。还记得我在玻璃厂干的活吗？那时候，我每天要扎三百打瓶子。我算了，扎一个瓶子要有十个动作。这样，一天下来，就是三万六千个动作，十天是三十六万个，一个月是一百万零八千。把那八千个除去不算，一个月就是整整一百万个动作——一年是一千二百万个动作。

"进了织布车间后，我的动作快了一倍。这样一年下来，两千五百万个。我就这样动着，好像过了一百万年。

"可是这个星期我一点没动，一连几个钟头，我一动也不动。你想听我说吗，那真是太好啦，太快活啦。我从来没有不动的时候，我始终在动，坐在那儿，什么也不干，真是太好啦。没有空闲就得动，所以，我从来不知道什么叫快活。现在，我再也不干活了，我干脆就坐在那儿，休息休息再休息，休息完了还休息。"

"可是威尔和其他的孩子怎么办呢？"她绝望地问。

"是呀，威尔他们怎么办呢？"他重复了一遍她的话。

他一点没有担心。他早就清楚他的母亲为他弟弟所打算的一切，可是他想再也不为这种事顾虑操心了，和他没有什么关系了，他就不必再放在心上了。

"妈，我知道你为威尔做的安排——你想让他读书，将来让他做管账的营生。不过，我不干了，他就得去干活，你的安排没有用了。"

"我辛辛苦苦把你拉扯大，你就这样吗？"她哭得更厉害了。她本来想用围裙蒙住脸，可是又改变了主意。

"你根本没有抚养我长成人，"他的口气凄凉但是很亲切，"是我自己养大自己的，妈，连威尔也是我养大的。他长得比我高，比我重。我小时候，很少有吃饱的时候。他出生几岁，我就开始干活，挣钱养活他了。不过事情已经过去了。威尔可以去干活，跟我一样，他不干，就随他去，我不管了，我累了。现在我要走了，你不跟我说再见吗？"

她没有说话。用围裙蒙住脸，她一直在哭。走到门口的时候，他停了一下。

"我尽了力啊。"她说。

他走出了屋子，来到了街上。看见那棵大树，他的脸上浮现出凄凉的笑容。"反正我什么也不干了。"他自言自语，好像在低声吟歌。他抬头看了看天空，若有所思，可是太阳照得他头晕眼花。

他走了很长时候，可是走得不快。他走过了麻织厂。织布车间里隆隆的机器声传进了他的耳朵，他笑了。笑得很温和，很宁静。他不恨谁，甚至那些嘭嘭乱撞、轰轰作响的机器他也不恨。他心里只有一个念头，一个休息的念头。

房子和工厂渐渐少了，空地多了起来，他已经走得接近乡下了。后来，城市就被他甩在身后了。他沿着铁路旁茂密的小树林中的小路走了下去。他走路的样子、他的模样都怪怪的，似乎是个人非人的可笑物件。他的身体歪歪扭扭、发育不全，走路跟踉跄跄，胳膊松松地垂着，躬肩膀，窄胸膛，像什么呢，像一只得了病的猿猴。

他顺着小火车站旁边走过去，在草地上的一棵树下躺倒了。他在那儿整整躺了一下午。有时候，他迷糊过去了，肌肉就在梦里抽搐着。醒了，他就一动不动地躺着，瞧那些小鸟，或者透过树枝看天空。有那么一两次他大笑起来，不过，不是因为他看到什么而笑。

　　黄昏过去了，黑夜降临，一列货车隆隆地开进了站。看到机车转到了岔道上，强尼爬了过去，他拉开一节空车厢的边门，笨笨地，很吃力地爬了上去。他关上了车门，这时响起了火车车头的汽笛声。强尼躺下去，在黑黢黢的闷子车里，他笑了起来。

一块牛排

汤姆·金用最后的一小块面包，将盘子里的汤汁擦拭干净，然后填进嘴里慢慢咀嚼着，一边想着心事。等他站起来离开餐桌时，他还是觉得饿得难受。可是这一家人只有他一人吃过饭了。两个孩子早早地就被打发到隔壁房中的床上睡觉了，睡着了，他们就会忘记吃晚饭的事情。老婆什么也没吃，默默地坐在那里，不无担心地看着他。她是一个女工，虽然憔悴瘦削，但脸上还能看出年轻时美丽的痕迹。他吃的面包是她用最后的一点钱买的，做汤汁的面粉还是她跟对面邻居那儿借的。

他坐在窗户旁边的一把破椅子上，椅子经不住他的重量，被压得东倒西歪的。他习惯性地把烟斗塞进嘴里，伸手去上衣口袋里掏烟丝。口袋里什么都没有，他想起来了，懊丧地拿掉烟斗放在一旁，责怪自己的健忘。他的动作慢腾腾的，看上去有点笨拙，仿佛承受不了肌肉的沉重负担。他的身体健壮，动作迟缓呆笨，面貌也不是那么招人喜欢。他身上的衣服破旧邋遢，脚上的鞋子不久前刚刚换过底子，鞋面破得已经挂不住鞋

213

底了。他穿的这件布衬衫是两个先令的廉价货，斑斑点点，领口都磨破了。

仔细看他的那张脸，毫不掩饰地标示出他的身份。那是一张很典型的职业拳击家的脸，一张在拳击场上征战多年的脸，最让人一眼明了的是脸上那种野兽般的好斗的特征。他的眉头紧蹙，嘴巴紧抿——脸上最难看的就是这张嘴了，像一道伤疤。下巴挺阔，充满挑战和残忍。厚厚的眼皮包裹着双眼，眼球转动缓慢，没有表情。说他像野兽，而最像的就是这双眼睛了。似睡非睡，让人想到狮子——那好斗的野兽的眼睛。他的额头从头发根以下塌陷下去，头发剪得很短，能暴露出脑壳的凹凹凸凸。鼻子因为多次被打断、被击打而变得怪模怪样，耳朵像卷心菜一样，从来没有消过肿，似乎大了一倍。这是他脸上的全部陪衬。另外，他的胡子也刚刚刮过，可皮肤里的胡子楂儿还在长，给他的脸涂上了蓝青色。

这么一张脸，在夜路上或者在偏僻的胡同里碰上能够吓死人。但是，汤姆·金是个规矩人，没有做过任何违法的事情。除了在拳击场上和人打斗，他没有伤过任何人，甚至没听说过他和谁吵过嘴。他的职业是拳击，他的好斗以及所有的野蛮行为只在拳击场上表现。拳击场外，他是一个行动缓慢、脾气随和的人。年轻的时候，他的钱来得容易，所以出手大方，从不为自己打算。他不记仇，所以他没有仇人。拳击对他来说，只是用来谋生。拳击台上，他可以把人打伤，打残废，甚至打死，但都没有恶意，这是平常事。观众花钱到场子里来，为的就是看到一个人把另一个人打翻在地。赢了的人就能拿到一笔大钱。

二十年前，他和乌鲁木鲁·高杰打拳击，他知道四个月前高杰在新堡的比赛中下巴被对手打坏，刚刚恢复。在交手时，他就专门冲着他的下巴打，打到第九个回合的时候，他的下巴又被他打坏了。他对高杰没有恶意，他要打倒高杰，为的是赢得那笔钱。高杰也没有因此而恨他。这就是拳击，是比赛，谁心里都明白，谁都这么干。

汤姆·金不爱说话，更多的时候他爱沉闷地坐在窗前看他的手。那是一双伤痕累累的手，青筋裸露，肿胀变形，看看那曾经被击碎而扭曲的指节，就能看出他是怎么用拳的。他不知道人的生命即动脉的生命这一医学原理，可他非常清楚筋脉于人体的意义。心脏以最大的压力通过血管向全身输送血液。现在他的血管已今非昔比了。它们失去了弹性，因为长时间肿胀，他的耐力也远不如从前了。现在，他动不动就累了，再不能像先前那样，一口气斗上二十个回合，从锣声响起就拼命地斗，斗，斗，一会儿被打得靠住绳子，一会儿把对手打得靠住绳子，越打越猛，最后总能在第二十个回合里，让全场的观众站起来为他欢呼，无论他用哪种方法，冲也好，打抑或闪，他那暴风雨般的拳头总能击向对方，同时也挨着对方的拳头。他的心脏每次都把汹涌的血输送到他最需要的血管里。那些血管当时涨得很大，可过后很快就能恢复原状，有时也有例外——每场斗完，都要肿一些时日，可并不大看得出来。他盯着这双肿胀有伤的手，有时竟能看出当初细嫩优美的一双手。那太久远了，是在和有"威尔士的凶神"绰号的本尼·琼斯打斗时，凶神的脑袋瓜击碎了第一个指节之前的事了。

眼下，他又感觉到很饿。

"唉，我就真的连一块牛排都吃不上了吗？"他大声嘟囔着，捏紧他的大拳头，抑制着自己不骂人。

"勃克和索雷那儿我都去过了。"他妻子说，声音里带着歉意。

"他们不肯？"他问。

"半个子儿也不肯。勃克说……"她吞吞吐吐地说不下去。

"接着说，他说什么了？"

"他说，你欠他的账够多的了，他认为你今晚会输，打不过桑德尔。"

汤姆·金哼了一声，没再作声。他想起年轻时，他养的一条猎狗，经常吃他的牛排。那时，他要赊一千块牛排，勃克都不会拒绝。可是现在，汤姆上了年纪，今不如昔呀。一个在二等俱乐部打拳的老头子，还能指望在商人那儿多赊账吗？

从一大早他就渴望吃到一块牛排，这个念头一直缠绕着他。关于这次比赛，他没有系统地锻炼过。这一年，赶上澳大利亚大旱，生活艰难，连临时工作都很难找。他雇不起陪练，又吃得差，甚至吃不饱。有时临时找到点事做，无非就是卖几天苦力。每天早上，他要围着陶门公园跑几圈，练练腿力。可是这根本不够，雇不起陪练，又得养活老婆和两个孩子。他得到和桑德尔比赛的机会后，商人们宽松了一点，赊给他一些钱。快活俱乐部的秘书也只预支了他三个金镑——这已是败者得到的最高酬金了——以外，他就不肯再借了。有时他能从老朋友那儿借几个先令，他们有钱是能多借给他几个的，可遇上大旱年，

216

他们也很困难。唉，事实如此——赛前他练得很不够。他也应该吃得好一点，心里才没有顾虑。再说，四十岁的人和二十岁时相比，见效太慢。

"几点啦，丽兹？"他问。

他妻子跑到走廊里问邻居，回来说："七点四十五。"

"第一场比赛再过几分钟就开始了，"他说，"那只是试试拳头。接下来是狄勒·威尔士和格列德雷的四个回合的比赛，再接着是斯塔莱特与一个水手的十个回合，一个钟头以后就该我上场啦。"

又静静地待了十分钟，他站起来。

"丽兹，说老实话，我没有好好练功。"

他伸手拿起帽子，向门口走去。他没有吻她——他出去时从来不跟她接吻道别——可是今天晚上，她走上去主动地吻他。她用胳膊搂住他，使他不得不低下头来亲她。他的身体很魁伟，凑在一起，她显得那么小。

"祝你好运，汤姆，"她说，"一定要打败他。"

"是，一定要打败他，"他也说，"非得打败他，我一定得打败他。"

他笑了，装作很痛快；她跟他贴得更紧了。他从她肩膀上方瞧了瞧这个空荡荡的房间。这就是他在这个世界上的所有家当：久欠房租的房，老婆和孩子。现在，他正要离开家，在黑夜里为他们去挣吃的东西——不是工人，在现代化的车床上耐心工作，而是用古老原始的、威风的、野兽一样的角斗方式去挣。

"我一定要打败他，"他重复着说，口气里带着一点要拼命的意思，"打赢了，就能拿到三十个金镑——可以还掉所有的欠债了，还能剩下好多。可如果败了，就什么也得不到——连坐车回家的几便士也没有。秘书已经把输者得的那一份给了我。再见吧，老婆。要是赢了，我会马上回来。"

"我等着你。"她在走廊里对着他喊。

从家里到快活俱乐部，差不多有两英里的路程。走在路上，他回忆起自己昔日的辉煌——他曾经是新南威尔士的重量级拳手——那时去参加比赛，他常常坐着马车去，一个经常在他身上押下大赌注的人和他同行，替他付车钱。眼下，拳手汤米·彭斯和那个美国来的黑人拳手杰克·约翰逊都是汽车接送，他就得走路！谁心里都明白，走上两英里然后参加比赛，绝不是什么好事情。如今他上了年纪，这个世界对老人并不怎么好。除了做点苦工，他简直是个没用的人。受过伤的鼻子和耳朵还时常跟他捣乱，他后悔当初没有学会一门别的什么手艺，那样的话，要比现在好得多。可是当初没有人跟他说过，即便说了，他也不会听的。那时候的生活太精彩了。大笔的进项——刺激、风光的打斗——一次次的放松休憩和旅游——一大帮围绕在他身边的人们，他们奉承他，讨好他，以跟他说上五分钟的话握握他的手而感到光荣，大款们常常掏钱请他喝上一杯——那些个风光日月呦——他的拳头如同流星雨，总是以裁判员的一声"汤姆·金胜利"的宣判收场，第二天各体育栏目就会出现他的名字。

那是他的辉煌年代！现在，通过一次次的回忆，他弄明白了，当年他打倒的都是上了年纪的老头。那时候，他是青年，正在成长，蓬勃向上，而对手呢，都老了，在走下坡路。所以他赢得那么容易——他们的血管肿胀，他们的指节带着伤，长期的比赛让他们的筋骨疲乏。他想起了那次在拉希卡特斯湾的比赛情景，在第十八个回合里他打倒了老斯托什尔·比尔，在更衣室里，老斯托什尔·比尔像个孩子伤心地哭。也许当初老比尔也像他现在这样，拖欠了房租。也许老比尔的家里也有等着吃饭的老婆和孩子吧，或许也跟他一样，渴望吃到一块牛排。当时比尔打得很凶，他挨了他好多拳头，同时遭到了他更加猛烈地还击。现在他在饱受折磨之后，他明白了二十年前的那个晚上，斯托什尔·比尔是为了不小的赌注来比赛的，而他，正当年的汤姆·金不过是为了荣誉为了并不难挣的钱而战。他明白了斯托什尔·比尔何以哭得那么伤心。

看起来，一个人一辈子也就能斗有数的那么几回，这是拳击运动铁定的规律。也许有人能斗一百回，也许有人只能斗二十回；这是每个人的精力、体力决定的，斗完了就完了。他还算不错，比其他的拳击手都打得多。但他所经历的每一场艰苦的比赛，都是对他身体的过量透支。每一次比赛，心肺都如同爆裂，让动脉失去弹性，让他的神经麻木，使柔软灵活的肌肉结成硬块，由于过分的击打和被击中，他的筋骨和神经已经疲惫不堪。他的情况算好的，他的那些老搭档们已经一个都没有了。在他这一辈拳手里，他是最后一个。他眼看着他们一个个消失在拳击台上，其中的几个都和他的胜利有关系。

在过去的比赛中，他们总是让他去对付那些老拳手，他一一地打倒了他们——每逢他看到像老斯托什尔·比尔一样，在更衣室里痛哭时，他都要讥笑他们。现在，他老了，他们又用那些年轻人来对付他。那个年轻人桑德尔，是从新西兰来的，他的所有成绩都留在那儿了。在澳大利亚，谁也不清楚他的底细，所以他们就派他汤姆·金去和他打。桑德尔打赢了，得了奖金不说，他就会去和更好的选手比赛。不用说，这一场比赛，他会拼命打。他要打赢，他需要赢得一切他需要的东西——金钱、荣誉、前途。头发斑白的汤姆·金就是他走向光明大道的一块铺路石。他什么也得不到，只能得到三十金镑，付房租和偿还债务还不够。汤姆·金一路这样想着，这时他的眼前闪现出了一个个青年形象——意气风发、皮肤光亮、肌肉柔软，全身有使不完的劲，有力的心肺，动不动就笑话没劲的人。这是青年涅米塞斯①，他毁了老人，他根本想不到其实这是在毁自己。他一次次地扩大自己的动脉，一次次地击碎自己的指节，最后被下一代毁掉。年轻人总是年轻，老人在一天天变老。

眼前就是卡斯尔雷街了，他向左拐弯，横穿了三条马路，就到了快活俱乐部。外边聚集着一帮年轻人，他们毕恭毕敬地给他让开了一条通道，他听见他们说："就是他！他就是汤姆·金！"

在走向更衣室的路上，他碰上了俱乐部的秘书，这是一个青年，有着一张灵活的脸，一双锐利的眼睛。他们握了握手。

"感觉怎么样，汤姆？"他问。

"非常好。"汤姆回答。这是虚张声势，他知道，如果他手

---

① 希腊神话中司报应和复仇的女神。

头有一镑钱，他就会马上去买一块上好的牛排。

他进了更衣室，然后他带着助手穿过大厅，走向绳子围住的拳击台。这时，等候观看比赛的观众们立刻向他发出欢迎的呼声和喝彩声。他向观众们还礼，在人群中，他看不到几张熟悉的面孔。这些个观众在他获得荣誉的时候，还是小孩子呢。他轻轻地跳上拳台，弯下身子钻进绳圈，坐在他那一角的折叠小凳子上。裁判员杰克·鲍尔走过来和他握手，鲍尔是一个不成功的拳击手，他差不多十多年没有上过拳台了。汤姆看到是鲍尔任裁判，很高兴，他们是一辈的人。假如他稍稍犯了点规，对桑德尔有点冒犯的时候，他会手下留情的。

年轻的、朝气蓬勃的拳手们一个个跳到拳击台上，裁判把他们一一介绍给观众。同时，他还将他们提出来的挑战向观众宣布。

"普隆托，一个年轻人，"鲍尔介绍说，"北悉尼人，他愿意另加五十镑，向今晚的赢家挑战！"

观众们一阵叫好声。桑德尔也已经跳上台来，坐在他的那一角，又引起观众的一阵叫好声。汤姆·金打量着桑德尔，几分钟后，他们就会无情地扭打在一起，使出浑身解数打倒对方。他没有看出什么来，桑德尔和他一样，拳击服外套着长裤和绒衫。他的长相英俊，一头蓬松卷曲的黄发，结实的，肌肉发达的脖子能够透视出他的健壮的身体。

普隆托从这头走到那头，跟两位主角分别握过手后就跳下了台子。不断有年轻人跳到台子上——不全是有名的——但全是清一色的不容易满足的年轻人——向观众宣布他们的挑战，他们要和今晚的赢家比一比高下。要是在以前，他打遍天下无敌手的时候，他会觉得这很可笑，甚至讨厌。可是眼下他坐在那里，看着他们有点痴迷，他的眼前浮现出的总是年轻时的幻象。这些小家伙们总是胜利者，他们总要从绳圈外跳进场子，大声地挑战；而倒下去的，总是比他们老一辈的人。是老人的身体为他们铺就了成功之路。他们一代又一代，源源不断——上进的、欲望不止的青年——他们打倒老人，然后自己也老下去，走下坡路，他们身后又涌上来年轻人——长江后浪推前浪，源源不断——青年永远是青年，青年人总能实现他们的意志。

汤姆向记者席望去，跟体育报的摩根和公正报的考尔伯特点了点头。然后他伸出手，由桑德尔的助手检查缠在指节上的带子，在他的监视下，由他的助手锡德·沙利文和查利·贝茨给他戴上手套，并且扎紧。同时，在桑德尔那边，也有汤姆的一个助手与这边干着同样的事。这时候，桑德尔已经脱掉长裤长衫站起来了。汤姆看见了一个青年的具体影像：厚厚的胸脯，强壮的筋骨，一身疙瘩肉在锦缎般的白皮肤下滚动，全身上下显现出活跃的生命力。汤姆·金立刻想到，这是一条充满朝气的生命，等到经过长期的打斗，这股朝气就会从疼着的毛孔里流泻出去，这个生命就不再年轻了。

两个选手走到了一起，锣声响了，双方的助手噼里啪啦地折起凳子钻到圈外去了。他们握过手，就分头摆开了拳击的姿势。桑德尔立刻就像一个由钢铁和弹簧拼装的机件，在灵活的机关的操纵之下，敏捷地跳来跳去。他一会儿用左拳击打汤姆的眼睛，一会儿用右拳击打汤姆的肋骨，然后又轻轻跳开，躲避汤姆的拳头，转眼又蹦了回来，声势逼人地对着汤姆。这是眼花缭乱的表演。全场观众为之喝彩。可是汤姆很冷静，他参加过太多的比赛，遇到过的对手太多。他清楚这种拳法——快捷而灵活，但没有什么危险。看得出来，桑德尔想速战速决。年轻人多半喜欢这样——他们有的是体力，他们可以一上来就猛攻猛打，他们能够尽情地展示自己的光彩自己的优越，他们可以凭着这一优势先压倒对方。

桑德尔进退自如，一会儿这边，一会儿那边，满场飞，他急切、灵活，就像一个由白皮肤和坚实的筋肉组成的精灵。他用自己的身体组成了一张让人目不暇接的进攻网，同时这边一跳，那边一拱，像梭子一样上下左右翻飞，一刻不停。所有的这些，目的只有一个，就是要打倒汤姆·金。因为他是他腾飞进取的活障碍。汤姆·金不露声色地忍耐着。他知道自己该怎么办，自己虽不再是青年，但是他懂得青年。他认定的是，在对方的体力没有丧失掉一部分时，他是没有任何办法的。他在心里冷笑了一声，故意低下头，挨了一重拳。这一招有点损，不过是在规则允许范围之内的。拳击手应该是在任何时候保护自己的指节的，如果他急于打对方的头，那么就是自讨苦吃了。汤姆本可以将头低得更靠下一点，让他的拳头落空，可他一瞬间想起了自己在威尔士的头顶上断掉一个指节的情形。他这一手，让桑德尔付出了一个指节的代价。不过此时桑德尔不会在乎的，他照样能恶狠狠地打到底。等他以后在拳场上斗得多了，指节开始影响了他时，就会怜惜这个指节，就会时时想到，在汤姆的头顶上被击碎的这个指节了。

第一个回合完全由桑德尔掌握主动，他的雨点般的进攻博得了全场观众的喝彩。他压倒一切的拳法压住了汤姆，汤姆什么也没做。他没有回过一拳，他只是躲闪、掩护、抵挡，或者跟对方搂抱在一起避免自己遭到痛击。有时佯攻一拳，马上摇摇头，他在场上兜圈子，但从不跳来跳去，浪费一丝一毫的体力。一定要等到桑德尔消耗掉了他年轻人特有的锐气，他才能够还击，这是老人的谨慎。汤姆的所有动作都是慢一拍的，一板一眼的，他的有着厚眼皮的双眼半睁半闭，让人看起来仿佛没有睡醒。可是藏在里面的眼光不可小觑，在二十多年的拳场生活中，它早练就了火眼金睛。拳头到了跟前，它都不会眨一眨，它盯着它，冷静地估算着距离。

在第一个回合结束休息的间歇中，他在他的角落里，伸直两条腿仰面躺着，两条胳膊搭在旁边的绳子上；他拼命地吸着助手们用毛巾扇过来的空气，他的胸脯一起一伏。他闭着眼，听着观众的质问：

"你为什么不出拳，汤姆？"

"你怕他，是吗？"

"他的肌肉发僵，"他听见一个坐在前排的人这样说，"他的动作快不了了。桑德尔要是输了，我出双倍的钱，按金镑算。"

锣声又响了，两个人离开各自的角落向场上走。桑德尔心性急，足足走过大半个场子；汤姆正相反，他巴不得少走几步。这是他节省体力的战略之一。他平时没有锻炼，眼下又没吃饱，多走一步都不可取。再说，来体育场他已经走了两英里路了。这一回合和第一个回合差不多，桑德尔依然旋风般地猛攻，观

224

众都愤怒地指责汤姆·金为什么不打。他只是假装进攻，象征性地打几拳，他在场上只采取抵挡、拖延和扭抱的战术。桑德尔急于胜利，聪明的汤姆不理他。他有时还笑一笑，饱经拳场风霜的脸，流露出的是他沉思悲愤的感情，他必须得保持老年人的谨慎，他要保存体力。桑德尔年轻，他毫不吝惜地浪费着自己的体力。汤姆是久经沙场的拳击老将，他所拥有的智慧，是多年的打斗积累起来的。他时刻注视着对手，冷静地判断对手是否泄去了锐气。在大多数观众的眼里，汤姆似乎真的不行了，他已经被桑德尔压倒了，他们愿意在桑德尔身上下三对一的赌注。可是也有不多的人，清楚汤姆有过辉煌的历史，他们也就接受了别人的挑战。

第三个回合一开始桑德尔仍占据绝对的主动，尽管痛击。半分钟后，桑德尔因为过分自信，露出了一个破绽。刹那间，汤姆目光闪闪，闪电般的拳头打了过去。这是他今天的第一次真正的进攻——一记钩拳，他让胳膊成拱形，使拳头更坚实，同时旋转身体让所有的力量都集中在拳头上。这有点像沉睡的狮子，闪电般地出击，伸出爪子击打猎物。下巴一侧挨了重拳的桑德尔，立刻倒下了。观众们都倒抽着气，发出难以置信的喝彩声。他们喃喃地念叨，这个人的肌肉还不曾发僵，他的拳头像大铁锤，还是那么有力。

桑德尔被这一拳打蒙了。他翻了个身，准备爬起来，可是他的助手提醒他，别忙，等着裁判计数。他单膝跪在那里，等着。裁判眼睛瞪着他，大声地对着他的耳朵数数。数到九的时候，他站了起来，立刻摆出了接着打的姿势。汤姆·金可懊悔透了，这一拳就差那么一点点，也就一英寸的距离，打准了，桑德尔就会被击昏，他就可以拿上三十金镑回家去见老婆和孩子了。

这一回合打够了规定的三分钟，桑德尔不敢小看汤姆了，他第一次敬重起他来。汤姆的动作又慢了下来，眼睛又是那般昏昏欲睡的样子。当他看到他的助手们在绳圈外蹲下时，他知道这个回合马上就要结束了，于是他把打斗引向自己的那一角落。结束的锣声一响，他立刻就坐在自己的凳子上，而桑德尔需要走一个对角线，才能回到他那个角落里。事情不大，但积少成多。桑德尔多走几步路，就多消耗几分体力，更重要的是，他损失掉了至少一分钟的休息时间。每个回合开始时，汤姆都慢吞吞地走，他的对手则不得不比他多走几步。回合快结束时，汤姆就把对手引向自己的角落，锣声响，他就能立刻坐下去。

接下来的两个回合，汤姆·金一直尽力保持体力，桑德尔一如既往。但是他的速战速决战术也搞得汤姆极不舒服，桑德尔的拳头差不多都击中了他。汤姆依旧坚持他的拖延战术，急性子的观众在场下一再催他快打、出拳，他一概不理。后来，在第六个回合，桑德尔又出现了一次破绽，汤姆可怕的右钩拳又重重地打在了他的下巴上，直到裁判数到九，他才站起来。

第七个回合了。桑德尔的锐气消失殆尽，他镇静下来，开始认真地对付自他打拳以来最艰苦的一场比赛。汤姆·金年岁不小了，可比起他在比赛中遇到的其他老家伙来要厉害多了——他始终保持冷静，防守的本领极强，他的拳头稳准狠，出拳两次，两次将他击倒。汤姆·金还是不敢多出拳。他那早

226

已被打坏了的指节时时在提醒他，他想要坚持到底，就只能有效地出拳，打一拳是一拳。有时他坐在角落里打量对手时，忽发奇想，要是拥有自己的智慧和桑德尔的青春，两者结合在一起，一定是个打遍世界无敌手的重量级拳王。可是事实就是如此，桑德尔做不了顶级选手，他缺少智慧。而得到智慧的唯一途径就是身经百战，用自己的青春去买。等到他有了智慧，他的青春已经虚度了。

汤姆·金在场上所做的一切，都对他有利。他充分利用扭抱的机会，每次搂抱，他总用肩膀使劲碰撞对手的肋骨。从理论上说，肩膀和拳头造成的伤害是一样的，但是从消耗体力来说，肩膀就用力小多了。而且一旦抱起来，汤姆总是把自己的重量压在对手身上，迟迟不肯松开。这样裁判就得过来帮助拉开，而不知道抓紧机会休息的桑德尔还会帮着裁判拉开。桑德尔青春勃发，他忍不住出拳，他不懂休息他的肌肉。每逢对手冲过来搂抱，用肩膀抵住他的肋骨，头靠在他的左臂上时，他都要出自己的右拳，打那张凸出的脸。观众喜欢看这个，但是拳并不危险，这是在浪费体力。汤姆则微微笑着，忍受着拳头。

后来，桑德尔频频出右拳击打汤姆的身体，看起来汤姆在挨他的暴打，可是懂得门道的人都能看到，桑德尔的拳头即将打到的时候，汤姆都用左拳轻轻地碰一下他的双头肌。这样看似拳拳击中，其实每一拳都失去了力量。在第九个回合里，汤姆一共出拳三次，次次都击中了桑德尔的下巴，让他的对手那沉重的身体倒地三次。每次都在数到九时站起来。他有点摇晃，头有点昏，但是体力还是好得多。他的速度慢下来，浪费的体力也少了。他打得不顺利，但是他的本钱还雄厚——青春。汤姆所拥有的是经验。现在他的体力更不行了，力气更小了。他必得调动自己所有的智慧来弥补体力的不足。他吝惜自己的每一个动作，他还得引诱对手多多消耗体力与精力。他不停地用假动作迫使桑德尔向后跳去，逼得他不停地闪避，不停地出拳。汤姆借机休息，但他不能让桑德尔休息。这就是一个老人的策略。

　　第十个回合刚开始，汤姆·金就用左拳直击对手的脸，用以阻挡对方的进攻；此时桑德尔已经不那么气势汹汹了，他适时地收回左臂，低头闪避，同时用右钩拳打向汤姆的头。这一拳打得有点高，没有什么效率，可是汤姆挨了这一拳后，立刻眼前一片黑暗，立时产生了那种他熟悉的昏迷的感觉。他的生命仿佛在这一瞬间停止了。就在这之前，他还能看见桑德尔闪开后露出的一片白色面孔，片刻的消失之后，那些白面孔又出现了。他好像瞌睡了一会儿，重新睁开眼睛；这一会儿相当短暂，他也没有倒下。观众看见的，汤姆摇晃了一下，膝盖一弯，然后他就恢复了应有的姿势，用左臂护住了自己的下巴。

　　桑德尔用同样的办法连续击打了几次，使汤姆一直陷入半昏迷的状态。不久，汤姆就想到了一个能够回击的打法。他做出假动作，似乎用左拳进攻，而后马上后退一步，用右拳直击。他将时间计算得很准确，待桑德尔低头躲避时，拳头正好端端正正地打在他的脸上，这一拳让桑德尔两脚腾空，全身缩成一团，然后四仰八叉摔倒在垫子上。这样汤姆连续击中两次桑德尔，接着就是连珠炮般地进攻，不给桑德尔一点喘息的时间。全场的观众激动得站了起来，喝彩声冲破天花板。桑德尔的耐力和体力也实在有点惊人，他始终站立着。他的身上被一拳接一拳地击打，他似乎昏过去了，一名场边的警察站起来企图中止这场比赛。锣声响了，桑德尔摇摇晃晃地朝他那一角走去，一边还对警察说，他很好，还很有劲。说着他还向后跳了几下，证明自己，警察只好作罢。

汤姆坐在自己的一角，一边喘着气，一边有点失望。如果警察干预成功，那么裁判就会做出裁决，胜利属于他，他就可以拿到三十金镑了。他和桑德尔参战的目的绝不一样，桑德尔为了荣誉和前程，他只为那三十金镑。眼下，桑德尔只要有一分钟的休息时间，就可以完全恢复过来。

青年人的办法真多呀——这句话忽然在汤姆的脑子里一闪，他第一次听到这句话，是在打倒斯托歇尔·比尔的那天夜晚。说这话的那家伙那晚请他喝酒，拍着他的肩膀说的这番话。这是很久远的事了，那时他是个青年。今天，青年人却坐在他的对面。他这个老人，斗了半个钟头，坐在青年人的对面。如果他像桑德尔那样不顾一切，他连十五分钟都坚持不下来。他的问题在于，他的体力不能恢复。他努出的血管和疲累的心脏不能使他在两个回合之间重新找回威力。况且，他的底气从一开始就不足。他的腿已经开始抽筋了，很沉很沉。开始之前的两英里路消耗了他的腿力，还有他早上没有吃到一块牛排，他开始憎恨那个不肯赊账的肉店老板，一个饿着肚子、上了年纪的老人怎能打胜呢？小小一块牛排，几个便士的事，可在他来说，那是整整三十金镑啊。

第十一个回合的锣声响过之后，桑德尔为了让观众看他并未丧失锐气，发起了猛攻。汤姆太知道这是怎么一回事了——这个虚张声势的把戏和拳击一样有年头了。为了坚持，他扭抱对方，然后放开，任由桑德尔摆开阵势。这是他求之不得的事。他还是用上个回合中的战术，先佯攻，后进攻，用右钩拳打倒桑德尔。然后痛击，尽管这样他也遭到击打，但更多的是他打中桑德尔。他把桑德尔逼到绳圈上，上下左右轮着用各种拳法击打他，让他不得缓气。桑德尔要倒下去了，他就托住他，腾出另一只手击打他。

这时候，全场的人为之欢呼，这一刻，成了汤姆的天下。人们口中都在喊着同一句话："汤姆，加油！""打垮他，汤姆。""汤姆，你是胜利者，你已经胜了！"比赛似乎就要结束了，观众们似乎已达到了花钱的目的。

这半个小时，汤姆使出了所有的气力。这是他唯一的机会，此时不赢，他就赢不了了。他的气力消耗得很快，他希望在最后的一点力气用完之前，打倒桑德尔。他冷静地计算着自己拳头的重量以及给桑德尔造成的损伤，他不得不慨叹，桑德尔的体力耐力惊人，这是一个青年人固有的，没有损耗过的原始体力，这是一个天生的拳击家所具备的，他如日中天，击垮他很难。

桑德尔摇摇晃晃，站不稳了，可是汤姆的腿也开始抽筋，他的指节也痛得很。他咬紧牙关，一拳一拳地竭尽全力，每一拳都让他的手疼得不得了。这一会儿，对方虽然没有出拳，但他的气力也在迅速衰竭。他虽然拳拳击中要害，但没有了先前的力量，看得出，每出一拳，他都得付出非凡的努力。他的腿像灌了铅，沉重地拖来拖去。此情此景，让把宝押在桑德尔身上的人高兴了，他们大声地呼喊，鼓励桑德尔。

这样的呼喊刺激了汤姆。他鼓出一股劲儿，又出了两拳——左拳打在桑德尔的腹腔神经丛偏上一点，右拳击在下巴上。这两拳并不很重，但是半昏迷的桑德尔禁不住，他倒在垫子上，浑身颤抖。裁判盯住他，对着他的耳朵开始读秒。如果数到十秒他站不起来，那么就是输了。全场观众都静静地站着。汤姆的腿抖着，他强撑着自己站在那里。他感到一阵强烈的眩晕，观众的脸像一片大海，在他的眼前波澜起伏，裁判的声音从遥远的地方传过来。他恍惚地觉得自己赢定了，挨了那么多重拳的人是不可能爬起来的。

然而青年人是不会倒下去的，桑德尔站起来了。数到四的时候，他翻了个身，面朝下，伸出手抓弄着绳子。数到七的时候，他拖起一条腿，跪在那里休息，身子还如同醉汉，摇晃着。等到裁判的"九"字一出口，桑德尔已经站起来了，摆出了招架的姿势，用左臂护着脸，用右臂护着肚子。护住自己的要害之后，他摇摇摆摆冲汤姆挪过去，企图扭抱对方，争取一点时间。

看见桑德尔站起来了，汤姆开始进攻，可打出的两拳，都被挡了回来。接着桑德尔就和他扭抱在了一起，抱得死死的，裁判费了很大的劲儿才把他们分开。汤姆也拼命挣脱自己，他清楚年轻人恢复得很快，他只要不让他恢复，他就能胜出。只要狠狠的一拳就足够了，桑德尔就败在他的手下了，这是毫无疑问的。他在战术战略已经取胜了，有目共睹。汤姆·金从扭抱中挣脱，摇摇晃晃，他的成败在此一举。只要有效的一拳，就能打倒对手，使他彻底失败。一阵悲哀忽然袭上他的心头，汤姆·金想到若吃上那牛排，肯定能支撑他打出最后一拳。他打了一拳，可是分量不够重，速度不够快。桑德尔摇晃了一下，没有倒下，跌跌撞撞地退到了绳子上。汤姆·金蹒跚地跟过去，忍着剧痛又打出了一拳。他的身体此刻已不听他的指挥了，他只剩下了打斗的意识，这一点意识，也随着体力的耗尽而越来越模糊。这一拳他是对着他的下巴打过去的，可是只打在了他的肩膀上。他想打得高一点，可是肌肉由不得他。他自己受了这一拳的回力影响，踉跄着几乎跌倒。后来他又迷迷糊糊地打了一拳，完全打空了，他再没有力气，倒在了桑德尔的身上，他扭抱着他，怕的是自己跌倒。

汤姆一点儿不想挣脱出来，他的力气已经用尽，他垮了。青年人的办法多多，即使在扭抱的时候，他也觉得出桑德尔的体力比他大多了。当裁判分开他们的时候，站在汤姆面前的已经是一个体力恢复得差不多的青年人了。桑德尔一会儿比一会儿强，起初他的拳头还是软绵绵的，打在身上不怎么样，回来一拳比一拳厉害，此刻已经又硬又准了。汤姆昏花的眼睛看到桑德尔戴着手套的拳头向自己的下巴打来，他意识到危险，他企图抬起右胳膊保护自己，可他的胳膊太重了。胳膊上仿佛吊着块百多磅重的铅，他无论怎么努力也白搭，他的意识是空的了。那个拳头击中他了，他像中了电火，一阵巨大痛苦袭来，他眼睛一黑，什么都不知道了。

当他睁开眼睛的时候，他已经坐在自己的一角，观众的喊声如邦狄海的浪潮一阵高过一阵。他的脑后压着一块湿海绵，希特·沙利文正在往他的脸上和胸口上喷冷水，让他苏醒。他的手套已经被解下，桑德尔正弯着腰准备和他握手。他不恨这个打昏他的年轻人，他诚挚地和他握手，一直握到他的指节疼得受不了。然后，桑德尔走到场子中间，观众们安静下来，听他讲话。他接受了普隆托的挑战，并提议把赌注增加到一百镑。汤姆面无表情地听着，助手们忙着帮他擦汗，揩脸，以便他能走出场子。他觉得非常饿，不是那种平时只是胃难受的感觉，而是一种极度的衰弱，一种心悸，波及全身的感觉。他想起刚才桑德尔摇摇晃晃将要倒地的那一刻。唉，要是有一块牛排就顶大用了！决定胜负的那一拳就因为没有牛排而打不出去，眼下他输了。全因为那块牛排。

助手们扶着他，帮他钻过绳圈。他挣脱了他们的手，独自钻过去，沉重地跳下去，跟在帮他开出一条通道的助手后面。等他从更衣室里出来的时候，一个小伙子站在大厅门口，问他："他站不住的时候，你为什么不一拳打倒他呢？"

"滚开！"汤姆一边说着，一边走下台阶，来到了大街上。

街角上的酒店大门敞开，他看得见明亮的灯光和含笑的侍女。他听到不少人在谈论刚才的比赛，他还能听到由于生意兴隆钱币叮当作响的声音。有人喊他喝一杯，他犹豫了一下后拒绝了，继续朝前走去。

他的口袋里一分钱都没有，回家的这两英里路似乎长得很，他感觉到自己的确老了。走过陶门公园的时候，他突然垂头丧气地坐在了一张凳子上，他想起了等在家中的老婆，她在等着结果。如同挨了一拳，比任何拳头都重，他有些承受不起。

他浑身酸疼，人很虚弱，指节也很疼，这些告诉他，即使找到一个粗活儿，他一星期内也拿不起锄头和铲子。饥饿的心悸感觉让他要呕吐。悲伤压垮了他，他的眼睛里涌出泪水，他用手蒙住脸哭着。眼前浮现出很久以前的一天晚上，他打垮斯托什尔·比尔的情景。可怜的斯托什尔·比尔！现在他终于明白了那晚比尔为什么会在更衣室里那么伤心地痛哭。

意 外

　　眼前的东西很容易看到，意料中的事情做起来很顺手。没有哪个人不愿意过安定的生活，正是一动不如一静。人类越文明，生活也就越安定，在文明的社会里，事情都明明白白地摆在那里，很少有意外。可是，一旦有了意外，情况再严重些，那些弱一些的人就遭殃了。他们预料不到那些事情后面的事情，对付不了意外，更不能改变些许原来的习惯，来适应新的、陌生的生活方式。反正，到他们所习惯的生活再也过不下去的时候，就只有等死一条路了。

　　不过，适于生存的人也不少，这些人迷了路，或者由于一些原因被迫离开了自己所熟悉的安定环境，正走在一条陌生的道路上，他们能使自己很快适应新的生活。伊迪茨·惠特尔塞就是这样的一个人。她在英国的一个小乡村里长大，那儿的生活一向平静，人们循规蹈矩，一旦有人做了不规矩的事，人们不单单感到意外，而且觉得离经叛道。她工作得很早，那是那儿的传统，还是少女的时候，她就给一个贵妇人做侍女。

文明的作用是什么？就是迫使环境服从人类的规矩，直到它驯顺得像机器一样听话。麻烦的事不会有，意外也在意料之中。人能够淋雨不觉得湿，冻着不觉得冷，就是死神，也没有那么可怕和突兀地潜伏在你的四周；这一切早已成了一出事先编排好的戏，一幕一幕地顺利地演到进入家族墓地的那一场，一人一场，代代如此，那墓门上的铰链都不会生锈，连空气里的灰尘都来不及停落。

　　伊迪茨·惠特尔塞生活的环境就是这样的，平平淡淡，一点事都没有。二十五岁那年，她陪着女主人到美国旅行了一趟，这也不算什么。一切都是那么顺当，按部就班，只不过方向不同而已。这条横跨大西洋的路非常平稳，所以，虽说是海船，不如说是一座宏大的、有很多宽走廊的旅馆，在海里平稳迅速地移动，它用它那沉重的躯体压住了汹涌的波涛，让海洋变成了单调平静的磨坊水池。到达彼岸之后，这条路在陆地上继续向前——这条路很体面，每一个角落都安排得妥妥帖帖，每一个该落脚的地方都安排有旅馆，旅馆与旅馆之间，还安排了许多装了轮子的旅馆。

　　住在芝加哥的时候，她的女主人看中了那里的社交生活，伊迪茨·惠特尔塞看中的是另一个方面；她向女主人辞掉了差事，变成了伊迪茨·纳尔逊太太，之后显露了一下她的才能，也许只是稍微的一点点，她能够从容地应付意外，而且应付自如。汉斯·纳尔逊是个瑞典裔移民，木匠出身，在他身上充分展示了条顿人锲而不舍的精神，正是有了这种精神，这个民族才不停地在进行着伟大的冒险事业。他身强力壮，头脑迟钝，却有无穷的上进心，他所具有的忠诚和爱情，和他的体魄一样坚强。

"我要辛辛苦苦地干上一阵子，要攒一点钱，然后就到科罗拉多去一趟。"新婚的第二天，他和伊迪茨说。一年之后，他们果然到了科罗拉多。汉斯·纳尔逊第一次采矿，就染上了采矿的癖好。他到处寻找金矿银矿，走遍了南北达科他、爱达荷和俄勒冈州的东部，然后又到了英属哥伦比亚的崇山里。无论是在路上还是宿营，伊迪茨都和他在一起同甘共苦，共同操劳。她做家庭主妇时养成习惯走小步，现在已变成了登山越岭的大步流星。她学会了在危险面前用冷静的眼光和清醒的头脑从容面对，再也不像过去那样在意外面前不知所措。凡是恐惧，都是因为无知，这是城市人的通病，它让人变得和笨驴一样愚蠢，一受惊就僵在那里手足无措，想不到去搏斗；要不就吓得到处乱窜，挤成一团，连路也能堵住。

伊迪茨·纳尔逊这一路上遇到的意外太多了，也锻炼出了她的眼光。凡事她不但能看到湖光水色中明亮的一面，也能看到当中隐蔽的阴暗面。她活了那么大，没有下过厨房，可是眼下，她居然学会了不用胡不花、酵母就可以做出面包，还可以在火上用普通的锅烘烤面包。遇到连最后一块腌猪肉都吃完的时候，她能够果断地用鹿皮鞋或者行李里任何一块硝得比较软的皮子做成代食品，让她至少可以保全性命，继续勉强前进。她学会了套马，套得和男人一样好——这种事会让每个城里人干起来都要灰心的，她知道什么行李用什么样的方法捆扎。她甚至能够在瓢泼大雨中，用湿木头耐心地生起火来。反正，不论在什么样的环境里，她都能够应付。可是眼前，最大的意外还没有到来，她也就还没有受到大的考验。

当时，找金矿的浪潮正在向北涌向阿拉斯加，汉斯·纳尔逊和他的妻子身不由己地被卷进了这股潮流，涌向了克朗代克。1897年秋天，他们到了迪亚，因为没有钱，不能够带着行李穿过契尔库特山隘，再从水路到道森。因此这一年的冬天，汉斯·纳尔逊就干起了他的老本行，帮着大家一起建设这个应运而生、供应行李用品的史盖奎镇。

他一天到晚都觉得自己停留在黄金国边儿上，似乎这一冬天，他总是好像听到整个阿拉斯加在召唤他。其中，属拉图亚湾的呼唤声最高。终于，在1898年的夏天，他和妻子就乘着七十英尺长的西瓦希木船，顺着曲曲弯弯的海岸线摸索着前进了。跟他们同路的还有不少印第安人和三个白人。那些印第安人把他们和他们的给养运到距离拉图亚湾差不多一百英里远的一个荒僻的小地方，登岸之后，就回到史盖奎镇去了。那三个白人留下来了，因为他们是纳尔逊夫妇的合伙人。费用大家均摊，有朝一日赚了钱也是大家平均分。在这段时间里，伊迪茨·纳尔逊负责给大家做饭，将来也可以和大家分摊好处。

他们先砍了许多枞树，搭起了三间连体的木屋。伊迪茨·纳尔逊的责任是操持家务。男人们的分工是寻找金矿，而且是必须找到矿，这些他们都办到了。这个不算是什么惊人的发现，因为那不过是一个贮藏量极少的冲击矿床，每个人都要很辛苦地干上好多个小时才能够淘到十五到二十块金沙。这一年，阿拉斯加短暂的夏天比往年要长出许多，他们把回史盖奎镇的时间不断地延迟。等到他们决定离开的时候已经晚了。本来他们和当地的几十个印第安人约好了，趁他们秋天到沿海一带做生意的机会，跟他们一块儿走。那些西瓦希人还真的在等他们，直到不能再等了，他们才动身走了。现在，这伙人除了等待偶然的机会搭船以外，已经没有任何别的办法了。在这段时间里，他们挖空了金矿，又砍了很多的木头贮存起来准备过冬了。

晚秋的暖和天气像梦境一样一个接着一个，突然间，在尖厉的狂风怒号中冬天来了。一夜之间，天气就变了，这几个淘金者一觉醒来，外面已经是大雪弥漫，千里冰封了。暴风雪一场接着一场，没有风雪的时候，四周静悄悄的，只有荒凉的海岸上一阵接一阵的海涛声打破了这里的沉寂，厚厚的霜似的盐像是给海边镶上了一道白边。

木房子里的一切都很好。他们已经把金沙称过了，差不多值八千块钱，没有谁不满意。几个男人都给自己做了雪鞋，他们出去打一次猎，就能够带回不少新鲜的肉，贮藏起来；在漫漫长夜里，他们乐此不疲地玩着纸牌，一会儿玩惠斯特，一会儿玩五点。现在，采矿的活儿没有了，伊迪茨·纳尔逊就让男人们生火洗盘子，她则为他们补袜子，缝补衣服。

在这个小木屋里，还没有发生过抱怨、争吵和撕扯，大家的运气似乎都不错，经常听到彼此互相祝贺的声音。汉斯·纳尔逊的头脑不是那么灵活，他早就佩服伊迪茨接人待物的本事。哈尔基是个又高又瘦的得克萨斯州人，他不太爱说话，性情有些孤僻，可是待人和气，只要你不反对他的那个金子能够成长的论点，他就会和大家相处得很好。这伙人里的第四号人物是麦克尔·邓宁，他给这个木屋增添了不少带爱尔兰味儿的欢乐。他身材高大，很有力气，但是容易上火发脾气；可是真遇到了重大事件，气氛紧张时刻，他又很和气。第五位人物，也是最后一位，叫达基，他天生是一个为大家充当小丑的人，只要能让人快乐，他甚至不惜拿自己开玩笑。他生来好像就是为人发笑而来的。这伙人之间，到现在还从来没有发生过纠纷。他们只干了短短的一个夏天，每人就能得到一千六百美元，这所木屋里面，当然要充满了欢乐满足的气氛了。

接下来就发生了意外的事情。那天，他们坐下来准备吃早餐。此时，已经八点钟了（不淘金之后，早餐自然而然地推迟了），但是还需要点着那支插在瓶子里的蜡烛。伊迪茨和汉斯面对面坐在桌子的两端。哈尔基和达基背朝着们，坐在桌子的一端。他们对面空着一个位子，邓宁还没有到。

汉斯·纳尔逊瞧了瞧那个空凳子，慢慢地摇摇头，他打算卖弄一下他那不高明的幽默，他说："平常，他都是第一个到。今天可太奇怪了，没准儿他生病了吧？"

"麦克尔到哪儿去啦？"伊迪茨问。

"他比我们起得还早呢，到外面去了。"哈尔基说。

达基脸上露出了淘气的笑。他装作知道邓宁为什么没有来，故意摆出一副神秘兮兮的样子，意图让大家都来向他打听。伊迪茨走到男人们的屋里看了一下，回到桌子边上。汉斯看着她，她摇了摇头。

"他吃饭从来没有迟到过。"她说。

"这我就不懂了，"汉斯说，"他的胃口一向大得像一匹马。"

"太糟糕了！"达基悲伤地说。

一个伙伴没有来，却给他们制造了开玩笑的机会。

"这可真是一件大不幸的事！"自然是达基开头。

"什么？"他们异口同声地问。

"麦克尔可怜哪。"他惨兮兮地说。

"麦克尔到底出了什么事？"哈尔基问。

"他不会再饿了，"达基悲悲切切地说，"他的胃口没有啦，他不喜欢这种伙食了。"

"谁说他不喜欢啦？吃起来，他连耳朵都浸到盆里去了。"哈尔基说。

"他那么做，是表示对纳尔逊太太的礼貌，"达基立刻反驳说，"啊，我明白了，我终于明白了，这太糟了。他为什么不在这儿呢？他是出去了，出去干什么呢？出去是因为要开胃。怎么才能开胃呢？他得光着脚在雪里走。哎呀，我终于明白了。有钱人遇到胃口不开的时候，都是用这个办法来开胃的。麦克尔有一千六百块钱，他是个有钱人了。他没有胃口了，所以呀，他正在想办法开胃呢。你们只要把门打开，准能看见他光着脚在雪地里走路呢。不过，可没有办法看到他的胃口。这就是他自己的麻烦了，等他找到了胃口，他就会提着它回来吃早饭啦。"

达基的一套胡言乱语逗得大家哈哈大笑。笑声还没有停，门就开了，邓宁进来了，大家都回头看他。他手里拿着一支猎枪。就在大家还在扭头看他的时候，他把枪举到肩上，开了两枪。第一颗子弹刚打出去，达基就倒在了桌子上，撞翻了他面前的咖啡，他那乱蓬蓬的黄头发就浸在他的那盆玉米粥里了。他的前额压在盆边上，盆翘了起来，跟桌面形成了一个四十五度的角。哈尔基跳了起来，身子还在半空中，第二枪就响了；他脸朝下，栽倒在地板上。他那句"我的天"仅仅在嗓子里嘟哝了一声，就再也没有声音了。

这可是太意外的事了。汉斯和伊迪茨都吓呆了。他们全身紧张地坐在桌子旁，目不转睛地盯着那个杀人凶手。他们从火药的烟雾里，隐隐约约地看到了他。这时安静极了，能听见达基的那杯翻倒的咖啡滴在地上的声音。邓宁扳开猎枪的后膛，拿出子弹壳，他一手端着枪，另一只手伸到口袋里去掏子弹。

正当他把子弹装上膛的时候，伊迪茨·纳尔逊清醒过来了。他下一步就是要打死汉斯和她。眼前发生的事太可怕了，太叫人不能理解，因此，她神志迷糊了大约三秒钟。接着她站起身和他搏斗起来。她就是和他搏斗起来了，她像一只猫蹿到了杀人凶手面前，用两只手揪住了他的衣领。她这一动作撞得他跟跟跄跄，倒退了几步。他想把她甩开，可是又抓住枪不放。这可不是容易的事情，因为此刻她结实的身体和猫一样。她掐住他的脖子，用尽全身的力量把他向旁边一拉，几乎就把他摔在地板上了。他立刻站直身体，迅速地转起身来。她因此抓得更紧，身体随着他转，脚离开了地板。转了一会儿，她悬空的身体撞在了一把椅子上，于是这一男一女就在拼命的挣扎之中，摔在了地板上，占了半个房间。

汉斯·纳尔逊的头脑和神经显然比他的妻子反应要慢。尤其在这种意外情况下，他的感觉更显迟钝，不过虽然慢了半拍，他也拿定了主意，开始行动了。伊迪茨已经扑到了邓宁面前，掐住了他的脖子，汉斯才跳起来。可是他没有她那么冷静，他气疯了，像喝醉了酒的武士那样怒冠冲天。他从椅子上一跳起来，嘴里就发出一半像狮吼，一半像牛叫的声音。伊迪茨同邓宁的身体已经旋转起来了，他还在那儿咆哮怒吼，接着，他就在房间里到处追赶这股旋风，直到他们摔在地板上，他也刚好追到。

汉斯猛扑到那个倒地的男人身上，拳头像雨点狠狠地砸向他，每一拳都像打铁的锤子，他发狂般地擂着。后来伊迪茨感觉到邓宁身上已经没劲儿了，就松开手，翻身滚到了边上，一面喘气，一面盯着他们。重锤一样的拳头一直不停地挥舞着。邓宁好像并不在乎，躺在那儿一动不动。这时候，她忽然意识到，他已经昏过去了。她连忙大声叫喊，吩咐汉斯停手，可是任凭她怎么喊，他就是不理。她抱住了他的胳膊，他还是不理会她，只不过他的胳膊挥起来不那么灵便了。

没办法，她只好用自己的身体挡在丈夫和那个已经不会抵抗的凶手之间。她这么做，并不是出于理智，更不是怜悯，甚至不是为了服从宗教的戒律。这可以说是出于一种守法的精神，这是她从小就养成的道德观念。汉斯终于发现他在打自己的妻子，就停住了手。他乖乖地让伊迪茨推开了他，好像一条凶猛而忠实的狗被主人赶开了一样，但嘴里仍旧发出野兽般的余怒未息的狺狺声。有好几次，他都要重新朝他的俘虏扑过去，伊迪茨都用身体挡住了他。

伊迪茨一点一点地朝后推着汉斯。她从来没有看见过他这种样子，甚至她觉得他的神情比邓宁和她搏斗得最激烈时还要可怕。她简直不能够相信这只狂怒的野兽竟是她的丈夫汉斯；她战栗了一下，突然感到一阵恐惧，怕他会过来咬她的手。汉斯呢，他不想伤害妻子，可他不肯罢休，他有几次要扑过去接着打，所以有好几秒钟，他忽而向后退，忽而向前冲。伊迪茨坚决地挡住了他，直到他恢复了理智，平静下来。

他们站起身来，汉斯摇摇晃晃地回到墙边，靠在那儿，脸上的肌肉抽搐着，嗓子里继续发出深深的嘶吼，可是声音渐渐小下去了，几秒钟之后就停住了。现在，他反应过来了。伊迪茨站在房子中间，双手拧在一起，气喘吁吁，浑身猛烈地抖着。

汉斯什么也不看，可是伊迪茨的眼睛却不停地在房间里扫来扫去，再次注视着刚才发生的情景。邓宁一动不动地躺在那儿，在狂转之中撞翻的那把椅子就在他的身旁。那支猎枪有一半压在他的身子下面，后膛开着，那两颗没有装上去的子弹滚出了他的右手，想必是他本来捏得很紧，直到失去知觉才松开手。哈尔基脸朝下，扑倒在他摔倒的地方；达基向前伏在桌子上，乱蓬蓬的黄头发浸在他那盆玉米粥里。那个盆子仍旧翘起一边，跟桌面形成一个四十五度的角。这个翘起来的盆让她好奇，为什么它没有倒呢？真是不近情理，人都死了，盛粥的盆子居然翘着，没有道理。

她回头看了邓宁一眼，双眼又回到了那个翘起的盆上。这真是太不可思议啦！她突然有了一种想笑一下的神经质的冲动。随后她注意到了房间里的沉寂，于是有了一种期待，希望发生点什么，她把那个盆忘了。从桌子上滴下的咖啡声那么单调，更加强了屋里沉寂的气氛。为什么汉斯那么安静呢？他为什么不讲话？她看着他，想说点什么，这才发现自己的舌头根本不听使唤。她的嗓子有特别疼的感觉，嘴也又干又苦。她只能看着汉斯，汉斯也在瞧着她。

突然，一声尖锐的金属声打破了这里的一片沉寂。她尖叫了一声，立刻调转眼光瞧着那张桌子。那个盆倒了。汉斯叹息了一声，好像才从睡梦中醒来，盆子的声音让他们想到了今后他们将要生活在一个新的世界里。而这所木房子就是今后他们要生活行动的新世界了。原来的木房子里的生活已经一去不返。眼前的生活是全新的，生疏的。这个意外的变故给事情的表面施了一层魔法，让它们的价值、憧憬全部改变了，把现实中的和想象中的全都交织了一起，让人无所适从。

"我的上帝呀，汉斯！"这是伊迪茨说出的第一句话。

汉斯没有吱声，眼睛带着恐怖神色看着她。他慢慢地瞧了瞧屋里的情景，仔细地瞧着。接着，戴上帽子，朝门口走去。

"你要到哪儿去？"伊迪茨担心地问他。

他的手已经抓住了门把手。他扭转半个头，回答说："去刨几个坟坑。"

"汉斯，别让我一个人留在这儿，跟这些——"她向整个房间扫了一眼，"跟这些在一起。"

"迟早要刨。"他说。

"可是你不知道该刨几个坑，"她拼命地反对，看他犹豫了，又说，"我要跟你一起去，能帮个忙。"

于是汉斯走到桌子旁边，一下子吹灭了蜡烛。接着，他们就一块儿来检查房间里的情况。哈尔基和达基已经死了——很可怕，射程太近了。汉斯不愿意靠近邓宁，伊迪茨只好一个人去检查这部分情形。

"他没有死。"她对汉斯说。

他走过去，低头瞧了瞧那个凶手。

伊迪茨听见她丈夫的嘴里在嘟哝着什么，就问他："你说什么？"

"真丢人，我居然没有把他揍死。"他这么回答她。

伊迪茨正低头查看邓宁。

"你走开！"汉斯非常粗暴地命令她，声调怪怪的。

她突然惊慌起来，瞧了他一眼。他已经抓起邓宁的猎枪，正在把子弹塞进去。

"你想干什么？她一面喊着，一面迅速地挺直了正在弯着的腰。"

汉斯没有回答，可是她看见他正在把猎枪举向肩头，她连忙抓住枪口，用力向上推。

"别管我！"他厉声喝道。

他打算从她手里夺下枪来，可是她靠得更近了，她已经抱住了他。

"汉斯，汉斯！冷静点吧！"她喊道，"别发疯！"

"他杀死了达基和哈尔基！"她的丈夫回答说，"我要打死他！"

"这样做是不对的，"她反对道，"还有法律。"

他冷笑了一声，他不相信在这种地方法律会有什么用，他只是固执地、毫无感情地重复着一句话："他杀死了达基和哈尔基。"

她和他争论了好半天，这不过是单方面的陈词，因为他太固执，翻来覆去总是那句话："他杀死了达基和哈尔基。"她呢，又摆脱不了她从小所受到的教育和传统的观念。那种传统的守法观念，对她来说，就等于是行为正确与否的准则。她看不出还有什么更正确的东西。她认为汉斯这种把执法权揽在自己手里的行为，并不比邓宁的所为来得正当。以牙还牙是不对的，现在要惩罚邓宁，只有一个办法，应当按照社会上通常的做法，依法处理。最后，汉斯还被她说服了。

"好吧，"他说，"就按你说的办。说不定哪天，明天或后天，他就会把我们都杀死的。"

她摇了摇头，伸手要邓宁手里的枪。他刚准备交枪，又缩回了手。

"最好是让我打死他！"他在恳求她。

她还是摇了摇头，于是他又准备把枪交给她。正在这时候，门开了，一个印第安人径自开门走进来。一阵猛烈的风雪随着他吹了进来。他们转过身子，面对着他，汉斯手里仍旧握着那杆枪。这个不速之客看到这情景，一点不惊奇，他已经看清楚这儿有死者，也有伤者。他平静得很，哈尔基就躺在他的脚边，他一点不理会。仿佛这具尸体根本就不存在。

"风真大呀，"印第安人说，算是问候，"都好吗？都很好吗？"

汉斯手里还抓着那杆枪，他觉得这个印第安人一定以为这里的死人都是他打死的。他求救似的望着妻子。

"早上好，尼古克，"她说，声音有点勉强，"不好，很不好。出大乱子了。"

"再会，我要走了，事情很忙。"那印第安人说完这话，就不慌不忙，很仔细地跨过地板上的一摊血迹，开开门，走出去了。

纳尔逊夫妇面面相觑。

"他一定会认为是我们干的，"汉斯上气不接下气地说，"肯定以为是我干的。"

伊迪茨一时间没有说话。过了一会儿，她很简洁，很老练地说："他怎么想先不去管，那是以后的事。现在我们先去挖两个坑。不过，先得把邓宁捆起来，别让他跑掉。"

汉斯此刻连碰一碰邓宁都不乐意，伊迪茨就一个人把邓宁的手脚捆起来了。完了，她同汉斯走到门外的雪地里。地冻得梆梆硬的，锄头根本砍不进去。他们弄来许多木柴，扫开积雪，在冻结的地面上燃起一堆火。烧了一个钟头之后，才有几英寸的泥土被烧化了。他们挖出这些泥土，又生火。他们就按着这个速度一个钟头挖两三英寸深。

这真是一件既困难又辛苦的工作。暴风雪刮得火堆总是烧不旺，风又吹透了他们的衣服，冻得他们浑身冰冷。他们很少说话，大风也吹得他们张不开口。除了偶尔说说邓宁为什么这么干的话，他们多半时候都是默默无言，他们的心头紧紧压着这场悲剧带给他们的恐怖。到了下午一点钟了，汉斯看着木屋子，说他肚子饿了。

"不，汉斯，现在不成，"伊迪茨说，"屋子里弄成那个样子，我可不能回去一个人做饭。"

两点钟的时候，汉斯说要陪她回去做饭；可是她坚持让他干下去；直到四点钟，两个坟坑才算挖好。坑都很浅，也就两英尺深，就这也够了。到了晚上，汉斯拉出雪橇，在暴风雪中，拖上两个死人走向那个又冻上了的坟墓。这一点不像出丧。雪橇深深地陷在雪堆里，拖起来非常吃力。他们夫妇从昨晚起就没有吃过一点东西，他们又饿又累，身体很虚弱了。风刮过来，他们没有了抵抗力，有时甚至会被刮倒。还有几次，连雪橇都翻了，他们只好再把这可怕的东西装上去。走到离坟坑一百英尺的地方，他们需要爬上一个陡坡，两个人不得不趴下来，像拖雪橇的狗一样，手和胳膊都插到了雪里。就是这样，有两次他们被沉重的雪橇拖倒了，从坡上滑下来，活人死人绳子雪橇都可怕地缠在了一起。

"明天，我再来插上两块牌子，写上他们的名字。"他们终于把坟做好了，末了，汉斯说。

伊迪茨抽抽噎噎地哭着。她尽自己的所能，断断续续地祷告了几句，葬礼就算完成了。现在，她的丈夫扶着她回到小木屋里。

邓宁已经醒过来了。他在地板上滚来滚去，徒劳地想挣脱捆绑他的皮带。他用亮闪闪的眼睛瞅着汉斯和伊迪茨，可是不打算说话。汉斯仍旧不肯碰一碰这个凶手，他不情愿地看着伊迪茨把邓宁从地板上拖到男人们的卧室里。可是，她再没有力气把他从地板上弄到他的床上。

"你还是让我给他一枪，省得以后麻烦。"汉斯最后一次请求伊迪茨。

伊迪茨还是摇摇头，又弯下腰去搬邓宁。这一次她很轻易地就把他搬起来了，这让她奇怪。原来汉斯帮了她，她知道汉斯的心已经软了。然后，他们就打扫厨房。可是地板上的血渍怎么也清理不掉，汉斯只好刨掉那一层，把刨花扔到火里烧掉了。

日子还得照常过，大部分的时间都是在寂静和黑暗里度过的，只有暴风雪和波涛打在冰冻的海岸上的隆隆声能够打破这种沉寂。汉斯很听话，伊迪茨说什么他做什么。他的那种进取精神现在完全没有了。她坚持用她的方法对付邓宁，所以他就把这件事完全交给她了。

凶手每时每刻都在威胁着他们。不论何时，他都可能挣脱皮带，因此他们必须白天黑夜地看管着他。汉斯和伊迪茨，总得坐在他旁边，拿着那支上了子弹的猎枪。最初，伊迪茨定八小时一班，可是这种不间断的监视太紧张了，她和汉斯就每隔四小时换一次班。这么一轮，除去睡觉，他们几乎连做饭和砍柴的工夫都没有。

自从尼古克那一次巧遇之后，当地的印第安人就不肯再到这间木屋来了。伊迪茨叫汉斯到了他们的木屋一趟，请他们用独木船把邓宁送到海边的白人村落或者贸易站上，可是没有结果。不得已，伊迪茨只好亲自去找尼古克。他是这个村子的村长，非常清楚自己的责任，只三言两语就说清了他的观点。

"这是白人的麻烦事，"他说，"不是西瓦希人的麻烦事。我们的人要是帮助了你们，这件事就变成西瓦希人的麻烦事了。

等到白人的麻烦事和西瓦希人的麻烦事搅在一起，那就变成了一个扯不清的大麻烦事，没完没了。这可没有任何好处。我们的人什么也没有做错。他们为什么要帮助你们，给自己添麻烦呢？"

没办法，伊迪茨只好回到那间可怕的小木屋里，去过那没有希望的、四小时值一班的日子。有时，轮到她值班的时候，她坐在囚犯旁边，腿上搁着猎枪，会瞌睡起来。往往又会突然惊醒，抓起枪，盯着邓宁，无疑这是神经过度紧张的结果。这对她很不好。她很怕邓宁，甚至在她清醒的时候，如果他在被子里动一动，她也要吓一跳，急忙去抓枪。

她很清楚，时间长了，她的神经非出毛病不可。已经有了征兆了，眼睛一直跳。每逢这时，她就要闭上眼睛，让眼珠安定下来。过一会儿，眼睛又会跳起来，是神经质地抽搐，这次则怎么也控制不了。可最让她痛苦的是，那场悲剧无论如何她都忘不了。她在那场意外中所遇到的恐怖，始终在折磨着她。每当她给那个凶犯喂饭吃的时候，她都不得不咬紧牙关，硬着头皮，壮起胆子。

汉斯所受到的影响和她不一样。他就有一个念头，要打死邓宁，他认为这是他的责任；每逢他去服侍这个被捆住的人时，或者轮到他监视他，伊迪茨都提心吊胆，怕汉斯会在这面木屋里又给死亡簿上添一笔。他总是恶狠狠地咒骂邓宁，粗暴地对待他。汉斯泯灭不了杀死凶手的念头，有时还会心存侥幸地对他的妻子说："再过些日子，你会同意我杀死他的，可是到了那个时候，我又不愿意杀他了，我不想弄脏了我的手。"有好几次，在他值班的时候，她悄悄走到那间屋子里，发现这两个男人像一对野兽，怒眼相望。汉斯的脸上杀气腾腾，邓宁的脸色像被逼到绝境的老鼠野蛮凶残。每逢这时，她会大喝一声："汉斯，你醒一醒！"他就会镇静下来，有一丝诧异，但绝不懊悔。

从这以后，汉斯也成了伊迪茨·纳尔逊要对付的一个难题。开始，只是一个如何用正当的方式处置邓宁的问题。所谓正当方式，在她看来，就是把他看管起来，然后交给正式的法庭受审。可是现在，又多了一个汉斯的问题，他是否清醒，灵魂能否得到拯救，都是问题。不久，她发现自己也出了问题。由于神经过分紧张，她的气力和耐心都有了问题，她觉得她的身体要垮了。她的左胳膊常常不由自主地抖动和抽搐。她用勺子的时候，常常会把汤汁洒出来，她的左手已经不听使唤了。她觉得自己生了舞蹈风，她害怕病情会越来越严重。如果她真的垮了，会是什么样子呢？她一想到有一天这个木屋子里只剩下邓宁和汉斯的时候，心里马上又有了一层恐怖。

三天之后，邓宁说话了。他的第一个问题是："你们打算怎么处置我？"在这之后，这同一个问题他天天问，一天问好几遍。伊迪茨总是说，一定要根据法律来处理他。同时，她也天天问他："为什么要干这种事？"对这个问题，他缄口不言。后来，再听到这个问题，他就暴跳如雷，拼命挣脱捆他的皮带；还威胁她说等到他挣脱了，他就收拾她，他迟早会挣脱掉。每逢这时候，她都扣上扳机，一旦他挣脱掉，她就会立刻打死他。可是由于紧张震怒，她都会浑身发抖，心跳头昏。

不过，随着时间一天天过去，邓宁变得踏实一点了。在她看来，邓宁似乎过烦了这种整天躺着动不了的日子。他开始请求她放了他，他起了好多毒誓。他说他绝不会害他们，他会独自沿着海岸走，去向法庭自首。他还愿意把自己的那份金子送给他们。他要一直走到荒野的深处，永不在文明社会露面。只要她放了他，他会自己结束生命。每次，他请求到最后，就会不自觉地说起呓语来，甚至她觉得他快要疯了。但是，无论他如何哀求，她总是摇头，从没有想到要放了他。

后来的几个星期，他变得更顺从了。可他的精神在这段时间里越来越委顿。他常常像一个性格乖张的小孩子那样，脑袋在枕头上翻来滚去，嘴里喃喃着："我真的过厌了，真的讨厌了。"不久，他又常常激动地请求他们尽快把他处死，一会儿求伊迪茨杀了他，一会儿求汉斯解除他的痛苦，让他安静地长眠。

这种不能让人忍受的场面困扰着他们。伊迪茨的神经越来越紧张，她知道自己随时有垮掉的可能。她不能踏踏实实地休息一会儿，她总担心汉斯在她睡觉的时候发起狂来，杀死邓宁。这时，虽然到了正月，但是要看见做生意的双桅船到达这里，还要几个月时间。他们本来并没有打算在这所木房子里过冬，现在粮食也一天天地少下去；由于看管犯人，汉斯很久不能出去打猎了，他们眼睁睁地被困在这所房子里了。

伊迪茨心里也清楚，该想个办法了。她强迫自己重新考虑这个问题。但她无论如何摆脱不了她那个民族的传统观念，还有她的那种与生俱来的，说它是得自于血统也好，或者说得自教育也好，她的那种守法精神是不能被摒弃的。她知道，无论怎么做，她都得照法律做。有时候，当猎枪放在膝盖上，不安的凶手躺在她身旁，暴风雪在外面肆虐，她要一连盯上几个钟头的时候，她就尽力发挥自己的创造力来想想这，想想那，给自己造出一套法律演变的理论。她觉得，法律不过是一群人的判断和意志。至于这群人的多与少，倒没有什么关系。按照她的想法，这个人群可以小到如瑞士，也可以大到如美国的人群。由此推断，人群大小关系不大。也许，一个国家只有一万人，可是这个集体的判断和意志，仍然会成为那个国家的法律。如果是这样，一千人是一个群体，一百个何尝不是呢？五十个不是也可以吗？那么五个呢，一个两个呢？

这个结论先让她自己吃了一惊，她对汉斯谈了这个问题。起初，汉斯不懂，后来他弄明白了，就举出了一个令人信服的例证。他说起了淘金人的会议。每到开会的时候，淘金人都要聚在一起，制定法律，执行法律。他说，总共也就十到十五个人，可是对于这十个或十五个人来说，多数人的意见就是法律，谁违反了多数人的意见，谁就要受到惩罚。

说到这个份儿上了，伊迪茨才对自己的困惑想出了一点眉目。那就是邓宁必须受到绞刑，汉斯也赞成。在他们这一群里，他们两个占多数。根据集体的意志，邓宁必须接受绞刑。为了执行这个决定，伊迪茨非常认真，坚持要按照习惯上的形式办理。可是这个人群太小了，只有汉斯和她，所以他们两个要充当证人、陪审人、法官等一系列的角色，最后还要充当执刑人。她正式起诉麦克尔·邓宁犯了谋杀罪，谋杀达基和哈尔基。那个躺在床上的罪犯，先听了汉斯的证词，又听了伊迪茨的证词。

他什么也不说，既不认罪，也不说没犯罪，伊迪茨问他有什么要为自己辩护的话，他也一声不吭。于是，她和汉斯还是坐在自己原先的席位上，宣布陪审人认为犯人有罪。然后，伊迪茨作为法官，当庭宣判。她的声音颤抖，眼皮跳动，左臂抽搐，但她坚持着读完了宣判书。

"麦克尔·邓宁，三天之后就要对你执行绞刑。"

听完判决，那个罪犯舒了一口气，他哈哈笑了起来，然后说："这么说，这张该死的床不会再折磨我了，它让我背上疼极了，那倒让我安心了。"

宣判之后，三个人都感到了轻松。尤其是邓宁，从他的脸上一眼就能看出。他的那种阴沉凶蛮的神气一点也没有了，他跟看管他的人随意聊着天，甚至还像以前那样，说些散发着才气的俏皮话。伊迪茨为他读《圣经》，他很满意。她读的是《新约》，读到浪子和十字架上的贼时，他似乎还有点津津有味。

执行绞刑的前一天，伊迪茨又提出了那个老问题："你为什么要干这种事？"邓宁回答说："这很简单，我想……"

可是伊迪茨马上拦住了他的话，叫他等一会儿再讲。她急匆匆地走到汉斯的床边。这时汉斯正在睡觉，他从梦中醒来，揉着眼睛，说了几句抱怨的话。

"你出去一趟，"她说，"把尼古克找来，另外再找一个印第安人一起来。麦克尔要招供了。你一定要让他们来。把枪带上，万一他们不来，你用枪口逼着他们也要来。"

半个钟头之后，尼古克和他的叔叔哈狄克万被领进了这间出过人命的屋子。他们不是情愿来的，是汉斯拿枪押来的。

"尼古克，"伊迪茨说，"这件事不会给你添什么麻烦。我们也没有别的要求，只是请你坐在这儿听一听，知道一点情况。"

于是，麦克尔·邓宁在被宣判被判处死刑之后，终于开口招认了他的罪行。他一面说，伊迪茨一面记录他的口供，那两个印第安人在一旁听着。汉斯怕证人跑掉，守在屋门口。

邓宁说，他已经十五年没有回老家了，他一直打算将来能够带着很多的钱回去，让他的老母亲舒舒服服地度过晚年。

"可是只有一千六百块能够干什么呢？"他说，"我想把所有的金子，把那八千块全弄到手。这样，我就很体面地回家了。因此，我打算先杀死你们，然后到史盖奎镇去报案，说是你们印第安人杀死的他们，然后我就一路逃到爱尔兰去。于是，我就动手了。不过，正像哈尔基原来常常说的那样，我的野心太大了，等到我要全部吞下去的时候，我自己先摔倒了。这就是我的口供。我既然干了这种蠢事，现在，只要上帝愿意，我愿意向上帝赎罪。"

"尼古克，哈狄克万，你们都听见了这个白人说的话，"伊迪茨对那两个印第安人说，"他的口供都写在这张纸上了，现在你们在上面签个字。这样，等到以后再有别的白人来的时候，他们就会看到你们的旁听证明了。"

两个西瓦希人在他们的名字后面画了两个"十"字，伊迪茨给了他们一张传票，要他们明天带着他们部落里的所有人再来做一次旁证，然后就让他们回去了。

他们把邓宁的手松了一下，让他在文件上签了个字。接着，屋子里就安静下来了，一点声音都没有。汉斯露出了不安的神色，伊迪茨也觉得很不舒服。邓宁仰面躺着，直愣愣地盯着屋顶上长了苔藓的裂缝。

"现在我要向上帝赎罪了，"他喃喃地说，接着他调转头，瞧着伊迪茨，"为我读一段《圣经》吧，"他说，然后又像是开玩笑似的加了一句，"也许这样会让我忘了这张床有多硬。"

该执行绞刑了，那天天气很晴朗，很寒冷。温度表上指着零下二十五度，寒风吹透了人的衣服，甚至皮肉和骨头。几个星期过去，邓宁头一次站起来。他的肌肉因为一直不活动，已经不能像往常那样保持直立的姿势了，他简直站不住。他前前后后地摇晃着，走起路来一栽一跌的，他只好伸出捆着的双手抓住伊迪茨，免得摔倒。

"我真的头昏眼花了。"他无力地笑着。

过了一会儿，他又说："这样也很让人高兴，毕竟一切都过去了。我知道，那张该死的床也会把我折磨死的。"

等到伊迪茨把他的皮帽子戴在他的头上，要替他放下护耳的时候，他哈哈地笑了，说："你干嘛还要放下它们呢？"

"外面的天气很冷。"她说。

"再过十分钟，可怜的麦克尔·邓宁就是冻掉了一两只耳朵，又有什么关系呢？"他说。

本来她打起了精神，准备应付这场最后的考验，可是他的话打击了她的自信心。直到现在，一切都好像是梦中的幻影，可是他刚才说的话，其中蕴含的残酷的真理让她清醒了，让她睁大了眼睛，看见了正在发生的事实。这个爱尔兰人看出了她心里不好受。

"对不起，我不该说这种蠢话让你难过，"他懊悔地说，"我不是故意的。对我麦克尔·邓宁来说，今天是个伟大的日子，我很快活，像只云雀。"

他立刻吹起了口哨，可是只一会儿的工夫，调子就变得阴郁了，随后不响了。

"我多希望这儿能有一名牧师，"他若有所思地说，然后又很快说，"像我麦克尔·邓宁这样的老兵，出征前没有这样的享受也不会难过的。"

他的身体很衰弱，再加上很长时间没有走路，门一开，他刚刚跨出去，就几乎被风吹倒了。伊迪茨和汉斯只好一边一个架着他走，他就对他们说笑话，让他们高兴。后来等到他告诉他们，怎样把他那份金子寄到爱尔兰他母亲那里的时候，才停止了说笑。

他们爬上一座小山，到了树林里一处空旷的地方。这儿，雪里竖立着一个圆桶，四周站着一群人，他们很严肃。其中有尼古克、哈狄克万以及当地所有的西瓦希人，他们的孩子和狗都来了，他们要看看白人是怎么执行他们的法律的。附近有汉斯烧化了的一堆冻土，那里掘好了一个坟坑。

邓宁很老练地瞧着这些准备好了的东西。他看到了那个坟坑，那个圆桶，那根绳子和吊着绳子的大树枝，还很仔细地看了看绳子和树枝的粗细。

"说真的，汉斯，就是让我来准备这些东西，我都不会比这更周到。"

他说了这句玩笑话，开心地笑起来。可是汉斯阴沉沉的脸似乎只有世界末日的号角才能化解得开。汉斯克制着自己，他很不好受。他现在才明白，处死自己的同胞是一项多么艰巨的任务。伊迪茨倒是比他早就想到了，不过想到得早并没有让她好受一点。现在她已经没有了信心，不知道自己能不能坚持到底。眼下，她心里只有一个念头，她想尖叫，想狂喊，想一头扑到雪里，想蒙住眼睛，调转身，不论哪儿，跑到哪儿算哪儿。她现在所以能挺着胸膛走在前面，还在做她必须做的事情，完全是靠她心灵上的那一股崇高的力量。她反倒觉得，她能坚持到现在，倒是邓宁支持了她，她要感谢他帮她渡过了这一难关。

"扶我一把。"邓宁对汉斯说。然后他借着汉斯的力量，勉力地登上了那个木桶。

他弯下腰，让伊迪茨能够把绳子套在他的脖子上。接着，他就直起身来，这时，汉斯拉紧了他头顶上套在树枝上的绳子。

"麦克尔·邓宁，你还有什么话要说吗？"伊迪茨的声音很利落，但是听得出仍然在颤抖。

邓宁在桶上动了动脚，他不安地看了看下面，像第一次演讲，清了清嗓子。"我很高兴，一切都过去了。"他说，"你们始终把我当作一个基督徒来看待。

"我从内心里感谢你们对我的好意。"

"上帝会收下你这个悔过的罪人的。"她说。

"是呀，"他说，他那深沉的嗓音好像正好对应她的尖细的嗓音，"上帝会收下我这个悔过的罪人的。"

"永别了，麦克尔。"她喊道，声音里带着一种绝望的调子。

她用全身的力量去推那个木桶，可是推不倒它。

"汉斯，快！帮我一下！"她无力地喊。

她觉得她最后的一点力气也快用完了，可木桶就是不动。汉斯连忙跑过来，一下子把木桶从邓宁脚下推开了。

她立刻转过身，把手指塞到耳朵里。接着她凄厉地笑起来，声音像金属。汉斯被吓了一跳，他也经历了这场悲剧，可是从来没有受到如此的惊吓。伊迪茨终于垮了，即使她现在神志不清，她也知道自己垮了。有一点使她高兴，她总算在这意外的环境里撑过来了，而且做完了一切。她摇摇晃晃地走到汉斯面前。

"扶我到屋里去，汉斯。"她勉强地说出了这几个字。

"让我休息休息，"她又说，"就让我休息休息吧。"

于是汉斯搂着她的腰，架着她，一步一步地引导着她无力的脚步，穿过雪地走了回去。可是那些印第安人没有走，他们依然站在那儿，严肃地看着白人的法律如何让一个人在半空中荡来荡去。

轻经典

出品人：许　永
责任编辑：许宗华
特邀编辑：林园林
装帧设计：海　云
责任印制：梁建国
　　　　　朱丽珍
发行总监：田峰峥
投稿信箱：cmsdbj@163.com
发　　行：北京创美汇品图书有限公司
发行热线：010-53017389　59799930

创美工厂　　　　创美工厂
微信公众平台　　官方微博